赣水在我心中流淌

刘天仁散文诗词集

刘天仁 ◎著

知识产权出版社
全国百佳图书出版单位

图书在版编目（CIP）数据

赣水在我心中流淌：刘天仁散文诗词集/刘天仁著. — 北京：知识产权出版社，2015.4
ISBN 978-7-5130-3330-5

Ⅰ.①赣… Ⅱ.①刘… Ⅲ.①散文集—中国—当代②诗词—作品集—中国—当代 Ⅳ.①I217.2

中国版本图书馆CIP数据核字（2015）第016946号

内容提要

本书是作者近两年来创作的部分诗文。全书以散文为主，分为故土情怀、怀古幽思、圆明园祭、壮哉神州、海韵山魂、草木有情、风花雪月、温情脉脉、岁月留痕和浅唱低吟等组章。作品洋溢着作者对故土的眷恋、对先贤的尊崇、对人生的思考以及对祖国山河和中华文化的热爱。感情真挚而细腻，文字流畅而优美，语言朴实而典雅，题材广泛而多姿。全书取材和叙述严谨，大多数文章短小精悍，实为当今这个快节奏时代可以方便轻松地阅读的纯文学作品，也可以作为中小学生作文的辅助读物。

责任编辑：张　珑

赣水在我心中流淌：刘天仁散文诗词集
GANSHUI ZAI WO XINZHONG LIUTANG：LIUTIANREN SANWENSHICI JI
刘天仁　著

出版发行：	知识产权出版社 有限责任公司	网　　址：	http://www.ipph.cn
电　　话：	010-82004826		http://www.laichushu.com
社　　址：	北京市海淀区马甸南村1号	邮　　编：	100088
责编电话：	010-82000860转8540	责编邮箱：	riantjade@sina.com
发行电话：	010-82000860转8101/8573	发行传真：	010-82000893/82003279
印　　刷：	北京中献拓方科技发展有限公司	经　　销：	各大网上书店、新华书店及相关专业书店
开　　本：	720mm×1000mm　1/16	印　　张：	14.5
版　　次：	2015年4月第1版	印　　次：	2015年4月第1次印刷
字　　数：	251千字	定　　价：	42.60元

ISBN 978-7-5130-3330-5

出版权专有　　侵权必究
如有印装质量问题，本社负责调换。

我的2014与"海"有关

（代前言）

2014年，我的生活似乎与"海"有关……

我在海滨徜徉。听从了大海的召唤，四月份来到了黄海之滨。此后只要天气允许，几乎天天去观海，百看不厌。我在海岸凝望，在沙滩流连；我在潮水来时欣赏浪花，在潮水退后掏拾贝壳；我领略了大海的秀色，感受了大海的深邃；我分享了大海的喜悦，懂得了大海的忧愁……大海也向我敞开了她的胸怀，也向我倾诉了她的心声。于是我感到有了激情，于是我发现有了灵感，欣然下笔写出了几篇关于大海的散文……转眼之间，就近一年了，还是有些舍不得离开。

我在史海探幽。我不从事历史研究，只想弄清历史事实。2014年是农历甲午年，也是我此生经历的第二个甲午。在经历第一个甲午的时候，知道了甲午战争，知道日本是侵略者，知道了我们是失败者。但那时我还是个懵懵懂懂的小学生，虽然义愤填膺，但对那些历史事件说不出个所以然。随着年龄的增长，知道的逐渐多一些，但总体来讲还是说不清道不明。再逢甲午的时候，我猛然认识到，如果再不把甲午战争的来龙去脉搞清楚，那么在我心中就是一个没有完全弄清的谜团，将来就无力在另一个世界揭露和声讨杀人恶魔了。所以硬着头皮闯入史海，终于基本弄清了甲午战争的头绪。单说日本，侵略中国是它的既定方针；当时它野心勃勃，是毫无掩饰的；当时它侵略中国的计划，是极其周密的；它在战争中的手段，是极其凶残的；它在战胜清朝后，态度是骄横傲慢的；这条恶犬后来有能力再度与中国进行八年殊死较量，是靠中国的战争赔款养肥的……

我继续在文海中拾珠。以我自己的节奏，不紧不慢地创作了一些诗文。所不同的是，我开始进行了串联的工作，将两年多的诗文进行了整理，终于编成了一本书稿，已交出版社。不出意外，2015年也可以见到我自己的书，当然值得高兴。同时也有一些惭愧,因为直至迟暮之年才有一本小书,不由得有一点"归对妻孥梦亦羞"的感觉。何尝没有遗憾,因为我的第一本书极可能也是我最后的一本书。但无论如何,它标志着我在文海泛舟有了一星半点的收获。只是一小块荒芜的平地种了几株豆苗依旧是平地,依然需要而且应当仰望高山。

2014年,我的生活真的与"海"有关……

目录

故土情怀

萍乡,我的故乡	3
萍乡,我的梦乡	5
啊,萍水河	7
故乡的油茶树	9
小路悠长	12
青草冲的怀念	14
赣水在我心中流淌	19
南昌印象	21
洗马池抒情	24
滕王阁,我一直在读你	27
青云谱	29
方墓情思	32
春雨带春烟	35

怀古幽思

草堂情思	43
韩愈与潮州	45
春临贤令山	46
邂逅柳州	48
苏轼与惠州	50
苏轼与儋州	52
梦游古黄州	54
蓬莱偶拾	57
聊斋闲聊	59

圆明园祭

圆明园,我追寻着你	63
文源阁挽歌	65

"正大光明"祭 ……………………………………………………… 68
"勤政亲贤"的悲剧 …………………………………………… 69
"澹泊宁静"的毁灭 …………………………………………… 71
追寻那张图 …………………………………………………… 72
华表的故事 …………………………………………………… 74
圆明园——美的精灵——代我写圆明园的结语 ……………… 75
文渊阁——酸楚之渊 ………………………………………… 77
文澜之"澜" …………………………………………………… 79

壮哉，神州

伟哉,黄帝陵 …………………………………………………… 85
壮哉,中山陵 …………………………………………………… 86
梅关赋 ………………………………………………………… 89
凌云塔 ………………………………………………………… 90
大运河情思 …………………………………………………… 92
郁孤台,你是一朵兰花 ………………………………………… 93
快阁快语 ……………………………………………………… 94
万山之中小县耳 ……………………………………………… 96
啊,采桑子——试写欧阳修《采桑子(十首)》词意 …………… 98

海韵山魂

海浪心语 ……………………………………………………… 103
浪花礼赞 ……………………………………………………… 104
沙滩遐思 ……………………………………………………… 105
海滨早晨即景 ………………………………………………… 106
海滨暮色 ……………………………………………………… 107
海滨秋色 ……………………………………………………… 108
海滨一日 ……………………………………………………… 109
海滨初冬 ……………………………………………………… 110
海之缘 ………………………………………………………… 111
龙虎山游记 …………………………………………………… 114
虎丘游记 ……………………………………………………… 115
笑串青山作项链 ……………………………………………… 117
庐山诗趣 ……………………………………………………… 118

草木有情

草 ··· 123
窗下一片小草 ··· 124
树的自白 ·· 125
柳 ··· 126
一片落叶 ·· 127
我爱竹 ·· 128

风花雪月

读风 ·· 133
啊,秋风 ··· 135
秋阳 ·· 136
秋雨 ·· 137
海棠花,我不敢写你 ·· 137
井冈杜鹃 ·· 140
春兰自语 ·· 141
黄花漠漠弄秋晖 ··· 143
梅花自言 ·· 144
嗨,三角梅 ·· 146
雪 ··· 147
今夜属于明月 ··· 147
那年的雪 ·· 149
昨天的雪 ·· 150

温情脉脉

家是什么 ·· 153
春天来了 ·· 154
冬 ··· 155
春节,你好 ·· 157
蛇年,你好 ·· 158
落日赞 ·· 159
落霞颂 ·· 160
赞美一滴水 ·· 161
早春的列车 ·· 162

去"偷"点时光吧 … 164

岁月留痕

楼下的房屋拆除了 … 169
朝拜大佛寺 … 170
伪满皇宫沉思 … 172
啊,甲午 … 174
双面网络 … 176
老人和儿童 … 177
此生忘不了的书店 … 178
我的"光明"情缘 … 180
我与《江西日报》 … 181
"无限"的风采(科学小品) … 184
你将是一个传奇 … 185
游泳小结 … 187

浅唱低吟

古风·故乡(三首) … 191
钗头凤·忆童年 … 191
童年的记忆 … 192
家门口,小池塘(儿歌) … 193
青玉案·南昌情思 … 193
沁园春·忆南昌百花洲兼自嘲 … 194
六州歌头·咏江西 … 194
怀陶渊明 … 196
满江红·怀欧阳修 … 197
次韵《多景楼》诗兼赞南丰怀曾巩 … 198
桂枝香·怀王安石 … 198
次韵《寄黄几复》诗兼怀黄庭坚 … 199
声声慢·怀李清照 … 199
沁园春·怀辛弃疾 … 199
钗头凤·怀陆游 … 200
声声慢·圆明园153年祭 … 200
甲午感怀 … 201
一剪梅·忆九一八 … 201
七七事变77周年 … 201

五绝·无题	201
踏莎行·郁孤台感怀	202
一萼红·景德镇瓷器	202
虞美人·庐山	203
七绝 韶山	204
天净沙·海	204
踏莎行·海滨抒情	204
七绝 秋之海	205
七绝 海之秋	205
浪淘沙·钓鱼岛风云	205
海风——大海的精灵	206
七绝 秋	207
三台令·秋雨	207
七绝 立秋观石榴	208
水调歌头·癸巳中秋	208
重阳节观晚霞	208
清平乐（二首）	209
忆江南（三首）	210
七绝 观荷	210
丑奴儿·无题	211
你说	211
七绝 赠友人	212
友谊	212
黄昏	213
光明颂	213
水调歌头·赞《光明日报》	214
和山佳《七绝 承德游》并请先生教正	215
赏《节日赏石，大饱眼福》文中的"青龙偃月刀"随想	215
中华文化遐想	216
后 记	221

| 故土情怀 |

萍乡，我的故乡

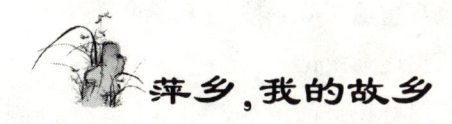

"独在异乡为异客，每逢佳节倍思亲。"今年元旦，儿子和儿媳带着他们的双胞胎孩子走亲戚去了，老伴也去另一个儿子那里了。我一个人在家，屋外冷飕飕，屋内冷冷清清，于是打开了电炉。不知怎么搞的，这不禁使我思念起童年时代在老家烤火的情景来：在一间黑咕隆咚的小屋子里，靠墙挖了一个浅坑，里面摆放着一个燃烧着的偌大树兜，全家人（有时也会夹杂一两位邻居）围着树兜取暖，谈天说地，讲鬼评妖，火焰明明灭灭，心情跌宕起伏，夜深了也不愿上床睡觉。有时煨上几只红薯，不用说吃，就是闻香气也会垂涎欲滴……此后思乡的情绪竟一发而不可收，几乎整个元旦都沉浸在思念之中……

我的故乡在江西萍乡。掐指算来，我离开那里已超过了半个世纪。当然期间也回去过，最初比较频繁，隔两三年回去几天；以后的间隔越来越长，如今已是十七八年没有回去了。尽管如此，我心里一直牵挂着她，永远为她感到骄傲。

我生长在农村的贫寒之家，从小就有些自卑感。但当离开故乡来到南昌，发现许多同学和同事之前连火车都未见过，才知道我也有比别人优越的地方。因为浙赣铁路就从老家门口正前方经过，不但对火车司空见惯，而且由于旅客列车都挂有起点和终点的牌子，所以我打小时起就知道铁路的一端有南昌、杭州和上海，而铁路的另一端有长沙、广州、重庆和昆明。至于乡亲们更是对铁路产生了某种依赖。在我的童年时代，农家鲜有钟表。自火车打家门口经过起，乡亲们逐渐淡化了"日出而作，日落而息"的老习惯，而代之以旅客列车作为他们计时的参考。当然有时因火车晚点或看走了眼也会出现一点小问题。后来我发现，我比有些人更早认识的不只是火车，还有缆车，就是现在许多旅游景点都有的那种缆车。在二十世纪五十年代，萍乡有两家隔着一座山的煤矿——高坑煤矿和王家源煤矿。高坑煤矿建有铁路支线，煤炭运输没有问题。而王家源煤矿仅有一条绕山而行的简易公路与高坑相通，不但路程远，而且那时又没有大吨位汽车。为了解决王家源煤矿的煤炭运输问题，于是就在它和高坑之间修筑了一条跨越山岭的运煤缆车线路。因为我的姐夫做过缆车的操作工，所以我对此有所了解。以后我在旅游景点看到人们对缆车趋之若鹜，不禁有几分自鸣得意。上帝关上了一道门，就会打开一扇窗，我虽然有许多不如人的地方，但故乡也给了我一些优于人的东西，于是我渐渐有了自信。此长彼消，我的自卑感也逐渐淡化了。

随着年龄的增长，自己有了一些阅历，我对故乡的认识就越来越深入了：原来我的故乡也曾有过明星般的辉煌。十九世纪末至二十世纪初是她闪光的一段日子。萍乡煤炭资源丰富，但一直未能进行规模开发。直到1898年，近代官僚买办盛宣怀创办了萍乡煤矿，使之成为我国最早开采的煤矿之一。1899年，浙赣铁路建成。同年动工修筑的萍乡至株洲的延长线，于1905年竣工并与粤汉铁路衔接，极大地推动了萍乡煤炭资源的开发。1908年，盛宣怀在汉阳制铁厂、大冶铁矿和萍乡煤矿的基础上成立了汉冶萍煤铁厂矿公司，由官督商办改由完全商办，成为中国第一代新式钢铁联合企业。辛亥革命前，汉冶萍公司年产钢7万吨、铁矿50万吨、煤60万吨，仅钢产量就占当时全国年产量的90%。汉冶萍公司实际控制了清朝的重工业，萍乡也因汉冶萍公司的显赫地位而变得令人瞩目了。

我的故乡也曾受到一代伟人的青睐。煤炭资源的开发，给萍乡带来了空前的繁荣，使她有了"江南煤城"的称号，但同时也使老百姓遭受着更为严酷的压迫和剥削。"少年进炭棚，老来背竹筒（讨饭），病了赶你走，死了不如狗。"这便是当年煤矿工人生活的真实写照。哪里有压迫，哪里就有反抗。刘少奇、李立三等老一辈无产阶级革命家早年就曾来萍乡安源从事革命活动，并于1922年9月领导了震惊中外的安源路矿工人大罢工。坐落于萍乡安源半边街的安源路矿工人俱乐部，是工人运动的组织形式。刘少奇在萍乡安源近三年，曾任俱乐部总代表、窿外主任、总主任等职。在罢工期间，刘少奇、李立三作为工人的全权代表，与资方进行谈判。因为当时的谈判地点为敌戒严司令部，工人代表来此谈判犹如深入狼窝虎穴，所以"刘少奇一身是胆"当时被传为佳话。毛泽东也曾来安源从事革命活动，安源张家湾军事会议旧址，是毛泽东在萍乡从事革命活动的见证。1927年9月上旬，毛泽东从湖南来到萍乡安源，召集了安源、浏阳等地的党、军负责人会议，讨论了秋收起义具体计划，宣布了暴动日期、进军路线口号等。安源的路矿工人参加秋收起义的人众多，那位写过《把一切献给党》的吴运铎就是一位杰出的代表。

不要认为这只是"谁不说俺家乡好"的效应，此时我想到的的确尽是故乡的好。故乡不是没有给我磨难，但我认为那些磨难对我的人生也不无好处。记起了现代京剧《杜鹃山》，我喜欢它优美的曲调，其中那句"家住安源萍水旁"的唱词更中听。每当我听到这一句时，都感到热血上涌，想从心底里说出一句话：萍乡啊，我引以为豪的故乡！

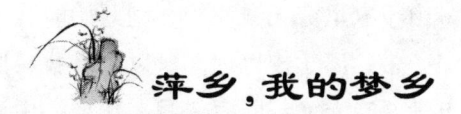

萍乡，我的梦乡

"晨起临风一惆怅，通川溢水断相闻；不知忆我因何事，昨夜三更梦见君。""山水万重书断绝，念君怜我梦相闻；我今因病梦颠倒，惟梦闲人不梦君。"这是白居易和元稹之间涉及梦的唱和诗篇，读后方感梦也值得玩味。其实文人墨客的梦和村夫野老的梦应该没有什么区别：只不过前者有生花妙笔，加以渲染，所以他们的梦得以流传。而后者没有文人的这种本领，只好眼巴巴地让梦瞬间飘然而逝。

我近来常做村夫野老式的梦。梦中的时间大多是我的童年时代，梦中的地点大多在我的故乡——萍乡。那梦中的人物呢？

我常梦见细婶。她并不是我的亲婶婶，而只是老家的邻居。她寡居，有一个和我同年的儿子。由于我的父亲也早逝，所以细婶和母亲常有来往。当年一个外乡人来我们那里烧石灰，那时石灰不但是重要的建筑材料，而且广泛用于农田杀虫与中和土壤。石灰窑设在离我们村庄六七里远的一个山头，取山上的石灰石为原料，而燃料取自我们村庄另一端山头上的小煤窑，大约也有七八里地远。为了赚点运费，有一天细婶带着她的儿子去运煤，我也跟去了，当时我不超过十岁。通往小煤窑的山路崎岖而又陡峭，有一段路挑着空筐勉强可以上去，但挑着装了煤的担子下山，对我们来说却是寸步难行。我们两个孩子急得像热锅上的蚂蚁。这时细婶一声不响，挑着百八十斤的担子小心翼翼、一步一个脚印地走下去，她的儿子急得哭了起来。但细婶很快又返回来了，接过她儿子的担子走下去。她的儿子也跟在身后走了。此时我非常难过，不由得想起母亲，可母亲不在身边；想丢弃担子空手下山，又无法跟家里交代。正当我绝望的时候，细婶奇迹般地出现在我的眼前。她接过我的担子，一面招呼我跟在背后，一面抓住路旁的柴草，缓慢地走下山去。听着她气喘吁吁的呼吸声，看着她汗水湿透了的衣衫，我的声音哽咽了，我的眼睛模糊了。那次我挑了十几斤煤，走了十几里路，赚到了一毛多钱，但令我终生难忘的却是细婶给予一个邻居孩子的母亲般的爱。

志德叔叔也常入我的梦中。志德叔叔是我的堂叔，在城里做生意。当时的教育比较落后，我所在的乡没有一所完全小学，我上高小就在县城的城区小学。由于家里穷无钱住校，刚开始时我寄居在姑姑家里。但姑姑家住小西门汪公潭一带，离学校也远，所以后来我又回到家里，每天早出晚归，走十几里地去上学，晚上又赶回家。我在萍乡一中读初中，开始时一中校址分本部（青草冲）和分部（县城东门），新生在分部上课。祖母向志德叔叔请求，让我寄居在他家，他爽快地答应了。那时他家生活条件较好，但他们一家对我这个穷孩子并不嫌弃，我的吃喝拉撒睡和他的孩子一个样。婶婶每天清早要准备早餐，虽然他们的孩子也上学，但是他们上小学，离家近，而我上学远，婶婶为了我就要起得更早。记得有一次天气很冷，婶婶起得迟了一些，我没有吃早餐就去上学了。但当我上完第一节课时，发现婶婶竟在教室门口等候。我热泪盈眶地吃完她送来热气腾腾的饭菜，一股暖流涌上心头。我在志德叔叔家几乎是白吃白喝，且被照顾得如此周到，能不让我铭记一辈子吗？第二个学期，我去青草冲上学了，离城里远了，也就离开了志德叔叔家。

当然进入我的梦境最多的要数我的祖母了。我两岁丧父，祖父也差不多是那个时候逝世的，家里全靠祖母和母亲两个女人支撑。母亲几乎包揽了全部体力活，家务则由祖母打理，所以我是由祖母拉扯大的。那时农家妇女识字的很少，但祖母却认得一些字。因为我的曾祖父是一位私塾先生，祖母常一面做针线活，一面"旁听"曾祖父讲课。久而久之，不但认得一些字，也晓得"桃园三结义"一类故事和"懵里懵懂，清明下种"一类谚语。她把所知的知识毫无保留地全给我了。她不但用五谷杂粮、野果野菜将我养大，而且尽其所能为我上学创造条件。在萍乡念书，由于学校离家远，又无钱住校，我大多是天蒙蒙亮就出发，断黑时分才回家，中午往往饿肚子。实在太苦，我多次想放弃学业，是祖母使我得以坚持下来，使得我以后能有在学海泛舟的机会。令我悲痛的是，我刚参加工作那年，祖母就逝世了。难道让我自立就是她最终的任务？我有了工资后，连一块糖、一块饼、一盒烟、一瓶酒都来不及买去孝敬她老人家，真令我伤心不已。记得当时得知祖母病危，我去请假，单位不准，说我又不是医生，何况又只是祖母，他们哪里知道那是我相依为命的祖母啊？等得到她的死讯赶回家，她已经入土安葬了，因为当时正值炎热的夏天，没有能见上祖母最后一面，怎能不叫我悲痛欲绝呢？记得我最后一次离家时，祖母送我一程，她迎风站在高坡上，久久地凝视我，我也不停地回望她。这是我对祖母永远都不会忘却的记忆。

和祖母一样，细婶和志德叔婶也都离世了。滴水之恩，当以涌泉相报。那涌泉之恩呢，何以为报？在生不能报答他们，只有到天堂再与他们商议。在此之前，我要去梦中会会他们，告诉他们我不是一个忘恩负义的人，我是一个知恩图报的人，所以我常梦回童年，梦回故乡……

萍乡啊，我魂魄牵绕的梦乡！

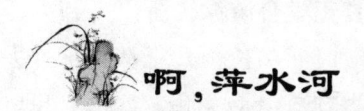

啊，萍水河

浙赣铁路横贯萍乡，好像她的一条钢铁大动脉。而发源于宜春市袁州区水江乡的萍水河，流经萍乡全境，犹如她的一条大静脉。有意思的是，尽管一个笔直伸展，一个蜿蜒曲折，但"动脉"和"静脉"竟然形影不离。也不知是浙赣铁路看上了柔情的萍水河"姑娘"，还是萍水河被外来的钢铁"汉子"所吸引？总之，萍水河不听从赣江水系的召唤，竟然与浙赣铁路双双奔向湖南。然而到了湖南，浙赣铁路就止步不前了，因为与粤汉铁路（即今京广线）衔接是它的终极目标。而萍水河进入湖南以后，就改称为渌水，流入湘江，注入洞庭湖，汇入长江，还要奔向海洋，走向世界。由于"姑娘"志向远大，最终只得与"汉子"分道扬镳了。这难道是解释"萍水相逢"这一词语的另一种版本？

我离开故乡已逾半个世纪，后来只是蜻蜓点水式地回过几次，所以在我脑海里根深蒂固的是关于半个世纪前萍水河的记忆。童年时代的母亲河是美丽的，她不但水量充沛，河水澄澈，而且水网密布。离我们村庄不远处有一条河，那是萍水河的支流，我们称之为"大河"。在我的家门口有一条小溪，那是大河的支流，我们称之为"小河"。至于细小的沟渠，更是难以胜数。那些沟渠、小河、大河直至萍水河，都留下了我的印记。

记得小时候，我常和小伙伴在沟渠边游荡，选择积水比较深的地方（我们称之为"荡"），在其上游用泥巴筑一道坝，截断潺潺流水，用桶将荡里的水舀干，欢蹦乱跳的小鱼小虾、泥鳅黄鳝便会呈现在眼前，足够每个人家里吃一两餐。下次当然会选择另一个荡去作业。即使还在同一个荡，只要间隔一段日子，也同样会有收获。

家门口那条小河，更是我们小小少年的玩耍戏水之地。记得有一次我回家探亲，在城里大哥家遇到一位从老家村庄里来的年轻人，他竟然称我为恩人，弄得我一头雾水，后来听了他解释才弄清楚。原来我七八岁时与小伙伴在小河里戏水，一个比我们小两三岁的孩子也跟来玩耍，一不小心掉进水深的地方，哭了起来，我只是顺手把他拉起来而已。举手之劳，竟被称作恩人，真是受之有愧！一件芝麻大的事，竟让人家记住一辈子，看来真是"莫以善小而不为"啊！

等稍大一点，我便到了可以进入大河的时代了。在小河里只是玩耍，并没有真正学会游泳，所以一到大河便傻了眼，只会抓住岸边的石头或柳枝用脚打水。时间一长，人家都看不过去了。村里一个稍大一点的孩子说教我游泳，把我带到河中央，抛下就走。我急得大声哭叫，手脚并用在水中胡乱拍打，也不知喝了多少水才漂到岸边。上岸以后，我不停地骂那个孩子，很长时间内都恨他。但奇怪的是，打那以后，我对河中央充满了好奇，跃跃欲试，总想游到那里去。一段日子以后，终于取得了突破。如果不是那个孩子，我未必能在短时间内学会游泳。从这个意义上讲，我不但不应该恨那个孩子，而且应该感激他才是。

上中学以后，我才和萍水河有亲密接触。萍水河从我们学校不远处经过，整个夏天便成了师生们的泳场和浴场。我不但和师生们一样，对萍水河有着深厚的感情，而且还有令我刻骨铭心的记忆。那是一天下午，天气特别闷热，因为正值洪水季节，并没有人敢去游泳解暑，而有一个绰号叫"墨斗"的同学却偷偷地约我去游泳。我们到了河边，但见河水浑浊泛黄，水流湍急，河面宽了许多。"墨斗"的水性好，对此毫不在乎。而我只会"狗爬式"，虽然有些犹豫，但又不好意思打退堂鼓，只好硬着头皮也下了水。原本打算游到对岸后，休息一下恢复体力再往回游，但到了对岸，才发现脚下的泥沙也在滚滚流动，根本无法站立，而岸边可以用来抓的柳枝已被水淹没，无法登岸。我心头一慌，只好竭尽全力往回游。游到最后一段，真是可以用"垂死挣扎"来形容。

我被"墨斗"拉上岸，便瘫到了地上……当时我想，大概是萍水河动了恻隐之心，才没有将我席卷而去。萍水河饶了我一命，我怎能不对她一往情深呢？

喝了十四五年萍水河的水以后，我离开了故乡，长时间喝赣江水，而后又喝珠江水，但我永远忘不了萍水河河水的滋味。如果说赣江水和珠江水是滋润我心田的绿茶和红茶，那么萍水河河水是哺育我成长的乳汁。据说一个人体内的水每隔十几天就要全部更换一次，但我至今仍然感到身上有萍水河河水的残留。这难道是至柔的河水在我心上打上的不可磨灭的烙印？我曾数度去过石钟山，那时还没有修通公路大桥，汽车到了那里要等待轮渡。石钟山附近水面是长江和鄱阳湖的交汇处，江水和湖水界限分明。旅客下车以后，纷纷涌向清澈的湖水洗脸洗手。而我则走向了相对浑浊的长江水，双手并拢捧起水，顿时感到了与萍水河河水再度亲密接触，尽管我知道她在长江水中的比例是微乎其微。而且我每次都用矿泉水瓶灌上一瓶长江水，带到石钟山上，沉淀一下泥沙，坐在小亭子里，喝上几口，仿佛又喝上了萍水河的水，尽管我知道或许其中只有她的几个水分子而已。此时我举头左眺波涛滚滚的长江，右望烟波浩渺的鄱阳湖，想到它们都是由无数条"萍水河"汇流而成的，不由使我联想起渺小和伟大、平凡与神圣的辩证关系。

啊，萍水河！令我难以释怀的萍水河……

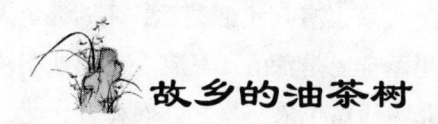

故乡的油茶树

油茶树是一种极普通的树。从树形来说，多为灌木，顶多只能长成小乔木。从气质来说，它没有松树的伟岸，又不及柏树的凝重，更缺乏杨柳的婀娜多姿。然而我打心眼儿里喜欢油茶树……

我的故乡地处丘陵地带。小时候听老人说，早年故乡周围的山丘大多是荒山：要么杂草丛生，像叫花子的胡楂儿；要么寸草不生，光秃秃地露着"脊梁"。一代代淳朴勤劳的故乡人，含辛茹苦，一铲一锄地开垦荒山，或种松、或种杉，或种毛竹，但大多数种上了油茶树，终于使故乡的山丘披上了绿装。漫山遍野的油茶树，衬托着农家的袅袅炊烟，辉映着天空的灿烂彩霞，构成一幅恬淡素雅的画卷，成为一道美丽的风景。长期以来，乡亲们都心照不宣地视油茶树为家乡的象征。

早先我对油茶树并不是很在意。相对而言，我更欣赏东村的桃红李白，也更羡慕西村的橙黄橘绿。直到了解了祖父的经历，我才改变了对油茶树的态度。由我这个做了祖父的人来谈论自己的祖父，讲的自然是很久以前的事情了。祖父是个诙谐的人，但走路是一拐一瘸的。他的腿残要追溯到抗战末期。有一次闻讯日本鬼子要打过来了，村子里乱作一团。家里准备了几天吃的饭，并将所有的鸡鸭统统宰杀，煮了一大锅，装进水桶，全家人带上躲进了油茶林。唯独祖父自恃年高，何况还有一头老牛需要保护，不肯随家人上山。结果鬼子一来，不但抢走了牛，还把祖父打倒在地上，直到家人回来，他还躺在血泊里。鉴于当时的医疗条件和家庭的经济状况，祖父腿部骨折一直未能治好，而且伤口溃烂。这不但使他从此走路一拐一瘸，而且成为他的致命伤。通过对祖父致残原因的了解，我知道了油茶林掩护过我们全家，其中也包括刚刚出生的我，我开始对油茶树有了感激之情。

祸不单行。祖父致残后一年，父亲因承受压力过大，不幸得急性病身亡。恶性循环，次年祖父伤病大发作，相继逝世。从此家庭的重担便落到了祖母和母亲两个女人肩上，生活举步维艰。然而就是在那些极其困窘的日子里，我对油茶树有了更多的了解和认识，发现油茶树的影子时常出现在我们的生活之中。

每年寒露和霜降之间，油茶籽成熟了，全村人便倾巢出动上山采摘。记得最早我家也有一块油茶林，不过不在村子的周边，而是在离村十几里的地方。那里基本上是荒山，只有少量的油茶树。但很奇怪，那些躲藏在杂乱柴草中的小茶树居然也果实累累。农村合作化以后，我家那块几近荒芜的油茶林便易其主了。自家已经没有油茶林，母亲便带领我们帮人家采摘油茶籽。因为采摘油茶籽是一件季节性较强的事情，那些拥有较多油茶林的家庭根本忙不过来，很希望有人来帮忙。对我们来说，既帮助了人家，又可以赚些工钱，一举两得，何乐不为呢？

等到油茶籽采摘告一段落，母亲又带领我们上山去捡油茶籽。因为有些油茶籽成熟较早，外壳被晒裂而掉在地上，在采摘油茶籽的过程中也有一些"漏网之鱼"，这些油茶籽的归属就不分你我了，谁拾到便归其所有。我们一家人起早贪黑连续作战，捡到的油茶籽居然数量可观。经祖母精心晒干和分拣后，送到离家不远的榨油作坊榨油。那间榨油作坊地处小河边，其上方有一道拦河坝，靠岸留有一条泄水道，利用水的落差带动水车转动，榨油作坊完全利用水力，用现在的眼光看来十分环保。油茶籽被碾碎，装好进行压榨，看着清亮的茶油汩汩流出，顺着沟槽流到容器里，我心里甭提有多高兴了！

随着冬天的来临，我们又得准备过冬用的柴火了。油茶树的枯枝在当时无疑是最棒的一种柴火了。燃烧时火苗旺，又耐烧，烧后火头久久不灭。寒冬腊月，祖母铲些火头放在炕笼里，用灰烬稍加掩盖，至次日还保留有火种。每当遇到这种情况，祖母总要大声说"还有火种"，仿佛提醒我们：生活还有希望！

我的童年更是和油茶树结下了不解之缘。由于油茶林要定期垦复，林间没有杂乱的柴草，地面显得比较光洁，所以我和小伙伴常到油茶林玩耍，油茶林便成了我童年的乐园。油茶树开花季节，漫山皆白，我们伴随着蝴蝶的翩翩舞姿，聆听着蜜蜂的低吟浅唱，在花海中徜徉嬉戏，好不惬意！玩得有些累了，便找来一根稻草芯，插入油茶花的花蕊，用嘴轻轻一吸，甜丝丝的花蜜便进入口中，沁人心脾。更有趣的是，油茶树的果实除了油茶籽之外，有时还会长出少许可以生吃的东西：一种我们称之为"茶苞"，青灰色，不规则圆形，空心；另一种我们称之为"茶饼"，呈叶状，肉质厚实。两种果实均略带酸甜味。而一旦越过油茶林的边界，到了那些长着杂乱柴草的山坡，则更有意外的惊喜，因为那里有更多的野果。有一种矮小的灌木可以结出紫色的果实，成熟后十分好吃，虽然只有绿豆大小，但像葡萄那样成串，我们称之为"阳冬瓣"。还有一种带刺儿的植物，其长形的枝条伸出呈半圆形，上面依次挂着一排花瓶状的橙色果实，活像一串安在拱形门上的小灯笼，煞是好看。奇怪的是，这些小果实也浑身长满了刺，但特甜，因而有了"糖罐子"的美称。吃得痛快，玩得尽兴，但终要曲终人散。此时我们还不忘在油茶林搜索一遍，看油茶树下是否长出蘑菇，因为茶树菇是一种食之安全的菌类植物，谁不想让晚餐增加一道味道鲜美的菜肴呢？

长大以后，我离开故乡到外地谋生，那是一个人声鼎沸、车马喧嚣的地方。离开了曾经朝夕相处的油茶树，我对它有着不尽的思念。待熬到回故乡探亲时，我匆忙赶到油茶林，但此时和油茶树只能默默相对，再不可能像童年那样在油茶林玩耍嬉戏了。虽然采摘油茶籽、吮吸茶花蜜、品尝"茶饼""茶苞"等场景一一在脑海涌现，但这些令人兴奋的事情已不可能再亲历亲为了，我不免感到有些惆怅。后来母亲也迁入到城里，我就再也没有回过童年厮混的那个村庄，与故乡油茶树的重聚只有在梦中了。

说来也奇怪，每当梦见故乡的油茶树时，总有我的母亲在场。自从我们兄弟姐妹相继离家之后，老家只有母亲和祖母两人了。后来祖母去世，便剩母亲一人孤苦伶仃厮守老家。有一次，她上山拾了几根油茶树的枯枝做柴火，被生产队停发了口粮。无奈之下，她只能迁到大哥处。最初几年为大哥带孩子，忙得不亦乐乎，倒也相安无事。等孙子们长大了，她有些闲了，问题便接踵而至。先是常常发呆，继而常发脾气，甚至嚷着要迁回老家去。这当然是不可能的事情。那时我不在母亲身边，加上自己的生活也是焦头烂额，对母亲这些变化并没有太放在心上，作为儿女也没有给予她足够的关心。我退休之后，发现自己也变得喜欢回首往事了，有时甚至像阅读一部长篇小说那样欲罢不能。自己的这些变化使我不禁联想起母亲来：母亲没有文化，一生操持家务，与外人接触甚少；又因为生病失聪，对外部世界知之不多。她的整个人生故事，都是在那个周边长满油茶林的村子里发生和演绎的，那个村子几乎是她的整个世界。她步入老年后情绪上的变化，应该是其对故土不尽思念的体现。遗憾的是，当我能够理解这一点时，她已早离人世了，想起来仍然感到悲痛……如今我也出现了像母亲步入老年时情绪变化相似的征兆，只是由于经历的不同，我的回忆相对零散一些，但对故乡的思念仍然是不可或缺的内容，而那些曾经与童年的我亲密相处的油茶树更是其中最为精彩的篇章……

　　油茶树是一种极普通的树。它没有松树的伟岸，又不及柏树的凝重，更缺乏杨柳的婀娜多姿。然而它见证了我童年的辛酸，也给我的童年带来过欢乐，我怎能不打心眼里喜欢它呢？

小路悠长

　　如今交通确实便利：不但铁路纵横交错，公路更是密如蛛网；出行动辄坐高铁，走高速。那些曾经熟悉的乡间小路几乎已成为过去，那些迂回曲折的羊肠小道也渐行渐远了，然而小路的形象始终存在我的记忆之中……

　　记忆中的小路是悠长的。我的老家在农村，离当时的县城大约十几里地。虽然路过村庄不远的浙赣线也直插县城，但与之沟通主要还是靠一条小路。幼年时期，足迹基本不出村庄，小路似乎与我没有多大关系。但等我念高小的时候，小路对我的意义就非同小可了。那时由于教育落后，我们一个偌大的乡，连一所完全小学都没有。从高小开始，我不得不"就近"到县城里上学了。当时小学也是可以寄宿的，但因为家里穷，拿不出钱供我寄宿。我只得早出晚归，每天得走三十里地，名副其实地与那条小路朝夕相处了。我粗略地估算了一下，从我上高小到以后上初中的5年内，如果每年上学250天，每年得走7500里，5年下来就是37500里，除去我曾短暂的寄居亲戚家和寄宿的时间，那么我在那条小路上踽踽独行，至少也有红军二万五千里长征的路程。能说小路在我的心目中不悠长吗？

　　记忆中的小路是蜿蜒的。它穿插于田间地头，顺从于溪流沟壑，辗转于屋场庙宇，登攀于茶山荒丘。当时我想要是有一条笔直的路，可以少走多少冤枉路啊！可后来当我来到城里，走在宽阔笔直的马路上，前方的目标清晰可见，走着走着，总是遇见同样的电杆、同样的树木，似乎永远走不到头，不禁又怀念起小路的好处来……

　　记忆中的小路是泥泞的。江南多雨，特别是冬春两季更是雨雪不断，而家乡的土壤又是"天晴一块铜，下雨一包脓"。一到下雨天，走在这样一条小路上，十分艰难，我在小路上不知跌倒过多少次。但奇怪的是，小路似乎也通人性，对一个孤独的少年似乎有点恻隐之心。每次摔跤，小路总是让我顺势坐在地上，用那些杂草交织的"垫子"兜着我，用那些黏稠而又柔软的泥浆抚慰着我。爬起来一看，毫发未损，只不过人像泥猴，不由得对之又爱又恨……

　　记忆中的小路是多彩的，"一路稻花谁是主，红蜻蛉伴绿螳螂。"从我的家里出来，小路便在一片开阔的水稻田里穿插。春天的油菜花黄得明亮；夏天的稻花很像茉莉；秋天的稻田里，成熟的稻谷一片金黄；冬天紫云英紧贴地面绽开小花，宛如给田野铺上了一张毛茸茸的地毯。长年累月在花海徜徉，花容饱我眼福，花香沁我心脾，也不知道花之神韵是否对我的心智产生过些许影响？越过一条小溪，小路便傍铁路而行。我交替在小路和铁路上行走，似乎可以缓解疲乏。而铁路穿山而过处有一泓清泉，好像是特别为我而准备的，我每天往返必要饱饮一顿。在我的印象中，那是我一生饮用过的最甘洌的泉水。还有那些呼啸而过的旅客列车，让我幼小的心也随着飞快的节奏而跳动，对远方、对未来产生了许许多多的憧憬。当小路拐进山林的时候，那里有着大片大片的油茶树，夏日里给我以荫翳，使我避免烈日的直晒。当油茶花盛开的时候，漫山皆白，取一根稻草芯，插入花蕊，用嘴轻轻一吸，甜丝丝的花蜜滑溜溜地进入口中，沁人心脾，顿时将我的疲惫驱散……

记忆中的小路又是多情的。它似乎是拨动我情思的一根琴弦。想到小路，有时我的心会隐隐作痛。记得我刚参加工作那年，探亲返回之际，祖母要送我到村庄附近的那个小火车站。哪有长辈送晚辈的道理？但她一再坚持，我只得顺从。我们祖孙俩在小路缓慢地走着，说不完的话语。走到一个地势比较高的地方，我硬是不准她再送了。她才停下来，站在那里久久地凝望。我也不停地回望，看到她的衣袂和银发在风中飘动，谁知这竟是我们的永别……就在这一年，祖母得重病，请假单位不准，等得到死讯，赶回家里，她已经入土安葬了。我的祖父和父亲早逝，母亲要承担家里全部的重体力劳动，所以我是由祖母拉扯大的。由于这么一种特殊关系，我对祖母的感情至深。所以只要想起来，至今依然十分伤感。想到小路，当然也会诱发我的乡思。虽然一辈子都在外边混，但我很看重乡情和亲情。有一年我回家探亲，大哥下放到离城八九十里的农村，母亲也随之而去。那时交通不方便，我在姐姐家里，要第二天才可等到一辆自行车，但我见母心切，决定步行。从上午九点多钟踏上那条小路，到傍晚六七点钟才找到家。真可谓走得天昏地暗，真可谓走得筋疲力尽。但当我见到母亲熟悉的身影，看到母亲亲切的笑容，所有的疲惫都烟消云散了……

如今乡间小路快要成为过去，羊肠小道更是渐行渐远。我的儿孙辈没有走过小路，甚至也没有见过小路。走大道当然方便，无需体验走小路的艰辛。但他们能够领略"山重水复疑无路，柳暗花明又一村"的意境吗？他们会有"一百八盘携手上，至今犹梦绕羊肠"的那种跌宕起伏的丰富情怀吗？所以这不知是孩子们的幸运，还是他们的遗憾？反正此生我是忘不了那条悠长的小路！

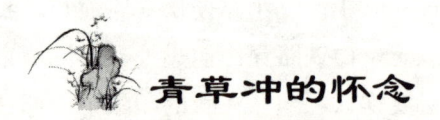

青草冲的怀念

离开青草冲已逾半个世纪了，然而她始终是我生命中梦系魂牵的一块绿洲。青草冲是我的母校——萍乡一中的所在地。在我的记忆中，当年萍乡只有四所中学。唯一的一所高中地处汪公潭，其余三所都是初级中学：萍乡二中设在文昌宫，萍乡三中在上栗，而萍乡一中则像一块光彩夺目的翡翠一样镶嵌在青草冲这块风水宝地。

　　青草冲离当时的县城约有五里，当年那里其实是一片星罗棋布的小山丘，我们的校园便被这些小山丘所环抱。校园的后面是一片零零星星种着一些旱作物的坡地。校园的右面是一座种满了松树的小山丘。校园的前面是操场，操场的尽头是几块巴掌大的水稻田，再过去又是一座小山丘，像一扇屏风挡在那里。校园左面的小山丘上有一片茂密的混交林，绿叶之间，常有淡雾轻烟缭绕；青枝之上，间有黄鹂麻雀栖息。由于常有师生光顾流连，林间的地面显得光洁，但边缘处还是有几丛杂草和荆棘，随着季节的更替，总会冷不丁冒出一些不同的花朵来，姹紫嫣红，绚丽多姿，引来蝴蝶翩翩起舞，惹得蜜蜂低声吟唱……漫步林间，令人爽身悦目，心旷神怡！我以为用珠联璧合和相得益彰来形容青草冲和萍乡一中的关系是最为贴切的了：如果没有萍乡一中的琅琅读书声，青草冲哪有别于其他小山冲的那种书卷气？而没有青草冲浓郁的这田园气息，萍乡一中就缺少类似古代书院的那种韵致！

　　乍看起来，青草冲和县城有些游离，其实它们是藕断丝连。从县城北门出发，有一条通往北部乡村的大道，正好从校园前面那座屏风似的小山丘后面经过，学校有一条道路直插那条大道。这条通道与另一条崎岖的小路构成一个近似的直角三角形，小路就是那条斜边。师生们出入县城都喜欢走那条小路，不仅因为它是一条捷径，而且由于穿插田间地头，沿途风光旖旎。或闻稻花香，或见菜花黄，途中还有一两间白墙灰瓦的小巧农舍。农舍门前一簇簇箭竹直指天空，屋旁小橘园绿荫掩映。每当收获季节，橘子压弯了枝头，挤退了绿叶，红彤彤的果实格外吸引路人的眼球，惹得来往过客垂涎欲滴……往来于小路上，不知不觉便走完了全程。记得我们大约每两周要看一次电影，而当时县城仅一家电影院，全体师生进城看电影时也走那条小路，因为小路太窄只容一人通行，于是我们的队伍便在小路上摆成一字长蛇阵。夸张一点说，"蛇头"已扎进了城里，而"蛇尾"仍然在操场上蠕动，蔚为壮观！那时大姐的婆家住在北门桥头，每当我们的队伍经过，大姐总要探头张望，直到见到我，两人相视，会心一笑，也不搭腔，她才转身进屋去。回程去大姐家小坐，大姐总要留我吃一顿饭，菜肴多是豆腐、豆芽，但热饭热菜，暖在心窝。

　　蜿蜒的萍水河打北边来，流经青草冲，向县城缓缓流去。萍水河在青草冲段也位于屏风似的小山丘后面,与那条出城大道毗邻。她是青草冲连接县城的另一条纽带。那时萍水河水量充沛,河水清澈见底,不但为青草冲增添了秀色,在夏天更成为师生的天然浴场。由于师生长期与之亲密接触,所以对萍水河的感情颇深。而我与她更有一种特殊的情谊,在涨水的季节有一次游泳被淹但幸免于难。当时我想,大概是萍水河动了恻隐之心,才没有将我席卷而去。萍水河饶了我一命,我怎能不对她一往情深呢?但现在想来,如果当时萍水河吞噬了我这条幼小的生命,很有可能会就地埋葬在青草冲,这或许是我灵魂理想的安息之地!

  一枝一叶总关情。我不但忘不了青草冲诗画般的环境,而且对当年一些同班同学也仍然记忆犹新。人如其名。记得有一个同学的名字取自"鹤立鸡群"这一成语,果然长得漂亮超众;而另一位同学的名字取"端庄中允"之意,人也长得美丽端庄。其实她们都是我的学姐,但不知为什么,当时我和她们一讲话就会脸红。接触最多的就是袁君和宋君了。还依稀记得在新生报到的时候,一个新生一句"既然如此,就此罢了"引来哄堂大笑,后来方知这个文绉绉的书生和我分在一个班,他就是袁君。袁君和我都是坐第一排的一类,而宋君坐第二排,正好是我身后那个座位。记得袁君和我一同去过宋君五陂下的家,最深的印象是他家里整齐地摆放着一排皮鞋,当时令我这个连一双胶鞋也买不起的"赤脚大仙"羡慕不已。袁君的滔滔不绝,深得宋君家长的夸奖;而我沉默寡言,不免有自惭形秽之感。袁君在中考时遭遇波折,现如今不知在哪里发财;而宋君后来对萍乡的曲艺——春锣颇有研究,通过互联网还拜读过他写的有关文章。还有一位肖君,离开青草冲和我一道赴南昌就读,又同窗两年,后来也分道扬镳了。肖君成了一名经验丰富的技师,而我似乎受到秦始皇的暗示,阴差阳错地干了一辈子统一度量衡的差事。

  时光像一把梳子,不停地梳理着停留在脑海的印象,除去尘埃,保留真容;时光又像一把筛子,不停地筛选那些经过梳理的零碎记忆,剔除空瘪,留下充实。正是在这种梳理和筛选中,许多老师渐渐淡出了我的记忆,而有的老师却始终留在我的脑海里,如气质高雅的音乐老师,稚气未消、讲课还略带羞涩的物理老师,还有一位老师的板书特别漂亮,被同学们当作练字的楷模……有几句想对老师说的话在我的心里藏了几十年,只是连我自己也已年届古稀,现在说出来,不知是否为时已晚?

  一句话是想对另一位物理老师说的。他总是匆匆而来,上课除了带三两支粉笔外,从不带其他东西,待粉笔写完,话音刚落,下课钟声随即响起,又匆匆而去。由于他个子比较矮小,在讲"80立方厘米"时声音拉得很长,声调又很特别,所以同学们就给他取了一个绰号——"80厘米"。如今我只记得这个绰号,倒忘了他的姓氏。老师,请恕我的不恭!

另一句话是要对教化学的易老师说。那时我的化学成绩比较好,易老师自然比较满意。当发现易老师有点喜欢自己,我在他面前便放肆起来。有一次上化学课,课前休息我尽兴玩,上课铃声响起才走进教室,发现教室后边临时摆放了两三排凳子,坐了一二十位本校和外校的老师。这是一堂公开课。我预感到大事不好,因为上一堂课后就没有摸过书本。一上课,易老师果然第一个向我提问,我吱吱唔唔、结结巴巴,半天回答不出来,十分狼狈,无地自容。看得出易老师也有点尴尬。易老师,我辜负了您的厚爱!

还有一句话要对教生物的辛老师说。有一次辛老师带我们上实习课,到校园后一块地上锄草。杂草长得茂盛,苗却长得很小,加上我当时有点近视,分不清苗和草,一锄下去,把苗锄掉了,却留下了一根粗粗的杂草。辛老师发现后,十分生气,当时给我打了1分。我当时不敢争辩,满腹委屈,无处申诉,但那时我正年少气盛,不知天高地厚,便以辛老师为题材,写了一篇小品文,投寄到《中国青年报》。文章当然没有刊登。但报社很快回信对我进行安慰,并说我反映的问题已转给了学校。巧合的是,下一个学期,辛老师就不再担任教研组的负责人了。人微言轻,我不相信这和我有什么关系;但现在想来,社会复杂,我的举动被人利用也未可知。倘若果真那样,辛老师,真对不起,那不是我的本意! 和您一样,我只不过是想发泄一下而已!

还有一位老师不得不提,他姓周,是一位语文老师。他没有教过我们的课,我们甚至没有说过一句话,但他对我的人生却有些影响。我的家离青草冲十几里,由于家境贫寒,不得不走读上学。每天清晨就从家里出发;上午上完课,当同学们吃饭休息时,我却空腹在教室写作业,时间有宽余,便趴在课桌上打个盹;下午上完正课,不参加任何课外活动,便匆匆往回赶,到家已是断黑时分。那时我要走很长一段铁路线,久而久之,每天要跨过多少根枕木都数得清清楚楚。由于困倦和饥饿,我在回程中常边走路边打瞌睡。为了躲避火车,这时我就会跳到一条傍铁路而行的小路上……一个新学期开始的时候,我还没有筹到十几块钱的学费,祖母要我去找校长求情,我哪里敢去?我哪里说得清楚?然而祖母的"懿旨"难以违抗,我又只得清晨出发,但走到中途,没有从世家冲插入青草冲，而是沿浙赣线而下，来到了县城，一头扎进了县文化馆，一直磨蹭到下午才返家，对祖母谎称我去了学校。这样一连十多天，我把县文化馆儿童阅览室里的书报几乎全部看完了。直到班上派了两个同学到家里，才揭穿了事情的真相……与此同时，大姐发现一个戴眼镜的青年早晚从家门口经过，估计他是萍乡一中的老师，便鼓起勇气拦住了他，一打听果然是，就是前文中提到的周老师。大姐向周老师说明了我的家境，周老师听后详细向学校作了反映。由于双管齐下，那个学期我破例评上了丙等助学金，住进了学校，暂时结束了走读的日子。如果没有周老师的帮助，那时我肯定辍学了，也许将有另外一条人生轨迹……

离开青草冲后，我便去了南昌。最初几年，虽然也回家探亲，但总是来去匆匆，没有眷顾青草冲。后来迫于生计，四处漂泊，疲于奔命，连回萍乡也少了，何况青草冲？倒是在二十世纪八十年代初，我和她有过一次邂逅。那时江西省的无线电计量工作是以协作的形式开展的，而我所在的单位为这个协作组的组长单位。一次我奉命到萍乡无线电专用设备厂了解情况，当我们来到厂门口，走下车来，我不禁愣住了，这不是青草冲吗？这不是萍乡一中的校园吗？这里怎么成为工厂了？一中搬到哪里去了？但不知为什么，当时看到的似乎比印象中的校园小了许多。跨进大门，里面更显得局促而凌乱。面对着这熟悉而又些陌生的环境，我激动不已，又满腹狐疑。但我未露声色，对同行的同事掩饰了我的心迹。为使青草冲在我心目中的固有的印象不至于被颠覆，我向有关人员草草地了解一些情况后，未作片刻停留，甚至连我曾经的教室和寝室也没有去看一眼，便匆匆地离开了那里。打那以后，我再也没有涉足过青草冲了。

时光荏苒，沧海桑田。最近我心血来潮，想了解一下一中的下落，上网搜索了一下，倒是跳出了许多链接，仔细一看，方知此一中乃非彼一中。不禁有些伤感，也不禁联想起青草冲的命运来。想自己十四岁离开青草冲，如今已垂垂老矣，青草冲肯定发生了翻天覆地的变化。但我已不想追寻这些变化了，因为在我心目中，一中和青草冲是连为一体的。既然那个以青草冲为烘托的一中已经消失，那个以一中支撑门面的青草冲也不复存在了。皮之不存，毛将焉附？好在那个以一中唱主角的青草冲像一幅美丽的画卷已镌刻在我的心坎上，她又像一组缠绵动听的音符一直萦绕在我的脑海中……

啊，青草冲，我永远怀念的青草冲！

赣水在我心中流淌

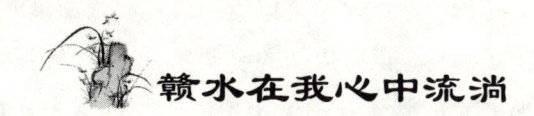

我曾写过故乡的萍水河,尽管离开她已逾半个世纪,但至今仍然感到身上有萍水河水的残留。我与另外一条河也阔别二十年了,至今岂止是仍然感到有她那河水的残留,甚至感到她的河水至今仍然在我心中流淌。她就是我一直魂牵梦绕的赣江……

与故乡的萍水河相比,我和赣江相处的日子更长。我的童年受到源源不断的萍水河河水的恩惠,但我十四五岁就与之挥别,远走他乡。紧接着碧波滔滔的赣江伴随我三十六载。如果说萍水河河水像乳汁一样哺育了我,那么赣江水就像茶水一样滋润着我,不但使我不至于像秋天的野草那样蔫巴枯萎,而且启迪了我的心智,成为我意识中有时会出现一点闪光或灵感的泉源。

与故乡的萍水河相比,我对赣江有更多的了解。虽然萍水河的流程比赣江短多了,但因为小小年纪活动范围有限,我也仅涉足过她流经萍乡城区附近的那一段。而赣江则不同,我几十年在赣江边生活,对南昌的赣江河段说不熟也难。不仅如此,我曾从南昌乘船顺流而下,浏览了赣江下游的风光。进入鄱阳湖,见到过江豚追逐行船的有趣场面。面对主要由赣江造就的号称全国第一的淡水湖,不禁感慨万千。我曾静立郁孤台前,凝视着章水和贡水的汇流,这里即是赣江的起点。饶有趣味的是,不但赣江是由章水和贡水汇流而成,而且赣江的"赣"字也由"章""贡"两字合二而一,成为一个对江西来说不同寻常的汉字。我也曾数度到石钟山,在通幽的小径流连,左眺烟波浩渺的鄱阳湖,右对碧浪滚滚的长江水。这里是鄱阳湖和长江的交汇处,由于江水和湖水色泽不同而界线分明,实际上这里也是赣江注入长江的地方。虽然我没有在南昌以上的赣江上游连续行驶过,但却到过樟树、丰城、吉安等地,到过所在地的赣江河段。应该说我对赣江有一个基本的了解,自认为对她比较熟悉。以至于有一年酷暑季节,我初到吉安,尽管人生地不熟,但见不少当地人在赣江游泳,也毫不犹豫地跳进了水里,一见赣江就毫无陌生之感……

我领略了赣江的秀美。初到南昌见到赣江时,将之与家乡的河流相比,赣江的大气给了我深刻的印象。八一大桥跨度两千多米，可见赣江之壮阔。而在抚河桥附近，正是抚河与赣江交汇处，水面尤其开阔。而且此处赣江突然有一个大转折，站在这里可以纵向看到赣水滚滚西来的壮观场面，领略到水天一色的美丽画卷。记得当初的确偶尔可见鹜（俗称野鸭子）在水面上栖息嬉戏，鹜的羽毛光洁漂亮。当夕阳西下，晚霞满天，鹜突然从水中跃起，披着霞光飞翔，与波光粼粼的江水交相辉映，画面确实很美。难怪王勃会写出"落霞与孤鹜齐飞，秋水共长天一色"这样流传千古的名句。

我体验过赣江的温柔。除了洪水季节外，当年赣江水质优良，清澈见底。南昌的夏天很热，除了不少人集中在抚河桥附近游泳外，还有人在下沙窝的江心设立了游泳场，前往那里消暑游泳的人络绎不绝。我也不知有多少次前往那里接受赣水的洗礼。下沙窝游泳场地处江心，四周的沙滩怀抱着一大片水域。下班之后，骑车赶到那里，已是大汗淋漓，但一进到水里，任凭温柔的江水轻轻地抚摸，暑气渐渐消退，疲乏也缓解了许多。总是天黑了都不忍离去。

我见证过赣江的狂野。洪水季节，赣江就像放荡不羁的野马，恣意驰骋。泥浆色的江水掀起的巨浪就是"野马"扬起的"灰尘"。记得有一年江水猛涨，离八一大桥桥面也仅数尺，江北已是一片泽国，公路交通中断，自然没有汽车从大桥通过，就是行人也鲜有贸然前行的。但由于那时我的工作单位在江北，非过桥不可，只得鼓起勇气，骑着自行车风驰电掣地驶过八一大桥。过桥之后，面对一片汪洋。好在那时赣江大桥（铁路桥）已经修通，江北一段废弃的南浔铁路线仍高出水面。我攀登上去，推着自行车在铁路上艰难地行走，好不容易才赶到工作单位。还有一年洪水季节，省里组织工作组分赴赣江沿线的县市，我被安排在了樟树（那时叫清江县），我对水利一窍不通，自然对抗洪防洪毫无发言权。省里的考虑，可能一方面是派人下去表示对此事的重视；另一方面当时尚无手机一类方便的通讯工具，派人下去可起传声筒的作用。县里的人也心知肚明，所以除了安排我住进招待所之外，一切情况都得靠我自己去了解。我常独自一人漫步在江堤，凝望着滔滔江水，江面甚至高出堤这边低洼处的屋顶，如果大堤出了问题，后来真是不堪设想。面对滚滚的赣江，顿时感到自己渺小得如同一只蚂蚁在堤上爬行。心想此时如果赣江水将我席卷而去，我又能有什么怨言呢？

我也曾寻觅过赣江的苍茫。我当然知道，自己说对赣江有一定的了解，只是个人的人生体验。要想比较全面地了解赣江，必须了解她的历史。读苏轼的

"山忆喜欢劳远梦,地名惶恐泣孤臣",似乎感到赣江对贬臣的同情和慰藉。读文天祥的"惶恐滩头说惶恐,伶仃洋里叹伶仃",仿佛体验到赣江对忠心耿耿的赞许和对无力回天的无奈。读辛弃疾的"郁孤台下清江水,中间多少行人泪",又不禁使人联想起我国历史上中原流向岭南的三次人员大迁徙。当数以万计甚至几十万计的人浩浩荡荡翻山越岭蜂拥而至奔向岭南,场面会是多么壮观和惨烈啊!而赣江作为主要通道,又流淌过这些人多少血泪啊!也许只有毛主席的"赣水苍茫闽山碧"中的"苍茫"最能体现赣江的特质。正是在这种体现历史深度和厚度的"苍茫"中,毛主席运筹帷幄,终于使"赣水那边红一角",逐渐形成星火燎原之势,从而为解放全中国奠定了基础。

赣江给我的印象是如此深刻,赣江一直令我梦系魂牵,以至于只要静下来,就似乎能感到赣水在我心中流淌……

南昌印象

在我国的长江流域,有几个号称"火炉"的城市,南昌就是其中的一个。也许光说火炉恐怕还难以理解南昌的热,而只有身临其境才能领略个中滋味。南昌的夏季很长,大约五月便开始热起来,十月初才逐渐转凉。期间有一个热的高峰期,约七至十天,这几天的气温都在40℃以上,房间里四处都热:桌椅是热的,床铺是热的,地面是热的,墙壁是热的……在这几天内,最热的时刻并非中午,因为中午还能感觉到一点热风拂面,到了傍晚连热风也止息了,树叶纹丝不动,一天之中热的高峰来到了。人们仿佛处在一个蒸笼里,都要榨出油来似的。最使我难忘的是1978年夏天那个热的高峰期,当时没有空调,我们一家四口整天蜷缩在小厅堂里,因为厅堂为家里仅有的一块水泥地面。我们往地面上浇水,但很快就蒸发了,所以得不停地浇;一台破电扇24小时连续工作,还是难以抵御热魔,全家人都生痱长疖。既然南昌这么热,冬天应该不冷了吧?其实不然。南昌的冬天也是很冷的,时有冰冻,鹅毛大雪是常事。我们单位的宿舍是一排两层楼房,上二楼的楼梯是外露的,好像登飞机的舷梯,材料当然是水泥的,两边扶手的地方呈封闭状态,很像倾斜的渡槽。下雪天早晨起来，常见"渡槽"里装满了雪，阻断了二楼的出路。于是我们便拿起铁锹铲雪，等把"渡槽"里的雪清理干净，已是大汗淋漓了。南昌的建筑无供暖设施，室内室外一样冷，所以在家里也常冻得打哆嗦。我初到南昌时，发现大热天夜晚常有人露宿街头，感到好奇。但后来在这个季节里，我也常与同事到天台上露宿。我早年在一个小单位工作，单位内有一小院，最热的日子里，每到傍晚，家家都占据小院一角，摆好竹床，支起蚊帐，蚊帐便成了一家人整夜享用的空间。天天如此，一点也不嫌麻烦。这既是那个没有空调的年代一种有趣的现象，又是那个夜不闭户的年代一道独特的风景。如今空调已经普遍使用，家庭小环境大为改善，无需在外露宿了，但今天又有谁敢在外露宿呢？在冬天冰冻的时候，在那个以自行车为主要交通工具的年代，常见地上摔成一片，摔倒的人从地上爬起来，拍掉身上的雪花，又继续骑车前行……循环往复地经历了南昌冬夏的洗礼，对于极端的热和冷都习以为常，遇险不惊，泰然处之，南昌人都有这么一种特质。

　　在南昌居住，不但生活在南昌特定的生态环境里，也生活在南昌特定的语言环境里。我没有研究过南昌话，但处于这样一个语言环境，当然也有点点滴滴的感觉。江西话属于赣方言。但据我所知，赣北的九江话有些湖北腔，赣东的玉山话有些浙江调，赣西的萍乡话有些湖南味，而赣南有些地方操客家话。应该说南昌话是比较正宗的赣方言。在南昌话里，往往要在单字的形容词加一个前缀。如"白"要说"雪白"，"黑"要说"墨黑"，"红——眩红"，"黄——善黄"，"绿——橘绿"，"蓝——咻蓝"……在南昌话里，有些看似生僻的词，却被频繁地使用。如"狼犺"一词，在《西游记》和《初刻拍案惊奇（卷一）》出现过。在现代文学作品中，我只在《围城》里见过一次。说的是方鸿渐一行好不容易买到长途汽车票，可是李梅亭的那个装满药品的箱子体积太大，在行李架上不好摆放（那时行李要放在汽车顶上），的确是个"狼犺"的家伙。南昌话里的"狼犺"，不但具有笨重的本义，还引申为"棘手"、"难于对付"的意思。试问人的一生中，谁没有碰到过棘手的和难于对付的人和事？所以南昌人频繁使用"狼犺"一词，实属顺理成章！有时为了加重语气，甚至还把它说成"狼狼犺犺"。南昌话里，有些比喻相当有意思。例如，类似于上海人说的"十三点"和广东人说的"八婆"，南昌人称之为"夹沙糕"。只要想一想吃到一块带沙的糕点是什么滋味，就会知道这个称呼是多么贴切。在南昌话里，看似有些不着边际的话，却充满着智慧和幽默。有一次，我见一位同事脸色不好,问其原因,他说"彭家桥墙倒了",弄得我一时丈二和尚——摸不着头脑。直到一段时间以后,我才搞清楚这句话的意思:原来彭家桥为南昌的一个地名,那里有一所精神病医院,精神病医院的围墙倒塌了,意味着病人跑出来了。我那位同事不爽,因为出去办事碰到一个胡搅蛮缠的人,回来说"彭家桥墙倒了",其实就是说"我碰到了一个神经病"。恍然大悟之余回味这句绕了一个弯的话,确实颇有几分幽默的感觉。

"粉坠百花洲,香残燕子楼",这是《红楼梦》里的诗句。燕子楼在徐州,而百花洲在哪里?反正我知道南昌有个百花洲。早年在原江西省图书馆报刊阅览室旁边,竖立着一块石碑,上面镌刻着"百花洲"三个大字,为清乾隆年间江西布政使彭家屏所书。据说此碑已经损坏,可那时却没有多少人在意。原江西省图书馆濒临东湖,其前身为南昌行营,是蒋介石围剿中央苏区的指挥中心。东湖中的半岛和数个小岛就是百花洲的所在,现为八一公园,是南昌市风景最为优美的地方之一。江西有个大型文艺刊物取名《百花洲》,还有《南昌日报》副刊亦名《百花洲》,虽然都有百花齐放中"百花"的意思,但也是以南昌百花洲为依托的。除百花洲外,还有西湖孺子亭、青山湖等处的秀丽风光,将南昌点缀得分外妖娆。

南昌不但是一座美丽的城市,也有着厚重的文化底蕴。早年我工作的单位地处象山北路,由于涉世肤浅,孤陋寡闻,我老在寻思象山是什么地方的山?后来同事告诉我象山不是山名而是人名时,才恍然大悟,原来象山就是宋代著名理学家陆九渊,并由此知道了南昌的许多路名都与历史人名有关,如叠山路——谢枋得,船山路——王夫之,中山路——孙中山,渊明路——陶渊明,阳明路——王守仁,孺子路——徐稚,永叔路——欧阳修,子固路——曾巩,安石路——王安石(易名为八一大道),黎洲路——黄宗羲(易名为榕门路)。可以说南昌每条路都有一个故事,每条路都有着很深的历史渊源。

当然说起南昌的厚重文化底蕴,不能不提滕王阁。滕王阁与黄鹤楼、岳阳楼合称江南三大名楼,曾备受韩愈的推崇:"愈少时,则闻江南多观临之美,而滕王阁独为第一,有瑰丽绝特之称……"如果说滕王阁是南昌厚重文化底蕴的一个载体,那么王勃的《滕王阁序》则是滕王阁的灵魂。一句"落霞与孤鹜齐飞,秋水共长天一色",概括了南昌的壮美;一句"物华天宝,人杰地灵",由唐宋八大家中的江西人作出了诠释;而一句"穷且益坚,不坠青云之志",则赋予南昌以精神。古往今来,一批批志士仁人实践了这一精神,谱写了一曲曲青云之志的赞歌！

南昌是一座英雄城。1927年举行的八一南昌起义，打响了我党开展武装斗争的第一枪，成为八一军旗升起的地方。为了纪念南昌起义，南昌以"八一"命名的场所不胜枚举，八一南昌起义纪念馆和八一南昌起义纪念碑自不必说，还有八一大道、八一公园，以及以八一命名的工厂、学校、商店等，八一大桥和八一礼堂也是。南昌的八一大桥长达两千多米，为沟通南北的大动脉。有一段时期，我经常骑自行车从桥上经过，有时被汽车挤得靠边，自行车轮子与人行道边缘磨得"嘎嘎"作响，由此可见桥梁之狭窄。此桥为苏联专家设计，当时的省长邵式平就持异议，甚至拒绝参加桥梁的竣工典礼。二十世纪九十年代，此桥终于被爆破拆除，并在附近建成了新的八一大桥，可见邵省长的眼光是颇为长远的。八一礼堂为省政府的礼堂，全省的许多大型会议常在这里举行。平日则是省直机关的活动中心。"文革"前，省里会定期在八一礼堂举行形势报告会。在八一礼堂，我还聆听过胡耀邦同志的报告，那时他的身份是团中央第一书记。报告的主题与形势和青年有关。

洗马池抒情

南昌有两条有名的商业街，一条叫中山路，一条叫胜利路。胜利路由北而南走来，中山路自东向西而去。两条路在你——洗马池这里成丁字形相交。犹如两根分别带有正负电荷的电棒发生碰撞，产生耀眼的火花一样，你吸取了两条道路的精华和灵性，从而成为商业贸易的一块风水宝地，成为南昌一颗璀璨夺目的明珠。洗马池——这个名字对于南昌人来说耳熟能详，但我认为你的芳名还应为更多的人所知晓。为了尽我所能介绍你，我与你相约重聚在这个火热的夏天……

与你结识已有半个世纪了，几十年前，我只身来到南昌。最初的一两年，人生地不熟，但到南昌后不久便知道了你，鉴于你的名气，我不敢贸然前往造访你，偶尔路过也不敢对你多加打量。后来我去郊区一家科研所上班，本来离你很远了，可是单位为了创收，在胜利路开了一家科学仪器修理部，我被派到那里工作，离你只有几十米远。而后我调往一个新单位，新单位地处瓦子角，与你相距也仅几十米。看来命运已经注定了我和你有缘。记得当时我不但能从远处眺望你，而且每天只要有闲暇便会到你那儿溜达。有的星期天，则有大半天在你那儿厮混：在人民电影院看场电影，在太阳升餐厅吃一碗炒粉，然后掏尽所有钱到三泰商场买一件衣服或一双鞋子……总是入夜时分才往回赶。那时的路灯有些暗淡，此时打量你，虽然红颜素面，但我觉得很美。我们这样亲密相处近两年，之后我住得远些了，但也能不定期与你相聚，直至我十几年前离开南昌。

阔别十几年后与你重聚，我惊异于你的变化：当年素面朝天的你，如今却是浓妆艳抹了。说实话，我此时面对你，再不像过去那样毫无顾忌，而是有点拘谨了。也许你也会惊异于我的变化，当初的小伙子已是老态龙钟了。不错，我们都在变化！人生大多呈百年以内的周期变化，而你的变化周期要大得多。我有点羡慕，又有点伤感，但这种情绪只是一掠而过。在我有限的生命里，能与你结识已是幸事，我为能目睹你的急剧变化和了解你的沧桑巨变感到荣幸。遥想当年，汉高祖刘邦派大将灌婴平定豫章郡。军事行动之余，饮马赣江，发现沙洲中有一水池，面积不到半亩，水深不及一丈，但四周绿草如茵，便在此放马吃草饮水，并让部下在池边洗刷战马。此后灌婴便经常来这里放马。久而久之，洗马池一名便传开了。这就是你的大名之来由。今天的赣江大约离你一百多米，畴昔的滩涂地已是高楼林立，商埠云集，人流如潮。汉代战马的嘶鸣早已飘至天际，也许只有这一缕阳光还有汉代的印记。岁月悠悠，沧桑巨变，真是令人感慨！

长期相处使我对你有了好感，而你因为拥有的那栋灰色楼房和它演绎的故事，才赢得了我对你的尊重。眼前这幢五层高的楼房，看上去色彩有些单调，式样比较陈旧，与周围那些新潮的现代建筑有着较大的反差。然而那些林立的高楼大厦却像众星拱月一样将其团团围住，可见其地位的显赫和尊贵。原来这幢显得有些寒碜的建筑的确不同凡响。它始建于1924年，在木版平房占主导的当时，五层楼房犹如鹤立鸡群。而它又冠以江西大旅社的大名，昭示此为那些长袍马褂和西装革履的达官贵人的出没之地，其气派不亚于今天的五星级宾馆。1927年是一个血雨腥风的年份。蒋介石在上海发动了"4·12"反革命政变，举起屠刀屠杀共产党人和革命群众。面对于此，你也和许多富有正义感的人一样愤愤不平。1927年7月下旬，当一支由我党掌握的北伐军部队开进南昌，你腾出当时最好的江西大旅社接待了他们。稍后一个阳光灿烂的日子，你更是满怀热情地迎来了英姿勃发的周恩来，以及随之而来的朱德、叶挺、贺龙、刘伯承……殊不知你这一系列漂亮动作，不但实现了南昌人民的洗马池到中国人民的洗马池的飞跃，而且使你拥有了商业价值无法估量和历史价值无法估量的双重桂冠。就是这一天，这批时代风云人物在旅社喜庆厅召开了会议，成立了以周恩来为书记的前敌委员会。转眼之间，这里不再是接待来去匆匆旅人的地方，而成为一处刀光剑影所在，成为一个风云变幻的场所，成为了南昌起义的策源地。周恩来运筹帷幄，指挥若定，排除了张国焘的干扰，粉碎了叛徒的破坏图谋，果敢地于8月1日发动了武装起义，打响了我党开展武装斗争的第一枪，促成了人民军队的诞生……

　　瞻仰了陈毅元帅题写的"八一南昌起义纪念馆"牌匾之后，走进已经辟为纪念馆的灰色楼房，观看了介绍八一起义的文物和图片。饶有趣味的是，周恩来当年住过的房间仍按原样摆设，墙上的日历为8月1日，台子上的时钟仍指向凌晨2时。目睹眼前的一切，宛如进入了时空隧道，桌上的电话铃声随时可能响起，一代伟人即将从内室走出，硝烟弥漫的战斗场景又将重演……此时此刻，站在这个孕育了人民军队的地方，一种庄严神圣的感觉油然而生。南昌起义以后，参加起义的队伍几经辗转来到井冈山，与毛泽东领导的队伍会师，组建了工农红军。从此，这支队伍从小到大，由弱到强，打败了日本侵略者，打败了国民党反动派。可以说，八一起义的枪声是和庆祝抗日战争胜利的鞭炮声联系在一起的，是和共和国开国大典的礼炮声联系在一起的……

　　从纪念馆走出来，天色已经暗淡，华灯初上。在霓虹灯的闪烁中，你显得珠光宝气，商铺内灯红酒绿，歌舞升平。我有点陶醉。但一家商店的"钓鱼岛是中国领土"的条幅引起了我的注意，那是你的表白，同样也是我的心声！我猛然意识到：虽然汉代战马的嘶鸣已渐行渐远，虽然八一起义的硝烟已经散尽，但还远不是"刀枪入库，马放南山"的时候！站在人民军队的诞生之地，回顾她所建树的丰功伟绩，寄托着对她的殷殷期许，我仍然固执地坚持自己的一个信念——

　　洗马池应不止于只是南昌人耳熟能详，你的芳名还应该为更多的人所知晓！

滕王阁，我一直在读你

滕王阁，我最早是在读初中课本上的《岳阳楼记》知道你的。老师在介绍岳阳楼时，顺便提到了你。说你曾与黄鹤楼、岳阳楼合称"江南三大名楼"，备受韩愈推崇："愈少时，则闻江南多观临之美，而滕王阁独为第一，有瑰丽绝特之称……"二十世纪五十年代末，我只身前往南昌，对那里的情况两眼一抹黑，唯独记得你，尽管知道那时你的身影已经消失。老实讲，最初你曾令我失望。记得我初到南昌不久，便去寻觅你的踪迹。那时的沿江路，冷落萧条，还是煤灰渣路面；从八一桥到抚河桥，也仅三四家木板房店面，而且全都做竹木生意。除了一所以"滕王阁"命名的小学外，连你原来所在的位置都没有人知道。"独为第一"和"瑰丽绝特"更是从何谈起？面对波涛滚滚的赣江，我只有不尽的失望和惆怅……

生活在你曾经耸立的土地上，当然不能不时时想到你。当时我常到行人稀少的沿江路溜达。虽然找不到你，却结识了赣江并对之有了一定的了解。赣江给我深刻的印象是大气，它比家乡的萍水河大多了。八一大桥跨度两千多米，赣江之壮阔可见一斑。更为壮观的是抚河与赣江交汇处，水面尤其开阔。由于赣江在此有一个大转折，站在抚河桥附近可以纵向看到赣水滚滚西来的情景，领略到水天一色的美丽画卷。我初到南昌的时候，沿江路比较冷落，似乎还可以看到一点原生态的东西。譬如偶尔可见野鸭子在水面上栖息嬉戏。野鸭子的羽毛光洁漂亮。当夕阳西下，晚霞满天，野鸭子突然从水中跃起，披着霞光飞翔，与波光粼粼的江水交相辉映，画面确实很美。后来当我因为你而接触到王勃的《滕王阁序》，读到文中的"落霞与孤鹜齐飞，秋水共长天一色"时，想到与我见到过的赣江景色如此吻合，很是惊奇，自然对这一名句印象很深。说实话，最初读《滕王阁序》，并不能完全读懂，印象最深的也就是这两句。但就是这两句，促使我更加频繁地出现在赣江边。可以说正是你，使我逐渐认识到南昌的壮美，领略到了赣江的壮美，并由此联想到江西乃至祖国河山的壮美！

在没有你的日子里，我只得通过资料去了解你。本想按韩愈的说法，读

"三王"的《记》《序》《赋》。但在寻找"三王"的文章过程中,知道王绪的《滕王阁赋》和王仲舒的《滕王阁记》已经散失,所以基本上只读《滕王阁序》。我读得很慢,而且读得很少,翻来覆去读的也只是其中两三句话,"落霞与孤鹜齐飞,秋水共长天一色"是其中一句。

随着年龄的增长,我有了一些阅历,读到了《五柳先生传》:"先生不知何许人也?也不详其姓字,宅边五柳树因以为好焉。闲静少言,不慕荣利。好读书,不求甚解;每有会意,便欣然忘食……"又读了类似的《六一居士传》:"……吾家藏书一万卷,集录五代以来金石遗文一千卷,有琴一张,有棋一局而常备酒一壶……以吾一翁,老于此五物之间,是岂不为六一乎?……"这些奇文使我知道了五柳先生和六一居士。从读"春风又绿江南岸,明月何时照我还"的诗句,知道了曾经踌躇满志而后又落魄的半山老人。另外,还有山谷道人和南丰先生。其中三位江西籍的先生几乎占据了"唐宋八大家"的半壁江山,在感慨和自豪之余,觉得他们似乎为《滕王阁序》中的"物华天宝,人杰地灵"作出了诠释。我不禁也开始为此找一些旁证。联想到二十世纪六十年代,我曾随省里组织的工作组到吉安县的固江、梅江一带,当时一些偏僻村庄里房屋的外墙上,仍然清晰地保留着许多井冈山革命斗争时期标语口号,足以说明江西在土地革命时期作出的贡献。我还联想到二十世纪六十年代初的困难时期,江西三年内调出粮食120多万吨,为人民解了难,为国家分了忧,因此周总理当面亲切地称省长邵式平为"江西富农"……所有这些,使我豁然开朗,对《滕王阁序》中的"物华天宝,人杰地灵"这句话似乎有了感觉,对《滕王阁序》和对你的理解也进了一步加深。同时,我深感江西这块土地拥有"物华天宝,人杰地灵"之美誉当之无愧!

当你的身影消失于江湖的时候,我曾苦苦地寻觅;1989年,当你以崭新的姿态重新屹立与赣江之滨时,最初我也不知有多少次多角度从远处眺望,面对这临江构筑、气势恢弘的建筑,嘴里喃喃地念叨着"层台耸翠,上出重霄;飞阁流丹,下临无地"的句子,颇为感慨。但我很快意识到:就建筑而论,如果纵向比较,你的雄伟和华美无疑是空前的,但如果横向比较,唐时的你可以称为尊贵。因为那时在江南三大名楼中,你"独为第一",在民居中恐怕更是鹤立鸡群。但而今全国各地的亭榭楼阁难以胜数,孰为第一真很难说;况且如今就是在南昌,雄伟的民用建筑比比皆是,你恐怕也难以名列前茅。我不得不思考,如今应该怎样来看待你呢?我想你的优势其实在于厚重的历史承载和文化承载，你的特色在于有灵魂和精神！只有突出你的优势和特色，那些雄伟而华美的新民用建筑就只不过是"青皮梨子"①了。那么什么是你的精神呢？

　　十年前，我曾回过一次阔别十年的南昌，特地去参观了在南昌南部的"八大山人书画陈列馆"。这个八大山人，本名朱耷，是明王朝的后裔。清朝推翻明朝后，用现代的话说，他是一个被镇压的对象，所以惶惶不可终日，犹如丧家之犬，不得不采用改名换姓、装疯卖傻、削发为僧等手段瞒天过海，逃命避祸。就是在这种恶劣的情况下，他不曾向清政权低头，也绝不与那些投靠清政权的人为伍，而是不断充实和提高自己，终于诗、书、画样样精通，特别在绘画方面取得了很高的成就，并以此为武器与清朝抗争。他本为一僧人，晚年却成了一道观——天宁观的住持，并将道观易名为青云圃，后改为青云谱。圃，苗圃也；谱，赞歌也。八大山人的事迹，顿时使我联想到《滕王阁序》中的"穷且益坚，不坠青云之志"，感到这就是你的精神，其实像方志敏这样的共产党人何尝没有受到这种精神的影响？区别在于：前者是在穷途末路的情况下，立下"青云之志"，其"志"也不过是为了一个旧王朝的利益与一个新王朝抗争，结果也只是成就了个人；而后者的"青云之志"是为了共产主义的远大理想，为此不怕受苦受难，不怕流血牺牲，最终是为了给人民造福，其境界不知要高出多少！

　　滕王阁，我一直在读你。但我读得很慢，也读得很少，基本上只读《滕王阁序》，翻来覆去读的也是其中两三句话。但在有生之年，我仍将读下去……

青云谱

　　对于青云谱，我是熟悉的。南昌市有一个地名叫青云谱，也有一市区以青云谱命名，但它们都是衍生物。其实最早青云谱是一个道观的名字，如今这所道观已成为八大山人书画陈列馆，是南昌一个有名的旅游景点。我在南昌度过了半辈子，而在老福山住了十几年。老福山虽为西湖区，但与青云谱区毗邻，

---

① 家乡俗语：青皮梨子，好看不好吃。

离青云谱近在咫尺，我不知多少次从八大山人书画陈列馆前经过，所以对青云谱怎能不熟悉呢？

对于青云谱，我又是陌生的。虽然我无数次打八大山人书画陈列馆门前经过，但始终没有跨进它的门槛。人的行为似乎有一种定势：大凡难求的东西，往往会高度关注；而对于容易得到的东西，却往往不太在意。原先我总以为离青云谱近，什么时候拜访都可以，结果反倒把事情耽搁了。后来由于仓促离开了南昌，使得本来易如反掌的事情变成为奢求了。

终于有机会拜访青云谱，这里原来是一座景色秀丽的江南园林。院内小桥流水，绿荫掩映。庭院西侧有一片樱花树，虽然樱花早已谢世，但仍引得游人翘首驻足。毗邻的丹桂正含苞待放，芳香四溢，招来蜂飞蝶舞。院内的花木中外合璧，相得益彰，别具一格。我独自在庭院中转悠，光是这里的景色就使我有点相见恨晚的感觉。当然我也不能沉溺于景色之中，因为毕竟是冲着八大山人来的。小山坡上三株明植古柏，而今老干虬枝直指苍穹，仿佛在诉说着世事的沧桑……

1644年3月19日，李自成起义军攻克北京，崇祯皇帝在煤山自缢身亡，标志着明王朝的覆灭。后来吴三桂引清兵入关，导致清王朝的建立。正是这场重大的社会变革，使得南昌郊外这所称作天宁观的道观出现了转折。它迎来了一位颇副盛名的新住持，人们捐资将道观修葺一新，从此香火旺盛，香客络绎不绝。

如今这位道观住持的塑像，巍然屹立庭院之中，气宇轩昂，风骨凛凛，双目傲视，神态飘逸。但眉宇间也流露出抑郁的神色，也许这是经历了大起大落留下的印记。当然人们纪念他，更主要还是因为他的另一个身份——画家。他就是大名鼎鼎而又有点神秘色彩被称作"八大山人"的画家。

那场改朝换代的社会变革，对天宁观是幸事，但对八大山人来说是天大的不幸。八大山人原名朱耷，系朱元璋第十六子朱权的九代孙。作为明宗室的一员，他不愿承认明朝覆亡这一现实，但又不得不面对清朝建立这一残酷的现实。为避免杀身之祸，他乔装成哑巴，佯扮癫狂，削发为僧，甚至改名换姓。他先后以雪个、个山、个山驴等自称，而八大山人则是他晚年在书画作品中的署名。在这种背景下，他的个性受到了极大的压抑。

"墨点无多泪点多，山河还是旧山河；横流乱后槎桠树，留得文林细揣摩。"长期的压抑，使他不得不采取自己的方式宣泄感情。他在绘画作品落款中，往往把"八大山人"四个字写得像"哭之"或"笑之"；有的画上还有一鹤形符号，经提示知是由"三月十九"四字组成……用这种独特的方式，宣示忠贞不渝，表达思念自己家族王朝的情怀，真可谓是用心良苦！意想不到的是，日子一长，他的感情宣泄竟逐渐形成了一种崭新的风格，具有鲜明的个性。这种崭新的风格和鲜明的个性在他的诗、书、画得到充分体现和张扬。

"如何了得论三耳，恰是逢春坐二更。"清朝政权巩固以后，为了笼络汉族，实行怀柔政策，一些明朝的遗老纷纷归顺清朝。康熙南巡时，他们恨不得能长三只耳朵，四处打探消息；一些被安排五更去觐见皇帝的人，为迫不及待向新主子献媚，竟冒着寒冷在二更天便前往等候。八大山人的诗句，就是对这些人丑态的辛辣讽刺。他坚决不与这些人为伍，坚决不向清朝政权妥协。他的诗总是在抒发思念感情的同时，表现出宁折不弯的气节和不与世俗同流合污的精神。

在陈列室内，欣赏八大山人留下脱胎于魏晋的墨宝，无疑是一种艺术享受。然而谁能想象得到，其中有些书法作品竟是一支秃笔所为。八大山人就是这样与众不同！人家丢弃的秃笔，到他手里却挥洒自如。他巧妙地隐藏秃笔表现的缺点，从侧势逆势归纳到均势，不但开创出书法笔势的独有情调，而且表现出傲岸不驯的情怀，笔走龙蛇更是对世俗的无言抗争！

在绘画上，八大山人一反当时流行的"精研彩绘"技法，充分把握墨色的变化，以高度概括的新奇章法，简洁雄阔的笔画，来表现繁杂的形体特征；并寓以深刻的意念，寄托他那抑郁却傲岸不羁的情怀。在陈列室悬挂的八大山人留下的绘画作品中，我看到那些弓背鼓腹的鸟、睁目怒视的鱼、昂首挺胸的兽、干涸枯竭的池塘以及枝叶败落的残荷，真令人有耳目一新的感觉。八大山人的大笔写意风格闻名我国画坛，吴昌硕、齐白石、潘天寿……都无不受到他的影响。

"谈吐趣中皆合道，文章妙处不离禅。"八大山人身跨道、佛两教，并将之融会贯通。他在为僧13年之后，来到天宁观做了住持，改天宁观为青云圃，后来再度易名为青云谱。据说此名取自"吕纯阳乘青云来降"的神话。但我不以为然，像他这样有着极高文化素养的人，而又生活在南昌这一特殊环境里，不可能不熟悉王勃的《滕王阁序》，不可能不熟悉其中的点睛之笔——"穷且益坚，不坠青云之志"。穷且益坚，就是青云之志，我想青云谱的名字应来源于此。何况他本身的经历就是一首青云之歌，就是一首青云之志的赞歌。

方墓情思

在一般情况下，谁会将一块墓地放在心上？然而，由于特殊的因缘际会，我却把一块墓地揣在了心里……

几十年前，我上五七干校，而江西省五七干校地处南昌市北郊。校园是一独立院落，上不着村，下不着店，孤零零地坐落于梅岭脚下。按校方规定，非星期日不能回家，就是允许回家又能怎样呢？那里离城大约三十余里，说远不远，说近不近，虽然有一路通往梅岭的公共汽车路过，但每天仅三四个班次，车是那种老式的车，路是一条尘土飞扬的沙石路，谁愿每天去坐那颠簸不堪的老牛破车呢？虽然说来五七干校主要是劳动和学习，但总有一点业余时间吧？那时没有以打麻将和打扑克来打发业余时间的风气，那就散步吧！校园虽说不算太小，但对于几百号人来说，空地就略显少了些。何况这里已较长时间没有人住过，空气中散发着淡淡的霉味；那些女贞树也没有及时修整，使整个院落显得有些杂乱无章，并不是散步的好场所。压马路，灰尘太大；上梅岭，路程太远。正当我有点发愁的时候，有人提到了方志敏墓。我以前没有拜谒过方志敏墓，但知道它在这个方向，只是没有想到它竟与省五七干校毗邻！于是我们急不可耐在报到当天便去了方志敏墓。

方志敏墓占地大约10余亩，陵墓三面被水田所包围，水田中留了一条窄窄的通道。这里原来本是一个小山丘，陵墓就建在小山丘之巅。除了一条水泥墓道和一百余级的石阶通往陵墓外，整个山丘为苍松翠柏所环抱，显得十分幽静和肃穆。由于不久前刚被雨水冲刷过，松柏显得青翠欲滴，墓道、石阶和陵墓一尘不染。我们来到陵墓前，只见一侧摆放着两三只花圈，纸花和裱糊的纸大多已经脱落，露出了篾片做的骨架，很明显墓园已经许久没有人来过了。墓园的冷清，意味着墓主的寂寞。首次接触我便喜欢上这个地方了。我们在陵墓前向方志敏表示了敬意，并提出了要经常来这里打扰的请求。从此以后，我们便成了方墓的常客，晨练时去，傍晚散步时也去，甚至三更半夜也去过一次……

记得当时我们住在一栋平房里，与我同居一室的有老杜和老肖，一个好酒,一个喜酒,每天晚上都要喝两口。那时我本滴酒不沾,但在他们的引诱和纠缠下,哪能独善其身?很快就与他们为伍了。喝酒常常没有什么菜,只是边喝边聊。有一次老杜不知从哪里搞来一把辣椒,在电炉上一烤,也不记得撒没有撒盐巴,就当作下酒菜。烈酒配辣椒,很快肚里翻江倒海,三人都无法入睡,于是一同走向方墓……我们坐在墓园的台阶上,毫无顾忌,大声说话。但老杜很快就鼾声大作,接着老肖也支撑不住了。而我在恍惚之中,觉得我们几个仍在饮酒,只不过有了正规的坐席,桌上也摆着大鱼大肉,觥筹交错中,仿佛还有第四人的身影,但总是看不清他的脸,难道方志敏也来到了我们中间?正当我迷惑不解的时候,忽然感到脸上又痛又痒。原来不是我们在喝酒吃肉,而是大把的蚊子正在吃我们的肉,吸我们的血。我连忙把旁边的两位叫醒,离开了方墓。次日起来发现,三人脸上都布满了蚊虫叮咬的红斑。说实话,我们每次去方墓都是举止文静,心态虔诚,唯独这次有点失礼。

我不知有多少次在陵墓前驻足,抚摩着汉白玉的墓碑,凝视着"方志敏烈士之墓"几个大字,那是根据毛泽东的手迹而镌刻的。透过这遒劲有力的字体,体会到党和国家最高领导人笔端所倾注的感情……遥想当年,毛泽东领导了秋收起义,率领队伍挺进井冈山。与之相呼应,方志敏则发动了弋(阳)横(峰)起义,创建了赣东北革命根据地。当时有着"上有朱、毛,下有方、邵(式平)"的说法。1934年年底,方志敏率领抗日先遣队北上抗日,由于叛徒出卖,于1935年1月被捕,同年7月被国民党反动派枪杀于南昌市下沙窝。"出师未捷身先死,长使英雄泪满襟。"20世纪70年代初期,当毛泽东获悉找到方志敏的遗骨并筹建陵墓时,欣然题字。伫立于方志敏陵墓前,心里涌现出来的当然是对烈士的崇敬。但那时人们对毛主席有一种特殊情结,我也不例外,见有毛主席的题字,对领袖的爱戴之情油然而生。两种感情紧紧地交织在一起……

我不知有多少次在方志敏塑像前沉思。在五七干校一年,经历了农业生产的一个周期。我们科教文卫口的一拨人组成的第六队从事蔬菜种植,但在水稻生产春耕春种、夏收夏种、秋收等关键环节也要参与。刚到校才几天,我就参与了秧田的整治。那天相当寒冷,还下着小雨,一下水田便感到刺骨,不一会双脚就有些麻木了。一两个小时上岸洗净泥巴,发现双腿冻成紫红色。回去喝了些姜汤,但还是感冒了,在床上躺了两天之后,我来到方志敏塑像前,正想说些什么,忽然一阵清风将树枝摇动,树叶飒飒作响,仿佛有一个声音在耳边响起:"为着阶级和民族的解放,为着党的事业的成功,不稀罕美味的西餐大菜，宁愿吞嚼刺口的苞粟和菜根；不稀罕那舒服的钢丝床，宁愿睡在猪栏狗窝似的住所。"那时我也是一个理想主义者，回味着方志敏的这番话，不禁有些热血沸腾，方才想要说的话也烟消云散了。除了交流之外，当然也有分享。当我们自己种植的番茄果实累累的时候，我挑选了两只又红又大的番茄摆放在方志敏塑像前，与他分享劳动的成果和收获的喜悦。

开始的时候，觉得漫长；结束的时候，又感到短暂。一年的五七干校生活很快结束了。在这一年里，大致有两点收获：一是进一步体会到农民的艰辛。我只是一个平头百姓，当然不得不为自己的生计奔波，并不能为农民做点什么，但我打心眼里敬重他们，毕生不敢对他们说三道四。二是有幸结识了方墓，促使我读了方志敏的一些著作，了解了烈士的高尚情操和优秀品质，通过潜移默化，或许对我的人生产生过些许影响。

时光流逝，一晃就是几十年。期间社会发生了很大的变化，神州大地"到处都是活跃的创造，到处都是日新月异的进步"。但我也深知，社会的变革是不会一蹴而就的。例如，腐败仍然是社会的一个毒瘤。在层层的监管之下，在繁复的制度之下，那些腐败分子仍然可以毫无顾忌地贪污上亿的钱财，有的甚至还将之汇往国外。令人气愤之余，不禁又缅怀起方志敏来："在这长期的奋斗中，我一向过着朴素的生活，从没有奢侈过。经手的款项，总数在数百万元。但为革命而筹集的金钱，是一点一滴用之于革命事业。"每当我想到这些，就恨不得插上翅膀飞到方墓去。

自从五七干校回到单位以后，我去探望过方墓两三次。离开南昌之后，就再也没有涉足过方墓了。我不是不想与之叙旧，而是人生有许多的无奈，有许多的身不由己。如今岁月的犁铧在我脸上刻满了沟壑，时代的风云在我头上播下了霜雪。我已垂垂老矣，正向天堂走近。我知道天堂的人神通广大，个个都能腾云驾雾。我想等我到了天堂以后，与方墓的相聚就非难事了。或者我干脆做一游魂，成年累月在方墓周边游荡⋯⋯

虽然在有生之年恐怕再难与方墓聚首了，但通过互联网，我一直关注着它。如今它已经辟为旅游景点，墓园内部有一些调整，但大的格局没有什么变化。松柏照样青翠，汉白玉还是纯洁，方志敏的塑像依然神采奕奕，特别是烈士的高尚情操和优秀品质至今仍闪闪发光。我想：社会需要变革，但社会也需要一些永恒的东西作为构筑的骨架；人们渴望变化，但人们也需要一些不朽的东西充当精神食粮。因为有方墓，我感到十分欣慰！

春雨带春烟

(谨以此文缅怀已故的江西省省长邵式平)

淅淅沥沥的春雨连续下了几天,这是半个世纪前的那场春雨吗?窗外景色朦胧,淡雾弥漫,这是西山麦园的缕缕轻烟吗?虽然我早已经离开南昌,但每当这个季节这样的天气氛围里,"俯首望那边,西山麦园"的诗句就会随着春雨那缠绵的韵律涌上心头,我的思绪也会像一匹脱缰的野马穿越时空在半个世纪前的西山麦园恣意驰骋……

"俯首望那边,西山麦园"是已故江西省省长邵式平1961年所作的《浪淘沙》词中的句子。西山麦园是指新建县城至蛟桥连线的中段、南昌市烈士陵园西北那一片地方。她的背景确是延绵起伏的群山,冠之以西山倒也合乎实际。但号称麦园,麦苗何在?二十世纪50年代末至60年代初,当首批建设者来到的时候,这里一片荒芜,是一块尚未开发的处女地,哪里能找到麦苗的影子?当然其中也确有几块较为平整的地方,如果有些机械,或者就凭当时投入的人力,把那里建设成一个丰饶的麦园,也不是没有可能,或许困难也会小些。但当时邵省长硬是在这里竖起一块"中国科学院江西分院"的牌子,并且亲自兼任院长。于是短时间内各路建设者纷至沓来,这块沉睡已久的土地喧闹起来了。邵省长为麦园开发耗费了很多心血和精力,给我们这些首批参与麦园建设的人留下了难忘的记忆,也常常引发我们的缅怀和思念。

曾经满是泥泞的麦园道路啊,我想早已铺成了沥青路面,那么在那厚厚的沥青下面,还掩盖着邵省长的足迹吗?当年孤立于荒野之上的厂房啊,也许已被鳞次栉比的楼房包围,但你久经沧桑空间里,还留有邵省长的身影吗?畴昔傲雪凌霜的龙柏树啊,如果没有遭遇不测,如今至少有碗口粗了,那么在你的年轮最初几圈里,刻录了邵省长的音容笑貌吗?

纤纤雨丝如此悠长,一下子把我的思绪带到了在麦园第一次见到邵省长的情景。当时我在机化所(全称为"中国科学院江西分院机械化半机械化研究所")工作。机化所的研究方向为精密铸造。研究所下设了一个实验工厂,叫做江西精密铸造厂。厂里最初只建一栋金加工的厂房,而作为工厂核心部分——铸造用的厂房迟迟未能动工,不禁令人纳闷。但有一天情况突然发生了变化,省建的工人进驻了工地,在金加工厂房旁边空地上搭起了脚手架,拉砖的汽车日夜穿梭,建筑工人马不停蹄,仅用18天的时间,一栋偌大的厂房便拔地而起。厂房建好不久,邵省长便来了。此时我才明白,原来这神奇的建筑速度是邵省长督促的结果。那是一个春雨初歇的日子,一辆车身带有少许泥浆的黑色轿车来到机化所的门前停下,早已等候在那里的机化所程所长立即迎上前去,来人便是邵省长。程所长将邵省长直接带到金加工车间。邵省长身材魁梧,身着黑呢大衣,气色看来不错。程所长和他的一名随员伴其左右。邵省长"小程"长"小程"短地呼唤,指指点点,问这问那。程所长曾是邵省长的秘书,所以他们显得亲密无间。邵省长的声音显得有些低沉和沙哑,若不注意,有点听不清楚。他的笑也容易被人忽略,因为他笑时面部表情变化不大,"嘿嘿"的笑声也比较低沉,只是脖子处的皮肤抖动稍大而已。那时我才十六七岁,刚参加工作,初次这么近距离见到一位省级领导,既有点紧张又感到好奇。最使我难忘的邵省长的那双鞋子,出奇的大。那时我们男职工都睡在车间的一角,木板床排成几排,百十号人工作和生活都在车间里,而车间的地面还没有铺水泥,众人长期践踏的结果,地面的泥土被碾成一层面粉似的尘土。邵省长走过来,地面上的尘土自鞋子两边分开,使我联想起小舟在水面航行的情景……

　　说实在的,那时大环境是国家正处于自然灾害的困难时期,而麦园开发初期的条件更是非常艰苦,建设者之中思想有些波动在所难免。邵省长的到来,犹如一缕春风,扫除人们心头的阴霾。打那以后,邵省长便频繁来麦园,我们经常可见到他的身影。有一个难登大雅之堂的器物可为邵省长常来常往提供佐证。其实这个其貌不扬的木头架子早已灰飞烟灭,但它一直留在我的记忆之中。那时条件很简陋,科学院院部的办公室也只是一栋小平房。厕所则是在办公室避人一侧墙边挖了一个坑,用几块稻草帘子遮挡一下。这样的厕所用"茅坑"这个俗称称之最为贴切。有一次我到院部办事,发现厕所里晾着一个木头架子,经打听那是给邵省长专用的。原来邵省长身体较胖,且年老多病,不方便使用蹲厕,于是请木工做了这么一个木头架子。如果邵省长不是频繁往来于麦园,要那个劳什子又有何用?每当我想起这个粗糙而又简单的木头架子,不由得百感交集,崇敬之情油然而生。

都说春雨贵如油，但对于邵省长来说，更宝贵的东西就是时间。日子一长，我们便发现了一个规律：邵省长到麦园来的日子基本上都是星期天。原来作为省长，公务繁忙，工作时间处理日常事务都忙不过来，所以只好将休息时间都用于科学院的建设上。当时我们的心情很矛盾：既希望他经常来，督促和鞭策我们的工作；另一方面又希望他最好不要经常来，担心这样满负荷地运转，会把他的身体拖垮。五月的赣江似乎善解人意，它突然咆哮起来，江水猛涨，波涛汹涌。它不惜背着"张狂肆虐"的骂名，硬是把昌北地势低洼的地方变成一片泽国，昌北至瀛上的公路因此中断，车辆无法通行。正当我们庆幸洪水赐予了邵省长一个真正可以休息的星期天的时候，他却奇迹般地出现在我们眼前……原来他为了急于要来麦园，便请省军区派了一艘冲锋舟渡他涉水，再由院部派车把他接来。当时见到他那一刹那，似乎看到了一个刚刚经历了冲锋陷阵的战士凯旋……

二月的春风像一支彩笔，描绘出灿烂绚丽的春天。邵省长也手握一支彩笔，勾勒出了麦园建设的美好蓝图。由于麦园地处新建县境内，所以他在对规划进行诠释的时候，诙谐地将未来的麦园称作"南昌新建市"或"新建南昌市"。他不但高屋建瓴地规划，而且雷厉风行地实施。在麦园几公里的公路沿线，除院部和机化所外，还设立了化学研究所、应用物理研究所等研究机构；1961年又在麦园创办了江西科技大学，并招收了首批新生；而后又筹办图书馆……不难理解，邵省长心目中的"南昌新建市"，就是要把麦园建设成为一座朝气蓬勃的科学城！

邵省长不但抓科学分院的规划建设一类大事，甚至对一些具体事务也十分关注。那时的市场大部分物资比较紧缺，邵省长提议机化所的实验工厂利用多余的生产能力生产一些铁锅推向市场，这样既能使市场铁锅紧缺的状况有所缓解，又能赚一点钱以弥补所里经费的不足，一举两得。后来铁锅是做出来了，但又厚又重，根本不会被市场接受。虽然经过几次限期改进，结果均不理想。邵省长有些生气了，在机化所召开的全体员工大会上，对此进行了严肃的批评。记得当时就在车间里开会，仅有三五把椅子供邵省长和院所领导坐，其余的人围成一个半圆形站着。由于相隔时间太久，原话已经记不清了。但大意是说：拿了国家的钱，就要认真干活，否则就是吃冤枉；连一口锅都做不好，还搞什么精密铸造？面对省长的严厉批评，我们当然感到紧张。那几位参与铸锅的人更是惴惴不安。但另一方面又使我们领略到邵省长深入细致的工作作风，拉近了与他的距离。正如春雨浇灌土地一样，他语重心长的批评也滋润着我们的心田，使大家心里明白：他批评我们有铁做不好锅，实际上是恨铁不成钢啊！

也是在一个乍暖还寒的日子里，邵省长在全院职工大会上精辟透彻地给我们分析形势：讲帝国主义封锁；讲"修正主义"卡脖子；讲老天爷也不帮忙；讲由于国家空前困难，江西科学分院面临生死存亡的考验。江西科学分院的去留，省里领导的意见也不尽一致。他同时鼓励我们要争气，努力做好工作，争取早出成果……邵省长的这次讲话，使我们认识到形势的严峻，增强了迎难而上的勇气和信心。但同时又使我们有了一种不祥的预感。

尽管邵省长满怀深情，尽管我们一片痴情，但麦园似乎野性未泯，在接受科学洗礼时，总有那么一点桀骜不驯。尽管邵省长付出了晚年的宝贵光阴，尽管我们贡献了青春，但科学分院似乎生不逢时，一些现在看来微枝末节的事情都成为她难以逾越的障碍。例如，后来我调去工作的应用物理研究所，主要研究半导体器件，在国内算比较早地制出了半导体二极管、三极管，并用它们组装出"哇哇"作响的收音机。那时的半导体收音机为稀罕物。应用物理研究所的周所长有些眼光，一直想把它推向市场，可是外壳包装却成了绕不过的一道坎。记得当时我见过国外的一种半导体收音机，也有些笨拙，但采用了塑料外壳，外加一个皮套，就弥补了缺憾。而我们高分子材料还处于研究之中（我们的化学研究所就是研究高分子材料的），国内的塑料工业尚未起步。无奈之下，只好从木工之乡——丰城请来一位木工。尽管那位姓高的木工师傅使出浑身解数，精雕细刻，但做出来还只是几个木匣子。这一计划因后来遭遇重大变故而不了了之。

1963年，省里作出了撤销中国科学院江西分院的决定，并在原基础上组建了江西西山科学实验场。在这个转折时期，邵省长从赣南调来几车蕉藕种子。他说蕉藕富含淀粉，可以备荒；蕉藕生长迅速，枝叶肥大，可以绿化。于是我们在麦园开展了轰轰烈烈种植蕉藕的活动。院部在其附近的山头搭起一个临时指挥台，高音喇叭里播放着进行曲。下属单位也各自进入附近寸草不生的山头，红旗猎猎，互相呼应。这天邵省长来到指挥台，远远望去，仿佛觉得这位曾叱咤风云的人物又一次站在点将台上。邵省长并没有讲话，只是久久地凝望，阵风卷起了大衣的一角……此时我突然感到，邵省长倡导种植蕉藕是否还有另一层深义？是否希望他播下的科学种子能像蕉藕一样在麦园的土地上生根开花结果？这是我在麦园最后一次见到邵省长，这一形象永远定格在我的脑海里！

江西西山科学实验场成立以后，邵省长当然不可能兼任领导了，如果再像过去那样躬亲，反倒显得名不正而言不顺。江西西山科学实验场成立以后，我们的研究所只是一个生产大队的建制，原有的名称不能沿用了，但又没有打出生产大队的大旗，真是名不正而言不顺。江西西山科学实验场成立以后，领导班子进行了调整，我们应用物理研究所的周所长调任副场长，而调来一位有公社书记经历的干部来任领导，既不能称他为所长，又不便叫他为大队长。好在无论是生产队还是研究所都有党支部，姑且以书记称之，但还是觉得有些名不正而言不顺。这诸多的名不正而言不顺，决定了江西西山科学实验场只是一个过渡。1964年，由时任省委宣传部部长莫循和副省长黄霖来宣布了撤销江西西山科学实验场的决定……

淅淅沥沥的春雨连续下了数天，好像半个世纪前的那场春雨；窗外景色朦胧，轻雾弥漫，也像西山麦园的缕缕轻烟。虽然我已在远离南昌的另一座城市，但在这样的季节，这样的氛围里，我随着春雨不紧不慢的节奏读着邵省长《浪淘沙》词中"春雨带春烟，气象万千"的句子，依然感慨万千！根据我的亲身经历，邵省长重视科学的思想是毋庸置疑的。特别是紧接着"大跃进"之后，便对一个省如何开展科学工作进行了探索和实践，其勇气和胆识更难能可贵；其艰苦朴素和深入细致的作风也令人难以忘怀。虽然江西科学分院夭折了，虽然麦园建设科学城的计划流产了，但不能以成败论英雄，也不能因为失败就淹没这一段历史。以史为镜，可知兴衰，所以作为亲历者，我有责任把它记录下来。

| 怀古幽思 |

草堂情思

说来奇怪，在如今的大小城市里，高楼大厦比比皆是，精巧玲珑的建筑也难以胜数。但在我的印象中最为深刻的，并非什么桂殿兰宫，也不是什么琼楼玉宇，而是一所平凡不过的茅草屋。它就是始终占据我心一隅且挥之不去的杜甫草堂。

对杜甫草堂的心仪，始于少时读杜甫的《茅屋为秋风所破歌》："安得广厦千万间，大庇天下寒士俱欢颜，风雨不动安于山。呜呼！何时眼前突兀见此屋，吾庐独受冻死亦足！"这荡气回肠的诗句，至今震撼着我的心灵。从那时起，杜甫便成了我所景仰的诗人，杜甫草堂也成了我此生始终向往的地方。

"浣花溪水水西头，主人为卜林塘幽"。杜甫草堂位于成都西郊，我一早乘车来到这里，只见公园门前熙熙攘攘，热闹非凡，这里早已不是一个幽静的所在了。公园里面，更是庭院深深，颇有气派，也没有了杜甫笔下那种悠然自得的氛围。时光荏苒，沧海桑田，由此可见一斑。

虽然我的心情有点失落，但当跨入公园之后，依然感到激动，因为这里毕竟是养育过"诗圣"的土地。公元759年，饱经流离颠沛之苦的杜甫从陕西辗转到甘肃，年底进入四川，在亲友的帮助下，建起了一间茅草屋，获得了暂时的休憩和安宁。这是杜甫的幸运，也是这块土地的幸运！

曲折的石板甬道是通往历史的幽径吗？我时而踽踽而行，时而踯躅徘徊，试图寻找到一点历史的陈迹。突然发现了一些桃树，不由得喜出望外，因为诗人在这里曾写下"奉乞栽桃一百根"的诗句，也顾不得时隔一千多年，这些桃树早已不是当年的桃树了。其实杜诗中还有"饱闻桤木三年大，马饮溪边十亩阴"的句子，说不定眼前这些参天古树中，或许还真会有当年的桤木呢！可惜我的植物知识有限，一时也无法分辨出来。至于杜甫喜爱的南竹倒是随处可见，只是和当年"有竹一顷余"的规模相比，就有些相形见绌了。

终于来到了那间称为"杜甫草堂"的茅草屋，跨过一扇陈旧而斑驳的大门，进入这所古朴而又简陋的建筑，敬仰之情油然而生。我是在社会上"只给富人修房子"的鼓噪声中重访杜甫草堂的。此时深感如同人类的历史是曲折的一样，人类的思想也是起伏的。它有时处于巅峰，有时也会滑落。站在杜甫的塑像前，重温《茅屋为秋风所破歌》中那些震撼人心的句子，真有一种高山仰止的感觉。杜甫草堂不但为杜甫遮风挡雨，而且是诗人进行创作的幽静场所。亲身经历了"安史之乱"的杜甫，目睹了统治者的腐败、叛军的残忍和人民的苦难。他在草堂安顿下来之后，心中却如翻江倒海，于是又开始构思和创作诗篇。文思如泉涌，下笔如有神。据估计，他在草堂创作诗歌达200多首。这些诗歌有反映"安史之乱"的名篇，也不乏《茅屋为秋风所破歌》这样振聋发聩的作品。正是这些反映人民疾苦、揭露社会黑暗的诗歌，使他的诗有了"诗史"的美誉，并奠定了他作为现实主义诗人的地位。

诗歌创作的丰收，却不能使杜甫摆脱生活上的窘境。"忧我营茅栋，带钱过野桥。"尽管有亲友赞助，尽管自己对草堂苦心经营："鹅鸭宜长数，紫荆莫乱开；东林竹影薄，腊月更须栽"，但生活仍然十分拮据。"百年粗粝腐儒餐"、"恒饥稚子色凄凉"、"布衾多年冷似铁"、"入门依旧四壁空，老妻赌我颜色同，痴儿不知父子礼，叫怒索饭啼门东"，便是他当时生活的真实写照。迫于生计，他在草堂居住了五年零五个月之后，又不得不开始了辗转的生涯。我从草堂走出来，真想对门前郁郁葱葱的草木追问：目睹当年的情景，你们曾黯然神伤吗？

与杜甫草堂毗邻的还有大廨、诗史堂、柴门和工部祠等建筑。虽然它们使草堂更有气势，但却减少了草堂的神韵。这永远是矛盾的：人们一方面希望历史古迹能保持原汁原味，显得古色古香；另一方面又希望历史古迹不至于寒碜，甚至要有些气派，才足以表达对历史人物的尊重和敬仰。何况草堂距今已有一千多年，由于自然的或人为的原因，已经有过17次兴废。而每一次修葺，难免会夹杂一些修葺者的主观色彩和打上时代的印记。但杜甫草堂能屡毁屡建，已是一件幸事，足以表达人们对诗人的景仰之情。我为草堂能得以保存并成为缅怀"诗圣"的场所而庆幸！

离开杜甫草堂，驱车前往市区，街道两旁的楼房鳞次栉比，令人目不暇接，其气势不能说不恢弘。然而在我心目中，无论是哪一栋高楼大厦，都不及杜甫草堂高大和更有分量!

韩愈与潮州

"一年好景君须记,正是橙黄橘绿时。"正值潮柑收获季节,我来到心仪已久的潮州。吸引我到这座粤东古城的,自然并非因为潮柑,而是一位历史文化名人——韩愈。

韩愈来潮州,完全是历史的偶然。韩愈所处的年代,社会乱象丛生,当时部分人对佛教的崇拜近乎狂热。有些地方的百姓"焚顶烧指,百十为群,解衣投钱;自朝至暮,转相仿效,唯恐后时;老少奔波,弃其业次",甚至连皇帝也走火入魔。昏庸的唐宪宗为了求得长生不老,居然要将凤翔县法门寺存放的佛骨移至宫中供奉,引起朝廷内外一片哗然。于是韩愈贸然进《论佛骨表》,指出古代并没有佛,也有许多长寿的帝王;而佛教传入后,也有许多尊佛的帝王是短命的。可见佛能保人长寿纯系无稽之谈。唐宪宗对此大为恼火,不但不采纳韩愈的意见,反而歪曲韩愈的进谏意在咒他早死,当然罪不可赦。幸亏宰相裴度大力援救,韩愈才得免一死,被贬为潮州刺史。

也许这是命中注定的缘分,死里逃生的韩愈来到潮州,居然给自己的人生增添了光彩的一笔。据《新唐书》记载:"初,愈至潮,问民疾苦,皆曰:'恶溪有鳄鱼,食民畜产且劲,民以穷。'"于是韩愈写下了义正词严的《祭鳄鱼文》。警告任意肆虐的鳄鱼必须限期迁徙,如若"顽冥不灵",不肯迁徙,则"选材技吏民,操强弓毒矢,以鳄鱼从事,尽杀乃止"。虽然这是讨伐鳄鱼的檄文,但对鳄鱼来说,恐怕只是对牛弹琴;可是对长期遭受鳄鱼肆虐而无可奈何的潮州百姓来说,却从中受到莫大的鼓舞,从此他们树立起与鳄鱼作斗争的勇气和信念。

有着"文起八代之衰,道济天下之溺"之誉的韩愈,在潮州办的另一件流芳千古的事就是兴学诲民,把中原文化带到了"蛮荒"之地,把当时较为先进的教育理念和方法带到了"民不知学"的地方。并且注意培养和启用当地人才,推荐本地品学兼优的进士赵德为专司州学的推官,引导年轻人入学。自此潮州学风渐浓，进而成为文风鼎盛的"海滨邹鲁"。

我伫立于韩江之滨，凝视着这条当年的"恶溪"，江水静静地流淌。为了防洪防鳄，韩愈曾率领潮州百姓在韩江筑堤七百丈；为了蓄纳洪水，又在低洼处辟金山溪，从而完成由"恶溪"到韩江、由为害一方到造福潮州的蜕变。眼前的韩江碧波粼粼，宛如一条青罗带绕城而过，滔滔江水滚滚流淌，这个改邪归正的回头"浪子"仿佛在无止无休地诉说那位刺史大人的恩惠……至于潮州的百姓，则更是将韩愈奉若神明。他们兴建了气势恢弘的韩文公祠，称其"功不在禹下"。似乎此举还不足以表达敬意，于是索性将那条"恶溪"命名为韩江，将笔架山改称韩山。由于相传"八仙"中的韩湘子为韩愈后辈，甚至将广济桥也改称湘子桥。

告别美丽的韩江，我在市区盘桓。在那条又与韩愈有关的昌黎路上，坐落着潮州博物馆。在博物馆的前面，一座刻有"昌黎旧治"的石牌坊格外引人注目。据说以往潮州的石牌坊如林，新中国成立以后大都拆除了，唯独保留了这座与韩愈有关的石牌坊。潮州人民对韩愈的深情又一次得到了印证。此时我想：韩愈仅治理潮州八个月，就赢得如此好的口碑，深受潮州人民的拥戴和缅怀。联想如今有些官员信誓旦旦要"为官一任，造福一方"，倘能从韩愈那里得到一点启示，做个好官也是不难的。当然韩愈虽然功不可没，但毕竟时间较短，作为毕竟有限。对此潮州人民未必不知，然而他们却独具慧眼，看重先贤的精神财富，大肆渲染，世代发扬光大，终使后人受用无穷。

春临贤令山

风和日丽，草长莺飞。我乘一缕春风来到贤令山。摆脱了城市的喧嚣，告别了冬天的禁锢，沐浴着明媚的春光，欣赏着秀丽的山色，我真想和年轻人一样大吼几声，或是猛跑一阵。但我终于没有这样做，我怕唐突了贤令山的主人——韩愈老夫子。

贤令山乃广东阳山境内一座小山，作为唐宋八大家之一、世称韩昌黎的韩愈何以与之有关？原来阳山也是韩愈人生之旅的一个驿站。那是唐贞元十九年，京畿大旱，当时刚刚擢升监察御史的韩愈出于对灾民的同情，上奏了《论天旱人饥状》，建议减免赋税，并揭露了京兆尹李实聚敛进奉、谎报灾情的罪行。结果为幸臣所谮，被贬为阳山令。后来阳山人民为了缅怀韩愈，便将县城附近的牧民山改称为贤令山。

眼前的贤令山山路蜿蜒崎岖，林木葱茏幽深，几疑山穷水尽，却又峰回路转。树影憧憧处，似有人在踽踽独行，步履蹒跚而沉重，那是昌黎先生的身影么？古代的岭南乃"蛮荒"之地，而阳山更是"天下之穷处"，虎豹出没，人迹罕见，"县无居民"。从繁华的京城贬至偏僻的山乡，对韩愈无疑是个沉重打击。虽然他是一位先贤，但何尝没有常人的感情？面对如此糟糕的处境，怎么能够无动于衷？这在他的名篇《进学解》中，便不难找到印证："暂为御史，遂窜南夷……命与仇谋，取败几时……"字里行间，流露出愤懑和无奈。

客观地讲，韩愈的不满，主要是针对颠倒黑白和倒行逆施的当权者，而并不是嫌弃这里是穷乡僻壤。"出宰山水县，读书松桂林。"他一到阳山，便被这里秀丽的山水所吸引。不但捷足先登，饱览了连江三峡的水光山色，对与县城近在咫尺的牧民山更是情有独钟。

我在贤令山上盘桓，寻觅着韩愈当年的足迹。山麓的游息洞，深邃而幽静，淙淙泉水穿洞而流。韩愈在这里留下了题咏："所乐非吾独，人人共此情；往来三伏里，浅酌一泓清。"不过石壁的诗刻已经漫漶不清了。山背有"鸢飞鱼跃"的摩崖石刻，但并非韩愈真迹，而是按清代潘元春的临摹而镌刻。而韩文公读书台，显然建造的年份不会太长。正当我有点彷徨之际，山崖峭壁上"千岩表"三个斗大的字跳入我的眼帘，落款为草书的"退之"（韩愈的字）二字，严谨清晰。我不但为能见到韩愈手迹的石刻而感到兴奋，而且能为找到一个可以反映昌黎先生精神的载体而万分感动。

"山是千岩表，人是百世师。"韩愈来到阳山，不但带来了中原的农耕技术，改变了当地刀耕火种的面貌，而且在极其困难的条件下，仍设法倡学兴教，吸引阳山及周边的青年远道前来学习，培养出一批文化人才，为传播中原文化、改变阳山文化落后的面貌作出了贡献。我久久地凝视着"千岩表"的摩崖石刻，不禁对这位时隔千余年的一代宗师肃然起敬。

面对"千岩表"的摩崖石刻，我也意识到，韩愈的社会角色不只是一个文人，他还是一名官吏。一般来说，封建时代的官吏与人民是对立的。但其中也有少数人，他们遵循儒家"达则兼济天下，穷则独善其身"的安身立命原则，也能审时度势，顺应潮流，甚至可冒遭贬、丢官、杀头的风险。其最终目的虽然是为了维护封建统治，但客观上也为民办了一些好事，也许可以用"贤臣"、"清官"来称呼他们吧？纵观韩愈在阳山，后来在潮州乃至整个为官生涯，无愧于是他们之中的表率。

　　登上贤令山巅，我重新对她进行审视。春之贤令山，艳冶而如笑：红花彩蝶斑斓的色彩是她的笑靥，黄鹂乳燕婉转的呢喃是她的笑声，淡雾轻烟柔曼的舞姿和着她笑的韵律，青枝绿叶凝聚的雾珠是她笑出的泪水……转而眺望阳城，更是今非昔比。那鳞次栉比的楼房，纵横交错的街道，郁郁葱葱的树木，欣欣向荣的景象，昭示着所谓"蛮荒"已是历史！我忽然想，倘若昌黎先生真能旧地重游，不知又会有何感慨？

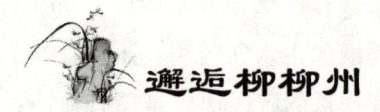

邂逅柳柳州

　　春夏之交，我来到广西工业重镇柳州。准确地讲，我是路过柳州。因为我只是在这里中转，仅能逗留数小时。等车的时间似乎过得特别慢。我在车站前的广场徘徊，来到一块公共汽车站牌前，站牌上"柳侯公园"四个字倏地映入眼帘。于是便有了我穿越时空与柳柳州的一次邂逅。

　　原以为柳侯公园是一处幽静的场所，谁知这里和一般的公园也没有什么不同，充斥着各种娱乐设施，似乎将柳侯祠挤得偏居一隅了。公园里的热闹景象是反衬当年的冷清吗？

　　为纪念唐代文学家柳宗元而建的柳侯祠，是一幢三进式的砖木结构建筑，呈长条状。房屋依地势构筑，显得后高前低，但每进之间都有回廊相连。祠内布置简单，气氛也还宁静。我来到正殿，向祠主表达了酝酿已久的敬意和问候。在祠主的塑像两旁，还有韩愈和刘禹锡的塑像相伴，这也不难理解。因为韩愈和祠主一道推动了唐代的古文运动，而刘禹锡与祠主更是莫逆之交。只是许多唐代文学家的塑像也分列回廊，像是天堂里的聚会。如此盛况空前是反衬当年的凄凉吗？

　　最吸引我的是柳侯祠内保存有许多碑刻。著名的《荔子碑》，集韩愈的诗文、苏轼的书法和柳宗元的事迹于一身，被誉为"三绝"碑，是极其珍贵的历史文物。此外，韩愈的《柳子厚墓志铭》的碑文，对祠主的生平事迹介绍得最为详尽；刘禹锡的《祭柳员外文》碑的碑文，极富感情；皇甫湜的《祭柳子厚文》的碑文，最有文采……只是意想不到的是，当我在祠内的碑刻长廊穿行而过时，才发现自己从后门进入，参观的路线竟是由后而前的。

其实人生有许多时候何尝不是逆势而行的呢？"永贞革新"失败以后，祠主被贬为永州司马，在那里逗留了十年，心情十分压抑。后被召回京城，满以为会重新起用，不料再度贬至更加偏远的柳州。与此同时，刘禹锡被贬至播州（今遵义）。考虑到刘家有老母需要照顾，祠主竟冒死请求朝廷"以柳易播"。后经御史中丞裴度疏通，刘禹锡才得以改判连州。祠主如此讲义气，由此也可以联想到他的人品。"今朝不用临河别，垂泪千行便濯缨。"他们一道从京城出发，赶赴各自贬谪的地方，祠主在衡阳挥泪赋诗赠别了刘禹锡之后，便踽踽独行，赶往柳州。身为一个贬官，而且是被贬至荒凉的"南夷之地"，他的愁苦是可想而知的。"海上尖峰若剑芒，秋来处处割愁肠"，便是他当时心情的写照。

倘若是一般人，遭受如此重大挫折，也许会就此沉沦下去。但按刘禹锡的说法，祠主是集孔子所说的四科——语言、德行、政事和文学于一身的人。也就是说按封建社会的标准，他是一个近乎完美的人，更何况他经历过大风大浪的洗礼，所以他很快将愁苦埋在了心里，十分赞赏刘禹锡发出的"莫道迁客似沙沉"的铿锵之声。

当时的柳州，穷人借债往往要以子女作抵押。一旦不能践约偿还，作为抵押品的子女便会沦为奴婢。久而久之，不但奴隶重现，而且有蔓延之势。祠主到任后，严厉重申禁止使平民为奴的禁令，并采取实际措施，用赎买的办法解决奴隶问题，使上千人重获人身自由。这事在当时产生很大影响，广西其他地方纷纷仿效。

当时的柳州，老百姓要在江中取生活用水。这样做首先是不干净，容易导致疾病发生。并且由于堤岸太高，取水困难，雨天路滑，易生危险。天旱时江水减少，路程变长，极为不便。祠主到任后，极力倡导打井。经过一段时间的努力，老百姓的饮用水终于被井水取而代之。为此他还欣然写下了《井铭》，认为要把为老百姓办实事的经验推广到政务中去。这即使在今天也无不启迪。

当时的柳州，少数民族聚居。人们留着椎形发式，穿着葛草织成的衣裳，民风强悍好斗，显得十分落后。祠主到任后，不但不歧视他们，反而呕心沥血对之教化。"衡阳以南为进士者,皆以子厚为师。"经过三年,民风为之一新,人人自尊,精神焕发,安居乐业,社会稳定。

好一个柳宗元!他以自己的行动证明:虽然不能做朝廷的重臣,但仍然可以成为社会的脊梁。他骄人的政绩赢得了柳州人民的爱戴,被后世亲切地称为"柳柳州"。我再次来到柳侯祠正殿,向祠主表示了深深的敬意,此时仿佛觉得对祠主有了一些新的认识。我过去只知道作为文学家的柳宗元。严格地讲也不准确,因为我只读过他的少量篇章。如今却从另一个侧面领略到他的风采,崇敬之情油然而生。"犹贤柳柳州,庙俎荐丹荔。"像苏轼这样的先贤尚且对他如此尊重,我辈凡夫俗子怎能不肃然起敬呢?这回我认真打量了刘禹锡和韩愈的塑像。祠主在柳州期间,尽管自己处境不佳,却三度派人去连州看望和安慰刘禹锡,充分表达了他对友谊的真诚。而韩愈则认为若祠主"斥不久,穷不极",就不一定会奋发,创作出流传后世的作品。逆境成才的话我们常听,当然也不是没有道理,但绝不是绝对的,否则就是为人为制造逆境找托词。在恶劣的环境下,只有优良的种子能发芽,而有些缺陷的种子都淘汰掉了。这是一个浅显的道理。

走出柳侯祠,外面下起了毛毛雨。我来到罗池边,池面泛着涟漪,垂柳轻轻摇曳,橘树青翠欲滴。景色虽美,但我不敢久留。在向柳宗元的衣冠冢作了最后的拜别后,便匆忙地赶往火车站。柳侯祠很快又被婉婉氤氲和城市的喧闹声淹没了。然而当火车载着我离开柳州时,我清晰地感到,它也带走了一缕古典的思绪。

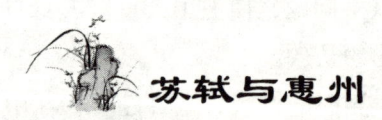

苏轼与惠州

夏秋之交,与友人相聚惠州,小酌之后,一同游览惠州西湖。其时正逢紫荆花争妍怒放。依湖环绕的紫荆花像一条彩练,璀璨夺目,映波皆红,令人如醉如痴,意乱神迷。一阵清风掠过,我的酒意上来,有些醉眼朦胧。看到对岸花丛深深处,仿佛有人孑然而立,久而不动,不免纳闷。待定睛仔细打量,方知那是苏轼的塑像,我不禁舒了一口气。打那以后,苏轼的名字便在我的脑海里翻腾且挥之不去。

对于苏轼和杭州西湖的关系，人们可以说是耳熟能详。殊不知苏轼和惠州西湖同样有着不解之缘。有诗为证："问汝平生功业，黄州惠州儋州。"可见在诗人心目中，惠州是其人生之旅中一个颇有分量的驿站，而西湖则是他在惠州活动的重要舞台。

好生奇怪，眼前的西湖显得异常平静，湖面纹丝不动，仿佛也深深地陷入了沉思之中。难道她也在回首相隔久远的往事吗？

那是宋绍圣元年十月的一天，心力交瘁的苏轼来到惠州。尽管他也是经历过大风大浪的人，尽管他也是一位深谙人情冷暖、世态炎凉的老人，但也许是因为长途跋涉的劳顿，也许是因为政治上的屡屡失意，面对颇为陌生的惠州西湖，不禁发出了"系闷岂无罗带水，割愁还有剑芒山"的长叹。

只是苏轼与柳宗元的诗句怎么会如此相像？"永贞革新"失败以后，柳宗元被贬为永州司马，在那里生活了十年，心情十分抑郁。后被召回京城，满以为会被朝廷重新启用，不料复被贬至更加偏远的柳州，在那里生活了四年直至病逝。期间他写出了"海上尖峰若剑芒，秋来处处割愁肠"的诗句。而苏轼呢，在仕途上屡屡受挫之后，被贬为英州知事，在赴任途中，复贬为宁远军节度副使，惠州安置。所以与其说他们所见略同，倒不如说是同病相怜！

幸亏南国的草木有情，南国的山水也颇具灵性，使苏轼渐渐平静下来。"荔枝圃""桄榔园""缥缈紫翠"的白鹤峰，可与杭州西湖媲美的惠州西湖，甚至连西湖野生的藤菜，都给了他莫大的慰藉。他渐渐忘记了自己身处"蛮荒"之地，减轻了对中原的思念。尤其是荔枝，在苏轼看来，这是一种堪与江鳐柱和河豚相媲美的尤物。当他一面独酌桂醑，一面大啖荔枝时，简直有点优哉游哉。在半醒半醉、似梦似幻之中，他似乎忘记了一切烦恼，竟然吟出了"南来万里真良图"的诗句，袅袅余音至今萦绕在人们耳际……

虽然有着满腔的愁怨，虽然只是一个赋闲的小吏，但苏轼始终关心社会和百姓，尽其所能为惠州办实事。他率领百姓整治西湖，修筑堤坝，以分东江之洪；并且慷慨解囊，倾尽资财建造西新桥，沟通交通并以泄西湖之水。"三日饮不散，杀尽西村鸡"便是庆祝西新桥落成之盛况。作为诗人，他始终保持诗人的良心，依然笔耕不辍，不但继续借古讽今，以史警世，而且还直接针砭时弊，表现出大无畏的豪迈气概。

当得知朝廷赦免并不包括他这类官员时，苏轼彻底失望了。"北望中原无归日",他心怀佛家"处处有世界"的思想,毅然决定建造新居,"已买白鹤峰,规作归老计",打算把惠州作为自己的归宿。然而就在这时,他的一首小诗——"白头萧散满霜风,小阁藤床寄病容,报道先生春睡美,道人轻打五更钟。"传至京城,却又引起轩然大波。舞动的大棒又向苏轼袭来,他又不得不日夜兼程赶往儋州了。幸亏他经历了惠州"蛮风蜒雨"的考验,可以坦然面对琼崖的惊涛骇浪了……

　　风一阵紧似一阵,西湖湖面泛起了不尽的涟漪,满湖的花影被撕成五彩缤纷的碎片,与湖岸光艳夺目的紫荆花相映成趣。远处的王朝云墓,在花影憧憧中若隐若现。在苏轼身处逆境时,王朝云始终伴其身边。苏轼走了,这位"如梦如幻、如泡如影、如露如电"的女子却长眠在惠州,仿佛要留下来永远向人们诉说这一页历史。这一页历史是凄凉的,但也是美丽的!

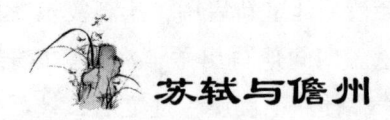

苏轼与儋州

　　"心似已灰之木,身如不系之舟;问汝平生功业,黄州惠州儋州。"读诗可知儋州乃苏轼人生之旅的一个重要驿站。我早有参拜海南儋州东坡书院的想法,因为它是苏轼在儋州那段日子的见证,但直到自己老之已至才得以成行,实在是晚了一些。虽然有着多种原因,但当我想到明代张习"我来踏遍琼崖路,要览东坡载酒堂"的诗句时,方明白怨不得天怨不得地,关键在于自己缺少古人那种朝圣般的虔诚。

　　不知不觉中就来到了东坡书院。此时天空竟乌云密布,大雨即将来临。难道这是苏轼对缺乏诚意的人不满的表示吗?旅伴们为避雨一下车便一溜烟地跑开了。我由于行动比较迟缓,只好就近躲进了载酒亭。刚跨进去,瓢泼大雨便倾泻下来。据说载酒亭是苏轼与友人散步休憩的地方,如今只有"鱼鸟亲人"的匾额高悬。亭外有水池,种有睡莲,雨打莲叶,溅玉跳珠。我倚着栏杆,欣赏雨中睡莲,望着重重叠叠的莲叶,听着重重复复的雨声,竟有些困倦了。恍惚之中,仿佛有着古装的长者飘然而至,是东坡先生吗?我正欲迎上前去,哪里有什么人的身影,原来刚才自己打了一会盹,竟然进入了梦境……

等到雨停了,来到载酒堂,发现原来苏轼还在一块石板里磨蹭。在唐寅的画中,苏轼头顶箬笠,足履木屐,果然打算出门。只是要走出这块大理石板,不知得花多少时间?宋濂的题词也颇具意趣:"东坡在儋耳,一日访黎子云,途中遇雨,从农家假笠屐着归。妇人、小儿相随争笑,群犬相吠。东坡曰:'笑所怪也?吠所怪也?'觉坡仙潇洒出尘所致。数百年后,犹可想见。"我曾写过《苏轼与惠州》一文,知道他是从惠州再度贬往儋州的。原以为苏轼在儋州的情况会很糟,但读了明代大家唐寅和宋濂生动的描绘和刻画之后,感到情况比想象的要乐观一些,心情也轻松了许多。我在画像前站了很久,见苏轼没有走出来的意思。既然他不走出来,我不如干脆走进他那个年代里……

1097年,年届六旬的苏轼携幼子苏过,经过两个多月的跋涉,从惠州来到昌化军城(今儋州中和镇),由于诗人的名望,颇得昌化军使张中的敬重,被安排"住官房,吃官粮"。不知是个人意愿还是有人授意,湖南提举董必得知后,立即责令张中将苏轼逐出,同时追究张中的过错。苏轼是带着琼州别驾的官衔来儋州的,别驾是刺史的佐吏,虽是贬官总还是个官吧?怎么不能"住官房,吃官粮"呢?既然不能"住官房,吃官粮",就是一个普通老百姓了,一个老百姓怎么不可以内地安置,而要放逐到儋州呢?这不分明是要置之于绝境吗?政治斗争的残酷无情由此可见一斑。

好在天无绝人之路!在这种情况下,众人伸出了援手。"邦君(即张中)助畚锸,邻里通有无","儋人运甓畚土助之","十数学生助作,躬泥水之役",在城南桄榔林建起了一间草屋,使苏轼父子有了栖身之地。对此诗人激动万分,将之命名为"桄榔庵",并题铭记之:"东坡居士谪居儋州,无地可居,偃息于桄榔林中,摘叶书铭,以记其处。"从这些记述中可知,张中在自己受到查处的情况下仍不忘帮助苏轼,乡亲们更是鼎力相助。更不可思议的是,短短的时间内,就有青年投奔门下做其学生。由此可见,使苏轼摆脱窘境的既不是天也不是地,而是他的人格魅力。

还有那位乡贤黎子云,始终关注着苏轼。他认为苏轼不应该只是蜷缩在桄榔庵,不仅是因为其居住条件应有所改善,而且要有一个任其施展才华的场所。在黎子云的资助下,一幢可供苏轼讲学和生活的建筑拔地而起。苏轼据《汉书·杨修传》中载酒问字的典故,将之命名为"载酒堂"。之后,他开始在这里忙乎起来：开办书院，编写讲义，推行文化教育，培养出一批文化人才。他的学生中，有一些考中了乡贡，有一位竟成为海南历史上首位进士。儋州"自唐至五代，文化未开。北宋苏文公来琼，以诗书礼乐之教移易其风俗……"历史就是这样记载了苏轼在儋州的贡献。我从苏轼所处的年代走出来，回到现实中的载酒堂徘徊，品味着载酒堂这一高雅的名字，起先感到几丝凄凉，继而似乎闻到一种比美酒更加浓郁的芳香……

其实苏轼并没有局限在载酒堂，整个儋州都是他的活动舞台。为了改变当地"病不饮药，以巫为医"的习俗，他极力提倡药物治疗，并亲自为村民治病。为了改变当时饮用溪水的习惯，他又提倡打井，如今东坡书院内的东坡井，据说就是苏轼亲自开凿的。鉴于前面的教训，为了避免再陷居食无着的窘境，他决定自食其力，真正成为一个黎民百姓。"借我三亩地，结茅为子邻；鹦舌尚可学，化作黎母民。"他果然亲躬耕种，并且有了"人间无正味，美好出艰辛"的体会，拉近了与当地百姓的距离，增进了与当地百姓的感情，于是发出了"海南万古真吾乡"的慨叹，袅袅余音至今萦绕在儋州上空。

"我本儋耳人，寄生西蜀州"，这是苏轼真诚的表白，也是苏轼真情的流露。此时载酒堂那幅"鸿雪因缘"的匾额映入了眼帘，我想儋州会为一位前贤留下的深深印记感到荣幸，儋州人民也会为有一位大文豪与他们心心相印而骄傲。

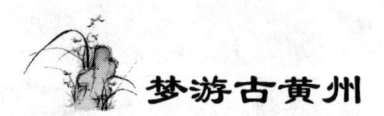

梦游古黄州

农历正月二十中午，两个孙子在我的房间玩耍。以往总是让他们先睡了，我才小憩一会儿。不知为什么这天却呵欠连连，困倦得不行。我连忙支走孩子们，倒在床上睡将起来……

我是在睡觉吗？非常奇怪：明明自己躺在床上，但又像在路上走动。那是一条陌生的道路，正前方城门的轮廓影影绰绰，城头上的旗帜若隐若现。等我赶到那里，竟然发现城门上方悬挂的牌匾竟书写着"黄州"二字，不由得又惊又喜。惊讶的是，眼前的确是一座古老的城池，与我想象中相隔近千年的黄州十分吻合，只是我怎么会一下子来到这个相隔久远且又相距遥远的地方呢？令人喜悦的是，我一向崇拜苏轼，而他说过"问汝平生功业，黄州惠州儋州"的话，可见黄州是他人生之旅的一个重要驿站。而且我写过苏轼在三"州"中的两"州"——惠州和儋州短文，很想把他在黄州的情况也写出来，求得一个圆满，正为不能亲临现场而发愁，如今却意外地见到黄州，真有点"天助我也"的感觉，怎不能叫人喜出望外呢？

走进城来，感觉似曾相识：狭窄的街道，石子的路面，低矮的房屋，木板的墙壁……原来在我的记忆中，童年时代故乡所在那个小城就是这个模样，所以感到十分亲切，但对苏轼来说恐怕就不是这样了。

"平生文字为吾累。"由于才华过人，当时的苏轼名气很大，就连他的死对头也承认"轼所为文字，传于人者甚众""传播中外，自以为能""滥得时名"。木秀于林，风必摧之。那些小人由嫉妒生恨，从苏轼的诗文中挑词摘句，断章取义，罗织他毁谤皇上的罪名，欲置之死地而后快。看御史中丞舒亶怎样罗织苏轼的罪名："陛下发钱以本业贫民，则曰'赢得儿童语音好，一年强半在城中'；陛下明法以课试群吏，则曰'读书万卷不读律，致君尧舜直无术'；陛下兴水利，则曰'东海若知明主意，应教斥卤变桑田'；陛下议盐禁，则曰'岂是闻韶解无味，尔来三月食无盐'。其他触物及事，应口所言，无一不以讥谤为主，小则镂板，大则刻石……"正是这些罪名，使苏轼锒铛入狱。好在宋神宗并不完全糊涂，高太后也有恻隐之心，连政见相左的王安石也出面说情，苏轼才得以免死，但被贬为检校水部员外郎黄州团练副使。从繁华的京城来到贫穷落后的黄州，反差太大，所以苏轼在赴黄州途中便以梅花赋诗抒发了自己凄苦的心境："何人把酒慰深幽，开自无聊落更愁。幸有清溪三百曲，不辞相送到黄州。"

隐约记得苏轼寓居定惠院，几经周折，来到那里，邻里说苏轼早已搬到南堂去了。我这时才猛然记起苏轼写有《南堂五首》的诗篇。隐隐想起他还修建过一个叫做"雪堂"的居所，我忽然闪过这样的念头：虽然苏轼是一位贬官，但从他拥有的房屋情况来看，比当时那些居无定所的老百姓是要好多了吧？就是如今的老百姓恐怕也会羡慕三分。等我来到城南的临皋亭，打量这栋被苏辙称作"堂成非陋亦非华"的南堂，俨然气度不凡，这里傍依西山，俯瞰长江。临皋亭也叫四望亭。伫立于亭中，可将四面的景色尽收眼底。亭下大约八十步，便是波涛滚滚的长江，举目远眺，只见烟波浩渺，千帆竞发，令人赏心悦目，思绪涌动……虽然有美丽的景致，但我不敢久留，转身即去登门拜访苏轼。竟然又没见着，家人说他去卖酒袋子去了。我十分纳闷，几经盘问才弄清楚事情的原委。原来苏轼虽然还是一个官，但是在定额以外，所以称员外郎。原来所谓编制以内和编制以外，并不是今天的发明，而是古已有之。而如苏轼这样的"编外"官员，其俸薪的部分要以实物相抵。苏轼的薪水就有一部分是官家酿酒废弃的酒袋子。以实物抵工资原来也源远流长，真使我大开眼界。

见不到苏轼，我有些悻悻然，不由得闲逛起来。此时我又想起了雪堂，似乎也叫东坡雪堂。顾名思义，它应该在东坡。东坡对苏轼来说，恐怕是一个有着特殊意义的地方。他被贬到黄州，弃置闲散，生活困窘，一个叫马正卿的朋友给他要来了一块撂荒的旧营地。苏轼加以整治，亲躬耕种，这就是东坡。"荒田虽浪莽，高庳各有适。下隰种粳稌，东原莳枣栗。"他不但在土地上惨淡经营，而且在此修筑了供起居的东坡雪堂，又自号"东坡居士"，可见他对东坡这块土地倾注了深厚的感情。我从城东赶到城南，几经辗转，来到了东坡，这里虽为僻壤，但也留下了耕耘改造的印记。有三个人正在地边溜达，我走过去，其中一位迎过来，主动介绍他叫潘丙，不用说那两位就是古道耕和郭遘了。因为苏轼坐牢，一些朋友渐渐与他疏远了。潘、古、郭是他来黄州以后结交的新朋友，诗中多次提及三人。趁天气好，他们特地到苏轼的地里看看，看今年怎么耕种。我问他们苏轼在哪里卖酒袋子？潘丙说："卖什么酒袋子，他到岐亭去了。"岐亭在麻城西北，苏轼的好友、诗人陈季常居住在那里。陈在苏轼来黄州途中曾热情款待，所以两人来往密切。既然苏轼离开了黄州，这次是见不到他的，我彻底失望了。

告别了潘、古、郭三人，我回城里乱转，不知不觉又来到定惠院。在东面的小山上，一株海棠正纵情怒放。"东风袅袅泛崇光，香雾空濛月转廊。只恐夜深花睡去，故烧高烛照红妆。"在黄州写的诗篇中，苏轼热情地讴歌了海棠。他说这株海棠来自四川，而海棠花又堪比食中鲥鱼，书中红楼，这不正是诗人绝好的写照吗？只是在这个时候海棠开花，我很感到奇怪。正在百思不得其解的时候，感到脸上痒痒，原来两个小孙子正用鸡毛掸子撩我的脸。我佯装生气，跃起来去抓小兔崽子，不料打翻一本书，抖落出一张纸来，捡起来一看，是我手抄苏轼的三首诗，且都是以"正月二十日"为题，分别作于元丰四年、元丰五年、元丰六年。真是巧合！

蓬莱偶拾

初到蓬莱，联想起《史记·封禅书》中"渤海中有方壶、蓬莱、瀛洲三神山，诸仙人及不死之药在焉"的记载，一种神秘的感觉不禁油然而生。虽然心里也明白，此蓬莱非彼蓬莱，但是下意识里老是将之附会。下午去蓬莱阁，一进山门，便有"丹崖仙境"几个大字映入眼帘；待到蓬莱阁，目睹到的几乎尽是神仙的尊容……这样一来，笼罩在我心头的神秘感变得更浓，甚至有点压抑了。于是我决定草草地浏览一下便打道回府。

然而，一个偶然的发现却使我精神抖擞。那是在蓬莱阁的卧碑亭，一块差点与我擦肩而过的石碑上，镌刻着苏轼的《登州海市》诗。如果不是在这一特定的环境里看到这首诗，我也不会感到惊奇。但蓬莱就是古登州啊，怎能不使人兴味盎然呢？况且这遒劲有力的隶书字体，据说也是苏轼的手迹。我像发现了宝藏那样感到兴奋，先前心头的压抑感似乎也被驱散了。

围观的人不少，其中一位在大声读着诗的序言："予闻登州海市久矣。父老云：'尝出于春夏，今岁晚，不复见矣。'予到官五日而去，以不见为恨，祷于海神广德王庙。明日见焉，乃作此诗。"接下来读诗的读诗，指点的指点，七嘴八舌，议论纷纷。有的说苏轼运气真好，在"岁寒水冷天地闭"之时，仍能巧遇海市蜃楼；有的说苏轼根本没有见到海市蜃楼，不但时令不对，诗人还避重就轻，全诗仅"重楼翠阜出霜晚"一句实写了海市……而我想这有什么关系呢？见到海市蜃楼，是苏轼的造化；没有看见海市蜃楼，却能写出海市蜃楼诗，说明诗人更加不同凡响！而且此时我的注意力已转到"予到官五日而去"这句话上来了。

"到官五日而去的苏轼，岂止是留下一首诗，还为登州老百姓做了几件好事呢！"说话的是一位当地口音的老者，鹤发童颜，精神矍铄。老人似乎看出了我的心事，主动与我搭讪。这正中我的下怀，于是我们便攀谈起来。根据老者介绍，古时登州产盐，但因比较偏僻，百姓贫穷，没有商人涉足，所以所产的盐无法卖到外地去。当时官府规定，老百姓不得直接向盐民买盐。盐民所产的盐，一律由官府压价收购，再由官府抬价卖给老百姓。这样低购高卖的结果，便出现了恶性循环：老百姓吃的是高价盐，盐民又因得不到实惠而破产，纷纷离开，老百姓没有盐吃更苦不堪言……苏轼到任后，立即向朝廷上了《乞罢登州榷盐状》，分析了当时登州榷盐的弊端，指出这样做既危害老百姓，最终对官府也没有好处，建议由盐民向老百姓直接卖盐，而官府采取收税的办法。意想不到状子一到朝廷，竟然没有被"踢皮球"，很快得到批准，食盐生产又恢复了正常运转，老百姓不为食盐发愁了，因而对这位新知州十分感激。

老者停顿了片刻，又接着介绍了苏轼在"五日"内做的另外一件事："登州临海，具有重要的战略地位。苏轼到任后，又向朝廷上了《登州台还议水军状》……"老者顺手一指，"你看下面的水域，就是戚继光当年操练水军的地方，也是我国最早的海军基地之一，后来我国军民曾在这里英勇抵抗倭寇。可见苏轼是颇有远见的……"

苏轼到任仅五日，便做了那么多的事情，简直是个奇迹。它使我懂得：只要心里装着百姓，急百姓之所急，想百姓之所想，就会有只争朝夕的精神，即使"五日"也会有所作为。否则，就有五十天、五百天乃至五年又怎样？也难有政绩！或许这就是先贤"官格"优秀之所在，或许这就是先贤人格伟大的地方！这又不禁使我联想起韩愈，他到潮州八个月，就使潮州有声有色，赢得一片喝彩声，赢得山水都姓韩，被后世传为佳话。可见先贤们能为后代所传颂，不仅仅是因为他们的诗文，还有他们的伟大人格。想到先贤们的伟大人格，我的心里豁然亮堂起来。回头再进入"仙境"，觉得诸位神仙的塑像都是那么慈眉善目，蓬莱阁并非神秘莫测了。我返回到诗碑前徘徊，继而久久地瞭望茫茫的大海，接着在通幽的小径盘桓，最后在参天的古树林中流连。我看到一棵古槐，据说已有1200多年的历史。相传"八仙"饮酒时随手撒下的种子，霎时便长成了大树。这棵古槐至今枝繁叶茂，生长旺盛，给人以荫翳。而先贤们的伟大人格，不也像这棵古槐一样，至今给人以荫翳吗？

聊斋闲聊

我从遥远的南海之滨,来到古老的齐鲁大地,没有去曲阜朝拜孔圣人,瞻仰衍圣公府的风采,也没有去登临泰山,领略那"一览众山小"的气势,而是风尘仆仆地赶到了淄博,前往聊斋观瞻。当然主要是出于对文学大师蒲松龄的敬仰,其中也有一些好奇的成分。"料应厌作人间语,爱听秋坟鬼唱诗。"《聊斋志异》众多的花妖狐魅,阴森的孤坟鬼影,光怪陆离的幽明世界,曾给了我无穷的遐想。那么能给作者无尽的灵感、炮制出"鬼唱诗"的聊斋究竟是一个怎样的神秘所在呢?

聊斋坐落于淄川区蒲家庄,我去那里适逢下雨。这场北方的雨,却颇有南方的韵味:淅淅沥沥,从从容容。霏微细雨驱散了扰人的燥热,纤纤雨丝也牵动着我的情思。脑海里不断涌现出一些关于《聊斋》及其作者的零碎记忆。在眼前的景物和脑中的幻影的频频交换中,不知不觉便来到了聊斋。

现称为"蒲松龄故居"的聊斋,是一所普通的农家小院。老墙青瓦的向阳门楼上方悬挂着郭沫若题写的"蒲松龄故居"匾额。门前巍然耸立的古槐,枝叶茂密,树冠如盖,给小院增添了几分气势。跨入大门,只见院内草房瓦舍相间相依,花墙月门错落有致,四处垂柳依依,间有老藤布墙……来到这里,一下子就有了一种亲切的感觉。

我在弯弯曲曲的石板甬道之上流连,试图寻觅蒲翁的履痕;我在红花绿柳之间徘徊,希望捕捉蒲翁的气息;我在豆棚瓜架之下踯躅,期盼搜索蒲翁的身影。啊,聊斋!哺育蒲翁童年的摇篮,养育蒲翁成长的场所,抚慰蒲翁心灵的港湾,启迪蒲翁灵感的绿洲。当我真的来到你的面前,不由得又惊又喜……

在聊斋,蒲翁从小刻苦读书,立志功成名就,他十多岁就崭露头角,科举考试获县、府、道三个第一,轰动乡里。然而科举考试就像一条又臭又长的裹脚布。蒲翁自中秀才后,屡次参加乡试都不中。直到71岁才援例拔贡。也就是说,能够这样还是照顾,连他自己也无不自嘲:"落魄名场五十秋,不成一事雪白头,腐儒也得宾朋贺,归对妻孥梦亦羞。"

不远处红彤彤的石榴吸引了我的视线。望着石榴那别具一格的模样，我不禁对蒲翁的这种宠物也有点怜爱。石榴树后面是一栋拙朴简陋的房屋，进得门来，见到高悬的"聊斋"匾额，方知这里才是蒲翁的书斋。匾额之下，为蒲翁逝世前一年的画像。画像中的蒲翁目光炯炯，神采飞扬。但仔细端详，也能发现眉宇间的几分抑郁。

蒲翁的抑郁是有原因的。他的父亲因为贫穷才弃儒经商，没有留下遗产。他的功名仕途之路又被堵死，自然不可避免地要陷入穷愁潦倒的窘境。

假如换了别人，也许会听天由命，了此一生。然而有着古齐人"志高而扬"遗风，具有"读书如月，运笔如风"的蒲松龄，不但没有因蒙受磨难而折服，而且从自己的痛苦中体察到人民的苦难，从人民的苦难中看到了社会的黑暗，因而决心用笔来揭露社会的罪恶，鞭挞人间的不平，为人民伸张正义。

假如不是那个年代，蒲翁或许可以秉笔直书，酣畅淋漓，一针见血，岂不快哉！然而他偏偏生活在文网严密、动辄得咎的清代，不得不采用隐晦曲折的笔法，不得不采用谈鬼说狐的形式，抨击黑暗的现实，寄寓自己的思想。"寄托如此，亦足悲矣！"

"写鬼写妖高人一等，刺贪刺虐入木三分。"郭（沫若）老的褒奖无疑举足轻重，但我以为这仅仅是对一种结果的评价。而为了获得这种结果，蒲翁曾在柳泉冲茶待客，以获取来往过客谈论的奇闻逸事；他养成了"雅受搜神"的情趣，求助"四方同人""集腋成裘，妄续幽冥之录"；他毕生呕心沥血，几经修改增删，"浮白载笔，仅成孤愤之书"。我以为，更不应该忽视这种"过程"给人们的启迪和教益。

从聊斋走出来，本来还有聊斋园可去。但因我在这里的收获还没有完全消化，所以宁愿在蒲翁的故居多做些逗留和盘桓。悠悠岁月，斗转星移，但聊斋依然是聊斋。但昨天的聊斋门庭冷落，景况萧条，那是因为它面对的是现实。而现实往往是残酷的，剑拔弩张，锋芒毕露，适者生存兴旺，否则衰败灭亡。昨天败落的聊斋正是蒲翁穷困潦倒的写照，而今天的聊斋承载的是历史。历史是冷却了的现实，已去其锋芒，是温情脉脉的。而聊斋的历史又能给人教益和启迪，值得把玩和品味。所以今天的聊斋能吸引众人前来，盛况空前。

小雨依然淅淅沥沥，从从容容，空气中散发着浓郁的田园气息和淡淡的书卷香味。在纤纤雨丝和绵绵思绪的交织中，我终于依依不舍地与聊斋作了最后的道别……

| 圆明园祭 |

圆明园，我追寻着你

圆明园，你知道吗？在你罹难150多年之后，仍然有人在追寻着你。我就是其中的一个。我也不知道为什么会如此对你一往情深……

最初知道你大概是在上中学的时候。那时我比较喜欢历史课，觉得上历史课就像在听老师讲故事。这些"故事"，有的令人兴奋，有的令人沮丧。当然也有的令人气愤，英法联军攻占北京对你蛮横无理地进行烧杀抢掠就是如此。记得当时听课时就气愤不已，躁动不安，心想如果有人组织讨伐侵略者，我将第一个报名，走上沙场为你报仇雪恨。可能许多孩子的想法都和我差不多，班主任因势利导召开了一次主题班会，当点名让我发言时，我却一句话也讲不出，满脸涨得通红，心里只有想骂的几句脏话却又不能讲。最后班主任总结，大意是说光有朴素的感情还不够，要学好本领，总结历史的经验教训，才能更好地建设和保卫祖国……从那以后，我就开始了对你的追寻。

1983年，我观看了电影《火烧圆明园》，它不但重新点燃了我心中的怒火，而且勾起了我对往事的回忆，又摆开架势想写一篇声讨侵略者和缅怀你的文章。可是一旦举起笔来，才晓得一支笔有时也会如此沉重。因为我当时仍然除了知道你的名字——"圆明园"三个字外，其余知之甚少，这怎么能把你写好呢？那时不比现在，查找资料很困难，只得用"来日方长"来搪塞。思想一动摇，事情又被耽搁下来。

近年，我因为搜集《四库全书》藏书楼的资料，才知其中之一的文源阁处于你所管辖的范围内，重新引发了我对你的关注。由于互联网带来的方便，这个时候我才开始对你有了比较深入的了解。我曾试着写了《文源阁挽歌》《"正大光明"祭》《勤政亲贤的悲剧》《澹泊宁静的豪华版本》以及有关九州清晏的几篇散文。为了便于记忆，我还对你的一些著名景点的名称以对偶的形式予以编排，整理出《玩一回文字游戏》一文。由部分至全体，我对你的认识逐步加深，满以为为写一篇关于你的文章以实现自己的夙愿奠定了基础，但真要动手写你仍然不知从何下笔。在我看来，那些已经惯用的无与伦比、盖世无双一类词汇显得太抽象，而用绝代佳人、大家闺秀、宫廷仕女来形容你又觉得太单薄。我绞尽脑汁，搜索枯肠，想方设法，还是没有找到恰当的方式来描绘你已经永远失去而又令人难以忘怀的美丽。

你的美够大气。整个御用园林实际上包括圆明园、长春园和绮春园，故称为"圆明三园"。也可以说是园连园。圆明三园总共有104个景点，其中圆明园有44个，长春园和绮春园各30个。占地面积约为347公顷。而其中湖、池和沟渠等的水面面积竟占一半。这些水域都系人工造就，挖出的泥石便堆成山，致使你能依山傍水，钟灵毓秀。园内的每个景点基本上都是一个独立的建筑群，一共有一百多个建筑群分布于相应的山形水系，俯瞰你的全景，规模大得俨然像一座城中城。

你的美有特色。有人说理想产生了欧洲艺术，而幻想产生了东方艺术。你就是幻想艺术的巅峰。由于石构建筑和木构建筑的不同形式，因而产生了几何造型和曲线原理的分野，你就是曲线美学原理的中国园林之典范。纵观你的容颜，处处展示出东方艺术的野趣，处处体现出中国园林的"无秩序"美。几何造型的屋顶不就是水泥一抹吗？但到你那里，却是歇山顶、悬山顶、硬山顶、虎殿顶……单一复合，层出不穷。一个亭子，也分四角、六角、八角、圆形、十字形……五花八门。至于建筑的造型，有长方形、正方形、工字形、中字形、田字形、卍字形、扁面形……更是千变万化。你的这种特色美，总是令人流连忘返，浮想联翩，回味无穷！

你的美很全面。既有庄严的宫殿，又有适于休闲的场所；既有肃穆的皇家祖祠和佛教圣地，又有轻松的买卖市场和戏台乐园；既有习武的场地，又有崇文的书房；既有表示皇帝重视农业的景点，又有体现皇帝集贤纳士的景观。你有一些景点是仿造的：平湖秋月、曲院风荷和阴虚朗鉴（仿雷峰夕照）均仿西湖的美景，廓然大公仿无锡寄畅园，上下天光仿岳阳楼，西峰秀色仿庐山，而四宜书屋更是仿照浙江海宁陈姓民居安澜园而建造。当然你也不乏创意：蓬岛瑶台系取自唐代画家李思训《一池三山》的画意而造，夹镜鸣琴乃取自李白的"两水夹明镜，双桥落彩虹"的诗意而筑，而武陵春色则是摹写了陶渊明《桃花源记》的意境。还需特别指出的是，镂月开云这个景点，曾经是康熙、雍正、乾隆三代同堂观赏牡丹的地方，所以这里也被当作"康雍乾盛世"的象征。

然而天有不测风云,似乎真的验证了所谓的"红颜薄命",你这个美轮美奂的尤物最终遭受到侵略强盗的野蛮摧残。1860年10月6日,你被英法联军攻占,侵略军烧杀抢掠,无恶不作。他们射杀了20余名起来抵抗的"技勇"太监,而在安佑宫,273名大臣、太监、宫女、司香职员及岗守侍卫,也全都惨死在侵略军的枪口和大火之中。那些收藏字画珍宝的地方,自然首当其冲。侵略强盗抢掠珍宝装满了行囊后,便在全园放火。大火连烧三日,你自然难逃厄运。如今九州清晏清晖阁北壁当年悬挂的你的全景图,却被巴黎博物馆收藏;而清代画师沈源和唐岱绘制、乾隆题词的40套80幅各个景点的景观图,现收藏于巴黎国家图书馆……这怎能不令人心潮起伏呢?

　　圆明园,你知道吗?在你罹难150多年之际,仍然有人在追寻着你。我就是其中的一个。遥想当年,法国著名作家雨果曾经写过你。一个外国人对你的美丽竟然赞不绝口,我作为一个本国人能对你曾经的惊艳漠然置之吗?侵略者所在国一个富有正义感的人,对本国军队的野蛮侵略行为都予以强烈谴责,我作为受害国一份子能不继承前辈遗传的愤慨而无动于衷吗?我想我已经弄明白自己为什么会对你一往情深了……

　　后记:10月6日是圆明园的忌日。特发此文,为圆明园153周年祭。并强烈谴责英法侵略者的野蛮行径,强烈要求这些国家归还抢掠的圆明园国宝。

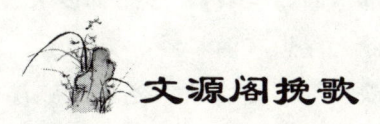

文源阁挽歌

　　对我来说,你——文源阁只是一个梦幻。我是在你罹难80多年后才来到人世,从未见过你的容颜,怎么不会有着隔世之感呢?好长一段时期内,我也只知道圆明园,并不知道你。后来为了了解《四库全书》才接触到你的名字。一旦接触到你的名字,就想多知道一点。然而只能纸上谈兵,所以对于你仍然是一种似真似影、如梦如幻的朦胧感觉……

文源阁，你是一朵祥云吗？1775年当你飘落到圆明园西北的时候，整个园林曾经轰动。水木明瑟从北面向你靠拢，柳浪闻莺由东向你逼近。前面为澄澈的人工湖，荡漾的湖水向你频递秋波，水中的金鱼游弋嬉戏讨你欢心，隔湖的舍卫城朝你行注目礼。连湖中竖着的那块名为"石玲峰"的太湖石也自作多情，虽然高逾六米，宽有三四米，有些笨拙，但是凭借着湖南面怪石嶙峋的假山作背景，自认为玲珑剔透，环孔众多，如乌云翻卷装扮鬼脸，倘用手叩即发出铜钟般的怪声。这可是当年圆明园中最大的一块太湖石啊，与颐和园乐寿堂前的"青芝岫"齐名，却也拜倒在你的名下。你的东侧为御碑亭，立有刻着乾隆《文源阁记》的石碑，分明也是想给你增添几分威风和豪气。

文源阁，你是仙女坠落凡尘吗？而且你们姐妹恰巧七位，正好与神话传说中的七仙女相对应。那位叫文津的应是大姐吧？她是第一个来到人间的，选择了承德避暑山庄作为落脚点。而你是仅次于她第二个闯入尘寰的，不用说其余五位都是你们的妹妹了。你来到了圆明园原四达亭的旧址，重塑自己的外形。那灰色水磨丝缝砖墙，深绿廊柱，歇山式屋顶，上覆绿剪边的琉璃瓦，还有楹柱间的河马负书和翰墨卷帙画面，古朴典雅，宁静肃穆，蕴涵深意，散发出浓郁的书卷气息。你们姐妹长得太像了，如果不是所处的地方不同，真叫人难以分清。原来你们早有"预谋"，无论理念还是外形都以天一阁作为样本，所以如同出一辙。当然你们也不是没有各自的特点，比如你在金碧辉煌的圆明园中，看起来相对朴素，因而更使人觉得卓尔不群，突显出高雅的气质和独特的魅力。

文源阁，你是文曲星转世吗？你不仅潇洒儒雅，而且满腹经纶。珍藏的那部《四库全书》，赋予你以灵魂。这部洋洋洒洒共36000册的鸿篇巨制，真是令人浮想联翩。经、史、子、集四部次第排列，绿、红、蓝、灰四色交相辉映，春、夏、秋、冬四景顺序浮现，阴、晴、风、雨四象宛若环生，江、河、湖、海碧波引发心潮，荣、辱、兴、衰幽情回味无穷……全书首页的"文源阁宝"和"古稀天子"印，末页的"圆明园宝"和"信天主人"印，不但使你所藏的《四库全书》具有了自己的特征，而且显示出乾隆要让自己流芳千古的用心。

也许可以说乾隆确实干了一件流芳千古的事！不管他是否真心实意为《永乐大典》的辑佚，还是心怀叵测为了"寓禁于征"，抑或是为了炫耀所谓的"康乾盛世"，总之他举全国之力，组织了编纂《四库全书》的工作。参加编纂的四库馆官员达360人，大多数为当时的一流学者。而参与抄写的人员就有3826人，以确保每天有600人上岗，每天完成60万字的进度。前后历时十个寒暑，七部《四库全书》终于大功告成。编纂这样的鸿篇巨制，虽然并非乾隆首创，因为前有《永乐大典》作出了示范。但他吸取了《永乐大典》的教训，总共抄写了七部《四库全书》，并将之分别藏于不同地点的藏书楼，以避免遭遇类似《永乐大典》那样的厄运。实践证实了他是一个有远虑的人。《四库全书》是中华传统文化最丰富最完备的集成之作，已使许多人受益，并且仍将惠及子孙后代。近10亿字的《四库全书》当然属集体之作，但作为最高组织者的乾隆的功绩也不可抹杀。文源阁，也正是这部《四库全书》，使你闻名遐迩，成为文人向往和膜拜的女神。也可以说，正是乾隆使你走向辉煌。

但也正是包括乾隆在内的封建统治者酿成了你的厄运。乾隆在皇帝中或许是比较有作为的一位，但他也和其他几代皇帝一样，都对外部世界近乎无知。正当西欧大造坚船利炮伺机对外进行掠夺的时候，他们却倾尽资财，花费150余年的时间，精细雕琢，打造出一个盖世无双的顶级园林，或供自己享受，抑或作为封建社会的标志炫耀？结果对列强的坚船利炮毫无还手之力，只有任凭侵略强盗肆意烧杀抢掠，给文源阁造成灭顶之灾，给圆明园造成灭顶之灾，给清朝以沉重的打击，给中国人民带来了深重的苦难。那两个分别称作"英吉利"和"法兰西"的强盗，烧杀抢掠，无恶不作，不但毁掉了一个无与伦比的美丽园林，也使文源阁及其珍藏的《四库全书》化为灰烬，肆意践踏了中华文化。虽然当年富有正义感的法国作家雨果对此作出了强烈谴责，事隔150多年后我仍要进行声讨，以郑重地告诉侵略强盗：上一代的愤慨已经遗传到我们这一代人身上，而且将世世代代传下去。你们不是自诩为文明人吗？你们不是污称中国人为野蛮人吗？那么我要告诉你们一个事实：正当中国编纂《四库全书》的时候，"法兰西"也编撰了一部百科全书，但其篇幅仅为《四库全书》的四十四分之一。你们说谁应该戴上野蛮人的帽子，而谁应该拥有文明人的桂冠？在强烈谴责侵略强盗野蛮行为的同时，我也对当时的封建统治者的腐败无能表示极大的愤慨。盛世背后也蕴藏着危机，这无疑是一个深刻的警示。

对我来说，你——文源阁仍然只是一个梦幻。我曾无数次上网搜索，但所见的总是那堆断垣残基和乱石衰草，留下的总是不尽的悲愤和惆怅。我无言以对，只有心底里琢磨着为你写一首挽歌。文源阁的挽歌，其实也是圆明园的挽歌……

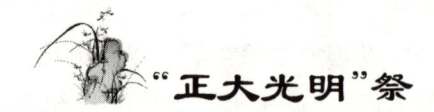

"正大光明"祭

映入眼帘的是一片杂草，间或也有一些高低参差的树木。也许是春天的缘故，树木的枝叶倒也有些青翠，杂草中也点缀着几朵无名小花，是深深的怀念，还是无声的祭奠？如果事先不了解情况，怎么会将这里和你联系在一起呢？

遥想当年，你——"正大光明"是何等气派！你的位置坐落于圆明园正宫门的中央位置，园内的景点像众星拱月那样簇拥着你。因为皇上有意让你成为太和殿的一个替身，所以完全依照紫禁城里的宫殿而复制。殿堂高约39米，宽约19米，有7根直径约84厘米的柱子竖立在约1.2米高的台阶上。拥有殿堂7间，前面有宽大的月台，东、西配殿各5间。总之，处处体现出你的威严。当然这一切已不复存在，只有殿后那个叫"寿山"的石山，山体至今仍在，仿佛要顽强地显示出一丝尚存的余威。畴昔雄伟华丽的外观使人称羡，内部富丽堂皇的装饰更是令人赞叹不已。因为根据你的功能——既是朝会听政的地方，同时又是举行重大庆典的场所——所以整个装饰都是围绕为皇帝服务做文章。皇帝最关心的当然是自己的宝座：它的位置在大殿正中，且立于高台之上；它的质地为紫檀木质，做工精美；上面覆盖着黄色绣缎的"沙发"套子，铺着精美的绣花的"沙发"垫子。宝座两边摆放的屏风，装饰着蓝翡翠和孔雀毛，雀羽上点缀着红宝石和碧玉。欲上高台有三级台阶，为了表示此为皇帝的专属禁地，象征性地用红漆木栏杆围绕高台四周。栏杆雕刻着玫瑰等花卉，精美富丽。宝座正上方悬挂有雍正皇帝御书"正大光明"的匾额。雕镂着深深花纹的木质天花板，悬吊着晶莹剔透的西洋进贡的刻花玻璃灯具。殿内西墙上还悬挂有一幅圆明园全景大观图，几乎盖住整个墙面，似乎只有那些高贵的人才配得上观瞻。东墙则悬挂着乾隆《御书周书无逸篇》。乾隆皇帝对这里的格调和布局甚为赞赏，将你作为圆明园40景的首选。

你的在天之灵还在怀念每年万寿宴（皇帝生日）、千秋宴（皇后生日）吗？还在回味每年清帝在必设的"上元三宴"中的外藩宴（正月十五日）和廷臣宴（正月十六日）吗？还有皇帝每年举行生日受贺、小宴廷臣、中元筵宴、观庆龙舞、大考翰詹、散馆乡试及复试等，你还记得吗？所有这些繁文缛节的礼仪，使你饱览了荣华富贵吧？其实这些东西与其说是威风豪气，还不如说是奢靡。而正是奢靡，导致了大祸临头。

你的不死之心还在感叹世态炎凉吧？你视皇帝至高无上，体贴入微地服侍。而皇帝似乎也总有人前呼后拥，山呼万岁，威风凛凛，不可一世，其实他们虚弱得很。一个堂堂大国，竟会让外国侵略军队长驱直入，直捣首都，烧杀抢掠，真是不可思议！更令人愤慨的是，当外国侵略军队杀进城来，他便抱头鼠窜，只顾自己逃命，置人民的生死于不顾，也置你们的安危于不顾。封建统治者真是腐败无能啊！

你冥冥之中的冤魂还在诅咒邪恶的侵略强盗吧？当圆明园沦陷敌手之后，它们竟在你这里筑起了"狗窝"，作为临时指挥部。所有的罪恶都是在"狗窝"策划的。当它们抢掠到的珍宝装满行囊之后，为了毁灭罪证，便放火烧毁园内的建筑。也许他们害怕罪恶言行被"监听""记录"，撤离时也将你付之一炬……你一定会记得，曾几何时，侵略强盗中的一个国家，曾派使节来华，表示亲善友好，带来的礼品就在你这里陈列。可后来就兵刃相见，口蜜腹剑，充分暴露了它们的伪善嘴脸。

正大光明，在你罹难153周年之际，愿你安息！如果实在思绪难平，希望你不懈地将侵略强盗的滔天罪行告诉炎黄子孙，正大光明地将封建统治者的腐败无能告诉华夏民族的后代。

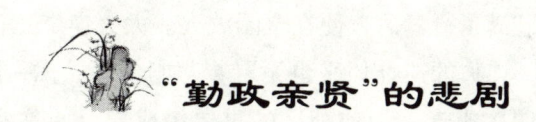

"勤政亲贤"的悲剧

与皇帝结缘，与天子为伴，本该大富大贵，谁能料到你的命运却是一场悲剧！

你的悲剧是天生注定的。名者命也。"勤政亲贤"，你的名字本来不错，但是将以此命名的一座宫殿置于圆明园，而且在清漪园、静宜园、静明园和承德避暑山庄都置有勤政殿，就不免有些滑稽了，因为"业精于勤荒于嬉"，而这些园林分明是供王公贵族游玩嬉戏的。在这些地方建造宫殿且标榜"勤政"，试图将截然相反的"勤""嬉"统一，岂不如同妄想让势不两立的水火相容吗？怎么不会是一个悲剧的下场呢？当然这是皇帝的发明创造。天子一言九鼎，谁敢说个"不"字？但在事隔一二百年后的今天加以评说，不至于引起龙心不悦吧？

你悲剧的命运是行为决定的。俗话说，行为决定习惯，习惯决定性格，性格决定命运。当然你的命运是封建统治者的行为所主宰的。你那里曾经有着各种各样的匾额：宫殿外檐悬挂着雍正所书"勤政殿"匾额；殿内屏风上是乾隆御书《无逸》篇；乾隆御制《创业守成难易说》置于东面墙壁，西壁则有御制《为君难跋》。但所有这些都是对宫殿后楹高悬雍正所书"为君难"三个字的诠释……为君难，能有这样的想法倒也不错。但如果只是停留在口头上，挂在墙壁上，而没有实际行动，如仍然我行我素，穷奢极欲，耗费大量钱财、花费150余年时间，打造一个顶级园林供自己享受，讲所谓"为君难"就变得毫无意义了。虽然封建王朝注定要衰败灭亡，殊不知正是封建统治者的奢靡使这一进程来得这么快，也正是封建统治者的言行不一使你的结局很糟糕。当然这是皇帝的选择，天子金口银牙，谁敢表示异议？但在一二百年后的今天加以评说，不至于龙颜大怒吧？

你的悲剧是英法侵略者直接制造的。掠夺成性的老牌帝国主义，看准了清政府是一个"软柿子"，凭借他们的坚船利炮杀将过来，直捣北京。清朝军队毫无招架之功。那个曾经不可一世的皇帝只得抱头鼠窜，仓皇逃命，丢人现眼。1860年10月，暗无天日，侵略强盗闯入圆明园。他们饿狼似的大肆抢掠。你所属的富春楼乃收藏字画珍宝的地方，自然首当其冲。侵略强盗抢掠珍宝装满了行囊后，便在全园放火。大火连烧三日，你自然难逃厄运。

连你的遗址似乎也笼罩着悲剧色彩。你为圆明园四十景之一，西与"正大光明"毗连，为前朝区的重要组成部分。你和"正大光明"殿两者的区别在于："正大光明"殿是朝会听政和举行庆典的地方，平常日子并不开放，功能类似于紫禁城的太和殿；而你是清帝在园内听政和处理日常政务的场所，功能类似于紫禁城内的养心殿。你的规模较大，南北长150米，东西宽170米，占地面积2.5万平方米，建筑面积6750平方米。包括勤政殿、芳碧丛、保合太和殿，富春楼等一组建筑。如果得以保存，是一处相当不错的景致，但却遭此厄运。而后来的遗址保护并不尽如人意，不但逐渐被民居占用，甚至被作为养鸭场。目前遗址上除约略可见山形水系外，仅尚存少量建筑构件及太湖石，真有些令人感叹！

与皇帝结缘，与天子为伴，本该大富大贵，谁能料到你的命运却是一场悲剧呢？

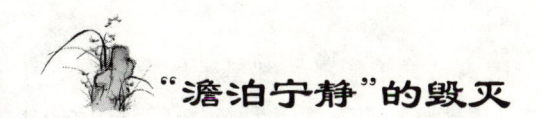

"澹泊宁静"的毁灭

"澹泊"一词，较先见于《汉书·杨雄传》："人君以玄默为神，澹泊为德。"而"宁静"一词，较早应出自《文子·上行》："非漠真无以明德，非宁静无以致远，非宽大无以并覆，非平正无以制断。"（见《群书治要》）好一个诸葛亮！他不但神机妙算，巧借东风，击退曹军，而且似乎有神来之笔，将澹泊、宁静撮合在一起，整合成"非澹泊无以明志，非宁静无以致远"这句话后，"澹泊宁静"就变成文人雅士心目中的美好境界，并且成为他们趋之若鹜的一个词语了。

"青山本来宁静体，绿水如斯澹泊容。"这不，连皇帝也来凑热闹了。当然皇帝对澹泊宁静感兴趣，只不过是附庸风雅。"普天之下，莫非王土。"他那么大的胃口，能够清静寡欲吗？但凭借至高无上的权利，谁能阻止他对"澹泊宁静"作出诠释呢？于是一个以"澹泊宁静"命名的景点就在圆明园出现了……

"澹泊宁静"的确是一幅赏心悦目的图画！这幅图画的中央是一幢别具一格的建筑，周遭有碧水环绕，水中蒹葭苍瑟；不远处是绿茵茵的山岚，覆盖着青翠欲滴的松槐；山麓姹紫嫣红的鲜花怒放，彩蝶和蜜蜂花前翩翩飞舞；山水之间是一片水田，水稻正扬花吐穗，空气中似乎洋溢着芳香；房屋侧面搭有一个颇大而有精巧的架子，曲折而又斑驳的藤萝在架子上交织缠绕。此外还有诸多的亭榭点缀其间，构成一幅令人目不暇接的画卷……

姑且称之为诠释"澹泊宁静"这一词语的豪华版本吧！那幢呈"田"字

形的殿宇就是"澹泊宁静"的主建筑，始建于雍正初年。它的北面与文源阁相望，南面是澄澈的人工湖，东面是一片松林的小山丘，西面与"映水兰香"相接。也许封建统治者最初的确有这样的想法：在御园内造就这么一个景点，以显示对农业的重视。所以殿宇建造成田字形，景点内要设置田块，皇帝每年都要在这里参加犁田仪式……但随着时间的推移，"澹泊宁静"逐渐变成了帝后在圆明园西北部一处主要寝宫，并陆续增建了扶翠楼、多稼轩、怡情悦目、稻香亭、溪山不尽、兰溪隐玉、水精域、静香书屋、招鹤磴、寸碧、引胜和互妙楼等一系列建筑。美则美矣！但田园气息渐衰，而奢靡之风渐浓！

因为"澹泊宁静"和皇帝的命运捆绑在一起，所以不可能有真正的"澹泊"，并且也不宁静，因为它没有躲过1860年那一场劫难。"澹泊宁静"是圆明园最美的景点之一，特别集中体现了中国园林那种"无秩序"的美，谁能想到竟会遭到英法侵略者的毒手呢？

追寻那张图

"四处残垣砖石，容貌毁，当年绝伦何觅？倘去巴黎，可索御园芳，流连至博物馆，览全图，睹景追忆……"这是我为悼念圆明园罹难153年写的《声声慢》词的句子，圆明园的全景图怎么会不翼而飞流落到巴黎博物馆呢？我写到圆明园全景图时，对之就有些耿耿于怀，总想弄清它的来龙去脉。

圆明园全景图当然出自圆明园，只是具体出自圆明园那个地方呢？我写过《"正大光明"祭》一文，文中说正大光明"殿内西墙上还悬挂有一幅圆明园全景大观图，几乎盖住整个墙面，似乎只有那些高贵的人才配得上观瞻。"可见此图正大光明殿有一幅，但它与殿宇同归于尽了。据说九州清晏也有一幅，其命运呢？于是我开始梳理手头的资料，关心起九州清晏来。

九州清晏位于圆明园西部。正大光明殿南北有湖，南面是前湖，北边是后湖。后湖周围有九个人工岛，九州清晏就在其中一个小岛上，占地约70万平方米，位于圆明园九州地区的中轴线上。九州清晏为圆明园中最早的建筑群之一，亦为"圆明园四十景"之一。它由三组南向大殿组成，第一组为圆明园殿，其功能相当于故宫内的乾清宫。康熙在位其间，景点西部已有建筑建成。雍正初年，圆明园大规模扩建，这里便成为帝王重要的寝宫区。慈禧太后为"懿嫔"时就居住于此。大殿外檐悬挂着康熙御笔"圆明园"匾额，殿内悬挂有巨幅图，不过不是圆明园全景图，而是《皇舆全图》。中间一组为奉三无私殿，是举办宗亲筵宴之处，也是向皇帝进献贡品、物件、图册的地方。殿内设有戏台，举行宗亲宴时，升平署太监在戏台上唱戏或奏乐。殿前有铜制龙、凤和计时用的日晷等物件，也有柏、槐、文官果和山兰枝等花木。最北的一组为九州清宴殿。中轴东有道光出生的地方——天地一家春，西有乾隆的寝宫——"乐安和"，而雍正帝与道光帝都死于九州清晏殿。由于九州清晏殿是皇帝在园内最主要的一处寝宫，所以十分豪华和考究。殿内铺金砖并有东西暖阁、仙楼、宝贝格等。东暖阁内有火炕和床，西暖阁有床和风扇，以方便而又周到地供皇帝分别在冬、夏季使用，宝贝格内有古玩瓷器等陈设。殿内则有自鸣钟、铜盆等，殿前安设铜仙鹤，桂花罩棚，梅花罩棚各四座，仙鹤西侧还植有海棠、茶树。总之无论是日常用品还是各种摆设，应有尽有。特别是殿后竟设有码头。据记载，皇帝经常从此坐船先对岸的慈云普护拜佛，然后乘船到万方安和，改乘轿子到月地云居上香敬佛，再到安佑宫祭祖。稍事看书观荷之后，又到坦坦荡荡观鱼，最后回到此殿。真是好不惬意！

　　终于在九州清晏西部的清晖阁追寻到圆明园全景图的踪迹。清晖阁上下各七间，高大宽敞，被誉为"御园第一避暑地"。其北壁当年就悬挂着圆明园全景图。我再返回网上搜索，综合各方面的信息确定，巴黎博物馆收藏的应是此图。而清代画师沈源和唐岱绘制、乾隆题词的40套80幅圆明园景观图，现收藏于巴黎国家图书馆。

　　当时间晃过了一二百年，历史的真相变得有些模糊的时候，有人或许会产生这样的疑问：是他们对中国文化特别感兴趣吗？是他们比中国人更珍惜文物吗？我们总是很宽厚！凡事总喜欢从好的方面着想，凡是事总喜欢替别人着想，常用"君子之腹"去度"小人之心"。但他们岂止是小人，应称贼人！而且岂止是贼人！试问一个小偷偷了别人的衣服敢明目张胆地穿出来招摇过市吗？而他们却将抢掠来的东西堂而皇之地放在博物馆……此时我竟确定不了用什么称呼他们更合适：是强盗呢，还是流氓？

华表的故事

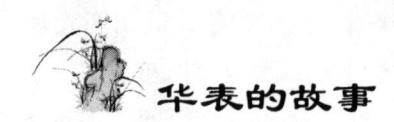

岁数大了，爱回首往事。回忆些啥？天马行空，杂乱无章。这不，最近看张恨水的《五月的北平》，又引起了我对北京的思念。退休以后就没有去过北京了，之前当然去过许多回。为了缓解这种思念的纠缠，于是我又开始折腾去找照片。找来找去，只找到一张。这时才想起，我虽然多次去过北京，但留影却只有一回。那是第一次去北京在天安门城楼前的留影。打量这张照片，背景是庄严雄伟的天安门，身旁则是耸立着的高大而精美的华表。我的注意力一下子集中到华表的身上来了……

最近因故涉及一些关于华表的资料，对华表的"今世前生"有了一个大致的了解。华表又称恒表，是我国一种传统的建筑形式，相传始于尧所处的年代。远古的华表皆为木制，东汉时期开始使用石柱作华表。岁月不仅使华表的质地改变了，而且令其功能也发生了变化。最早的华表设置于路口，起着指路标牌的作用，同时人们也可以在上面书写己见，成为进言纳谏的工具，所以华表又叫表木或诽谤之木。采用这样的一种方式收集意见，当时的统治者还似乎颇有民主风范。岁月的流逝，华表演变为纯粹的装饰品，成为竖立在宫殿、桥梁、陵墓等前的大柱，所以华表又有神道柱、石望柱、表、标、碣等别称。

华表并不鲜见。但若论名气，当然是天安门的华表莫属了。天安门前后各有一对华表，它们与天安门同建于明永乐年间，迄今已有500多年历史。每根华表由须弥座柱基、柱身和承露盘组成，通高为9.57米，其直径为98厘米，重约20吨。每对华表间距为96米，华表上石犼蹲立，下面横插云板，柱身雕刻蟠龙，显得端庄秀丽、庄严肃穆，是少有的精美艺术品。由于天安门门前那对华表上的石犼面向宫外，后面的那对华表上的石犼面向宫内，故在古老的传说中，人们把宫前的石犼叫"望君归"，意为盼望皇帝外出游玩不要久久不归，应快回宫料理国事；面向宫内的石犼叫"望君出"，劝诫皇帝不要老待在宫内寻欢作乐，应常到宫外去了解百姓的苦难。用这样一种方式来反映人民的意愿，而在人们心目中封建统治者又是这样一副德性，真是令人感慨！

能与天安门的华表相媲美的要数圆明园的华表了。圆明园原鸿慈永祜（又称安佑宫）殿门前为两道琉璃牌坊，各有华表一对。安佑宫华表也为汉白玉石雕，蟠龙云气甚为精巧，其柱围316厘米，通高约8米，下为高124厘米的八方形须弥座。其规制与天安门前之华表相仿，唯没有外围之方形汉白玉护栏。安佑宫是安置皇族祖宗灵位的地方。清朝皇帝每次在安佑宫祭祖都是声势浩大，几百太监、宫女要忙上一个月。这里的华表不但见识了气派和排场，而且见证了一场惨无人道的劫难。1860年，英法联军占领圆明园，由于在安佑宫内太监、宫女都在为皇帝即将举行的祭祖忙碌，围困在安佑宫中的273名大臣、太监、宫女、司香职员及岗守侍卫，全都惨死在侵略军的枪口和大火之中。安佑宫连同殿内供奉的列祖列宗也全都被侵略者点燃，这座金碧辉煌的皇家祖庙也随之成为了一片废墟。后来安佑宫的两对华表也另易其主了。1925年燕京大学在建校舍时，美国牧师翟伯盗走其中三根，有两根竖于该校主楼（即现北京大学西门内办公楼）前。安佑宫仅存的一根华表，则被京师警察厅运往城里，1931年春曾横卧在天安门前路南。同年夏季北平图书馆在北海西岸建成新馆时，即将燕京大学多余的一根华表，以及放置于天安门前的那根，皆运去竖在主楼（现国家图书馆文津街分馆）前。

说实话，当年在天安门前拍照片时，除了看到华表是一根雕刻精美的柱子外，可以说对它一无所知。那时照相的人多，只是被动地由摄影师随意安排，没有想到也能和一个特殊的中国符号联系在一起。想起来既感到意外，又感到幸运。作为一个中国人的那种自豪感也随之慢慢涌出……

圆明园——美的精灵
——代我写圆明园的结语

关于美的话题，常使人意绪联翩。提及美，首先想到的自然是美人。西施、貂蝉、杨贵妃、王昭君，闭月羞花，沉鱼落雁，令人仰慕，令人称羡。但这些非我所求，非我所能求，因为我非帝王将相。至于现代更是美女如云，目不暇接。"尽是庐山佳绝处,不知何处合题诗。"也许这句写庐山的诗,可以借用来描绘如今佳丽倾国倾城、美不胜收的盛况。但这些亦非我所求,亦非我所能求。因为我已垂垂老矣!那么老人就与美绝缘了吗?当然不是。"爱美之心,人皆有之。"老年人的爱美之心尚存。我的心海里就时不时有一位美的精灵在游弋。她就是我近来时常梦魂牵绕的圆明园。为什么将圆明园称作美的精灵呢?

美的形态可分为现实美和艺术美两大类。而现实美又包括自然美、社会美和教育美等内容。通常意义上的园林,属于自然美的范畴,但圆明园可不是一般的园林。她不但曾经收藏了大量的艺术品,而且每一个景点都经过独具匠心的设计,精雕细刻的建造,称得上是艺术珍品。圆明园可以说是艺术美和自然美完美结合的产物。

圆明园又是特定时代和特定国度的产物。首先,只有在那个特定的封建年代,皇帝才能利用至高无上的权利,选择最好的风水宝地作为园林用地,动用国库巨额财政资金,耗费漫长的150余年时间打造一个精美绝伦的精品。为了保证顺利建造这个顶级园林,在全国范围内征集最优秀的建筑师,选择最优秀的建筑式样,采购最好的建筑材料,收集国内精美的奇珍异宝……所有这些,只有在一个特定的国度,才有这样雄厚的财力和资源。其次,圆明园的景点除了独创之外,有许多是仿照了西湖、无锡、庐山等许多地方的著名景致而建造,这也只有一个地大物博的大国才有这种条件。再次,我国具有丰富的园林建造经验。早在秦代,就出现了上林苑这样的园林。汉代有建章宫,唐代有大明宫,而宋代竟有周边达20公里长的艮岳。这些无疑为建造一个盖世无双的园林奠定了基础。圆明园是皇家御用园林,当然处处要合乎皇帝和皇室的意愿,就会与现代人的审美情趣有一定差异,这恰恰为我们了解那个特定年代的特定群体提供了便利。正是时间、空间和心理上的距离,使我们在审视圆明园时能感受到距离所带来的美感。

圆明园拥有朦胧美。朦胧美是指美丽不完全显露出来,让人有种"犹抱琵琶半遮面""欲拒还迎"的那种感觉,如今的圆明园除了地皮之外,景点已经荡然无存,可以说她不复存在了。对今人来说,她是水中月,她是镜中花。说了解她,却形象模糊,很难说得清楚;若说不了解她,只要读过有关资料,通过猜测、想象和意会,似乎又可以领略到她影影绰绰、似真似幻的身影。这是否就是可意会而难以言传的朦胧美？老实说，如果圆明园得以完整地保存下来，或许就不会这种感觉。

圆明园还拥有残缺美。虽然说残缺得太大了一点，已经是面目全非了，但在她的废墟上踯躅，能得到启迪，能引发思考。透过眼前的断垣残壁，可以想象到侵略者的野蛮、刽子手的残暴、强盗的贪婪、流氓的无耻。与此相映衬，不禁使人联想到圆明园是多么善良、多么清白、多么无辜、多么弱小，简直如同那个弱不禁风的林黛玉。一种凄美的感觉油然而生。

圆明园集中体现了东方园林艺术独特的美。法国著名作家雨果说："艺术有两个来源，一是理想，理想产生欧洲艺术；一是幻想，幻想产生东方艺术。圆明园在幻想艺术中的地位就如同巴特农神庙在理想艺术中的地位。"她是幻想艺术的巅峰。由于石构建筑和木构建筑的不同形式，因而产生了几何造型和曲线原理的分野，圆明园就是曲线美学原理的中国园林之典范。她处处展示出东方艺术的野趣，处处体现出中国园林的"无秩序"美。例如，几何造型的屋顶不就是水泥一抹吗？但在圆明园却是歇山顶、悬山顶、硬山顶、虎殿顶……单一复合，层出不穷。一个亭子，也分四角、六角、八角、圆形、十字形……五花八门。至于建筑的造型，有长方形、正方形、工字形、中字形、田字形、卍字形、扇面形……更是千变万化。你的这种特色美，总是令人流连忘返，浮想联翩，回味无穷！

集大气、全面和富有特色诸多美的元素于一身的圆明园，能不说是一个美的精灵吗？她把拥有的美尽情展示出来，令人不心仪也难。正因为如此，我为她写了约十篇文章。也许文采稍逊，但感情是真实而炽烈的，算是我写给她的"情书"吧！我想拜倒在她石榴裙下的人很多，恐怕此生也得不到回复。但何必硬要追求结果呢？只要有一份美好的记忆存留于心就足够了……

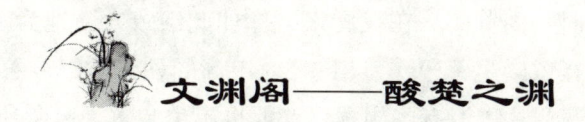

文渊阁——酸楚之渊

文渊阁，我喜欢你的名。以你的大名作为图书馆的命名是多么恰到好处啊！特别是当时唯一的图书馆。难道文化的清泉不是在图书馆的典籍中汩汩流淌吗？难道文化的源头不应到图书馆的典籍中去寻觅吗？你的名字始于南京文渊阁。如果不是因为贴切，那么有着迁都气魄的朱棣，在北京修建藏书楼时，不会另易其名吗？如果不是因为精准，那么有力量推翻旧政权而建立新政权的清朝，在重建藏书楼的时，不会另择新名吗？而且乾隆皇帝对你的名字作出了颇有新意的诠释："文之时义大矣哉！以经世，以载道，以立言，以牖民，自开辟以至于今，所谓天之未丧斯文也。以水喻之，则经者文之源也，史者文之流也，子者文之支也，集者文之派也。派也、支也、流也，皆自源而分，集也、子也、史也，皆自经而出。故吾于贮四库之书，首重者经。而以水喻文，愿溯其源。"老实说，除了记得历史上有个"康乾盛世"的说法之外，我对乾隆并无多少了解。但在重建藏书楼中，有两件事使我对他颇有好感。一是他不刚愎自用，依葫芦画瓢，在理念和式样上都取自一个民间图书馆——天一阁；二是对你的名字作出淋漓尽致的诠释。

　　文渊阁，我不太喜欢你的实。虽然你在南京时珍藏有《永乐大典》，应该说很充实。然而你那时很势利，眼睛朝上不朝下。你只是一个"天子讲读之所"，皇帝不时到你那里翻阅书籍，在你那里召集翰林儒臣讲论经史。明太祖于"万几之暇，辄临阁中，命诸儒进经史，躬自披阅，终日忘倦"。明成祖"或时至阁，阅诸学士暨庶吉士应制诗文，诘问评论以为乐"。明宣宗也曾利用"听政余闲，数临于此，进诸儒臣，讲论折衷，宣昭大猷，缉熙问学"，并特撰《文渊阁铭》，述其盛况。虽然清代时你在北京重生后也很充实，珍藏有《四库全书》连同《钦定古今图书集成》，而且按经史子集四部分架放置得整整齐齐：在一层放置经部儒家经典共22架和《四库全书总目考证》《钦定古今图书集成》等书。中间特设皇帝宝座，为讲经筵之处。二层中三间与一层相通，周围设楼板，置书架，放史部书33架。二层为暗层，光线极弱，只能藏书，不利阅览。三层除西尽间为楼梯间外，其他五间通连，每间依前后柱位列书架间隔，宽敞明亮。子部书22架、集部书28架存放在这里，明间设御榻，备皇帝随时登阁览阅。在我看来，你如此细致入微地为一人服务，不免有谄媚之嫌。难怪乾隆皇帝曾作诗曰："丙申高阁秩干歌，今喜书成邺架罗……"看来他一人享受这书海有些飘飘然。但也不免寂寞无聊，所以清宫又规定，大臣官员之中如有嗜好古书，勤于学习者，经允许可以到阁中阅览书籍，但不得损害书籍，更不许携带书籍出阁。即使如此，你也仍然只是为少数人服务。新中国成立后，虽然理论上你已归劳动人民所有，但因为你仍然隐居宫苑，难见庐山真面目。直到近日你才以原状陈列方式向社会开放，参照太和殿、中和殿、保和殿等地的开放方式，只可近观，不能进入这座最大的皇家藏书楼内。虽然你已经复出，但不是每个人随便就能参观的。就是能够前来，也只能一睹你的外表，又不能感受你的内在。所以我说不太喜欢你的实，是因为时空的关系，接触不到你的实，或许有点吃不到葡萄而说葡萄酸的意味。

　　文渊阁，我感叹你的命运多舛。明太祖朱元璋"始创宫殿于南京，即于奉天门之东建文渊阁，尽贮古今载籍"，但你未能躲过祝融的肆虐。1449年，南京发生火灾，你及所藏书籍付之一炬。明成祖朱棣迁都北京，仿南京已有规制营建北京宫殿，你在北京宫中重生，但伴随着明王朝的灭亡，你又在明末战火中再一次被毁。在乾隆皇帝为你再次催生后，你曾有过一段安宁的日子，但到抗日战争前夕，为了避免日本侵略者的洗劫，将你珍藏的《四库全书》全部搬出，运往南京。一个有着四亿人口的大国，竟然不能保住一件国宝的安宁，如今想起来就酸楚难忍！这对你来说更是一种摧残。草木也有情，何况你与《四库全书》相处逾近两百年，日久生情，《四库全书》已成为你的"心肝宝贝"，一旦诀别，怎能不撕心裂肺呢？也许你久久不出是因为一直沉溺于悲痛中吧？

　　文渊阁，那部《四库全书》也令我酸楚。要知道从你那里流出的可是首部成书的《四库全书》啊！为表示对第一部抄成贮阁的《四库全书》的重视，乾隆皇帝还特别允准，在每册书的首页钤盖"文渊阁宝"的印章，末页钤盖"乾隆御览之宝"的印章，更是弥足珍贵。它们从你那儿走出以后，辗转到了南京，后来又流落到了台湾。那部《四库全书》理应属于全国人民！宝岛同胞有权分享，我们也有权分享，但如今我们享受不到应有的权利，我的心里怎能不感到酸楚呢？

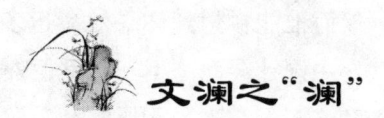

文澜之"澜"

　　清朝乾隆年间，编修《四库全书》，总共抄写了七部。为了收藏和保存这一鸿编巨制，专门修建了七间藏书楼，即"北四阁"和"南三阁"。"南三阁"包括文宗阁、文汇阁和你——文澜阁。文澜阁——你取这样一个名字，难道一生真的会波澜起伏吗？

最早哪有跌宕的迹象！"南三阁"都地处江南，而你更是得天独厚，坐落于水光潋滟的西子湖畔，傲立于山色空濛的孤山南麓，左面与白堤相接，右面与西泠桥为邻。由于西湖的烘托，你显得更加楚楚动人；而你带来的翰墨书香，又使西子湖显得更加典雅华贵。你们如此地珠联璧合和相得益彰：不知是你的幸运，还是西湖的幸运？你既是一处典型的江南庭院，又是一座顺应地势而筑的江南园林。亭榭曲廊，小桥流水。尽管饱经沧桑，但依然绮丽可人。园内亭廊、池桥、假山叠石浑然一体，构成有机的联系。步入门厅内，迎面而立的是一座堆砌成狮象群的假山。假山下有洞，穿过山洞是一座平厅。平厅后方池中立有名为"仙人峰"的奇石。因为你是特建的藏书楼，不免有许多与此相关的内容。平厅东南侧碑亭里立有石碑，石碑正面刻有乾隆皇帝的题诗，背面刻着颁发《四库全书》上谕。东侧碑亭里的石碑上刻着光绪皇帝的"文澜阁"题字。平厅前又有假山一座，上建亭台，中开洞壑，玲珑奇巧。方池后面正中即为你的所在。全部建筑和园林布局紧凑雅致，颇具特色。置身于如此优美的环境里，舒适安逸，波澜不惊。

况且你又深得人们宠爱，许多人拜倒在你的脚下。当年七座藏书楼中，"北四阁"除了特定的少数人可以光顾外，基本上都是为皇帝一个人服务。深藏宫苑，一般人知之甚少。与此不同，因为"南三阁"离京城远，也许皇帝自知不可能常来光顾，所以乾隆有令："俟贮阁全书排架齐集后，谕令该省士子，有愿读中秘书者，许其呈明到阁抄阅，但不得任其私自携归，以致稍有遗失。"允许读书人阅读和传抄，意味着"南三阁"不仅是藏书楼，而是更接近现代意义的图书馆。这样使你有机会接触底层的读书人，为更多的人服务。所以如果把"北四阁"比作宫中仕女的话，那么你和文宗、文汇可以说是是美丽大方的江南闺秀。由于得到众人的赞美、喝彩和呵护，似乎一切都显得风平浪静……

然而谁能料想到你果然命运多舛呢？难道真的是宿命吗？十九世纪五六十年代，中国社会动荡不安，不但外患不休，而且内乱无止。1853至1854年，文宗阁和文汇阁在太平天国军队攻陷镇江和扬州时遭灭顶之灾，1860年文源阁毁于英法联军之手，而你在1861年太平军再次攻占杭州时也难逃厄运，房屋遭焚毁倒塌，《四库全书》散失。这里我不得不说，任何毁灭文化的行为都是野蛮的，不管它来自外部还是来自内部，都应予以强烈地谴责。老实说，我对于太平天国运动，以往只是限于历史课本上那一点点知识，人云亦云，非常肤浅，当然不能对之作全面评估。但它来也匆匆、去也匆匆却是不争的事实。原因固然很多，毁灭文化不得人心恐怕也是其中之一吧？

好在华夏既是文明之邦，又是情义之邦！既有丧心病狂的毁灭，更有侠肝义胆的保护；既有人纵火焚烧，也有人抢救你于水火。自1861年遭受劫难之后，你及藏书一直处于动荡之中。就在你遭劫后不久，丁申、丁丙兄弟俩在店铺购物时，见用于包装的竟是钤有玺印的《四库全书》书页，进而发现店铺里成堆的包装用纸竟都盖有皇帝的玉玺，立即意识到文澜阁本《四库全书》散失了！丁氏兄弟非常着急，他们冒着战乱的风险，收集残籍予以保护，雇人每日沿街收购散失的书本，半年功夫抢救并收回8689册，占全部文澜阁本《四库全书》的1/4。此后，丁氏兄弟从宁波天一阁等江南十数藏书名家处借书，招募人员抄写，历时七年，共抄录书籍2174种，补残891种，文澜阁本《四库全书》基本恢复原貌。等1882年文澜阁重修完成，丁氏兄弟将补抄后的《四库全书》完璧归赵。到了民国时代，浙江省图书馆首任馆长钱恂继续组织所谓"乙卯补抄"；稍后，海宁的张宗祥又发起"癸亥补抄"。经过丁、钱、张等人的共同努力，最后完成的文澜阁本《四库全书》比原来更为完整，总数达到36278册，超过原来的35990册。原文澜阁本《四库全书》有的漏抄，如补抄本《竹岩集》十二卷，原本仅三卷，册数上比原来增多；补抄依据版本完备，集当时全国藏书楼之精华；还有许多被清朝馆臣删改的文字，按原样据原本得以恢复。因此，补齐后的文澜阁本《四库全书》是七部藏书中最完整的一部。文澜阁本《四库全书》虽然多不是原件，但它的历史文献价值高于文渊阁本、文津阁本和文溯阁本，是"四库学"研究的重要资源。然而磨难仍然没有结束。1937年，抗日战争爆发，杭州岌岌可危，文澜阁本《四库全书》又面临考验。为了避免日寇的染指，时任国立浙江大学校长竺可桢和时任浙江图书馆馆长的陈训慈组织阁书西迁。历时半年，流离颠沛，辗转五省，文澜阁本《四库全书》安全运抵贵阳，后又转运到重庆。直到新中国成立以后，重见天日，文澜阁本《四库全书》才得以安然无恙，现今收藏于浙江省图书馆。

至于你——文澜阁，1882年得以修复，新中国成立以后对你进行过多次大规模的维修，被国务院批准列入第五批中国重点文物保护单位名单。虽然不再藏书，但承载着历史，承载着文化，以崭新的面貌置身于西子湖畔……听研究姓名的人说，名者命也。我对此将信将疑。但纵观你的一生，的确又是波澜起伏！

| 壮哉，神州 |

伟哉，黄帝陵

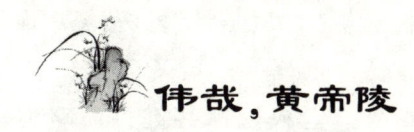

位于陕西的桥山并不高，却有些奇特。蜿蜒的沮水穿山而过，使山峦构成桥形，山名便由此而来。桥山是华夏民族顶礼膜拜的圣地，名闻遐迩的黄帝陵便坐落于桥山之巅。虽说黄帝是一个传说中的人物，但《史记》有"黄帝崩，葬桥山"的记载，约定俗成，为历代所公认。

攀一条曲折向上的水泥路，过一片青翠苍劲的古柏林，便来到庄严肃穆的黄帝陵。举目打量，最为瞩目的是设在陵墓前的祭亭。亭内竖立着一块高达数米的黑色石碑，上面镌刻着"黄帝陵"三个金色大字。字体苍劲古朴，典雅庄重，为郭沫若所书。此外，陵墓前还有"桥陵龙驭"碑亭、乾隆年间所立的"古轩辕黄帝陵"碑和汉武帝时期的祭仙台等。这些碑、台是不同历史时期对黄帝祭祀的印证。

我缓步来到黄帝陵前，表示了自己的深深敬意。古往今来，无论对秦皇汉武，还是对唐宗宋祖，人们都毁誉不一。而对于黄帝，无论何朝何代，何党何派，都有着一致的认识。真是耐人寻味！巍巍桥山啊，你是否能说出其中的道理？涓涓沮水啊，你是否能揭示其中的奥秘？然而桥山不言，沮水无语……

陵前一隅，一个河北口音的男子正在讲黄帝和蚩尤的故事，周围聚集着一群人。据说他的家乡河北涿鹿县巩山镇，至今仍保存着两位古人大战的古战场遗址。他甚至绘声绘色说蚩尤死后倒地，片刻即可复生。为此，黄帝俘获蚩尤后，将其身首三处分而葬之。听起来觉得一点残酷吧？但是在那次较量中，黄帝是代表着正义的一方。因为当时部落纷争，社会动荡，民不聊生。黄帝击杀蚩尤，以及此前大破炎帝，结束了长期的纷争局面，使社会趋于稳定。只有稳定才能发展，虽说是今天的时髦语言，但也是适用于古代的道理。正是在社会的发展中，华夏民族统一格局初露端倪，这是黄帝的不朽贡献。"

我还沉醉于故事之中，却似有人在打招呼。原来是一位白发苍苍的老者，身旁还有一位打扮入时的姑娘，看似爷孙俩。老人大概听出我的南方口音，主动前来攀谈。原来他们是加拿大华侨，老人在外漂泊几十年，有生之年的最大心愿就是拜谒黄帝陵。而孙女生在国外长在国外，汉语已讲得不太流畅，也视参拜黄帝陵为梦想。今天他们实现了自己的夙愿，显得十分高兴。老人谈锋甚健，简略地谈了自己的情况后，便把话题转向"人文初祖"——黄帝，讲黄帝发明服饰、舟车、天文、历法，讲黄帝倡导农耕、纺织、狩猎……如数家珍，情真意切。我饶有兴味地听着老人滔滔不绝的话语，惊异于他的知识如此渊博，对爷孙俩的拳拳赤子之心，感到由衷的钦佩。

"启华夏宏图盖世功勋百代仰，创文明伟业惠民恩德万世崇。"祭亭上的牌匾吸引了我的视线。读着牌匾上的文字，回味着河北男子和华侨老人的一席话，我感到心里忽然亮堂。对于黄帝为何世世代代受到人们普遍尊崇这一问题，我认为有了答案！

离开黄帝陵，我来到轩辕庙的古柏林中漫步。这里的柏树可不一般：一棵据说是"黄帝手植柏"，竟有七人合抱之围。古柏树干遒劲，似在向人们昭示历史的沧桑。在古柏树枝叶摇曳中，一块刻着"中华文明，源远流长"的石匾呈现在眼前，那是江泽民的题词。我深深感到：今天是登上了神州大地的巅峰，找到了华夏民族的源头，也寻觅到了自己的根，心底不断回荡着一个最强音——

伟哉，黄帝陵！

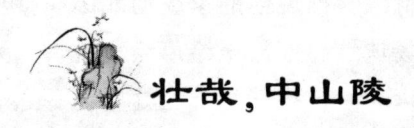

壮哉，中山陵

中山陵坐落于南京钟山中茅峰南坡。钟山又称紫金山，山上拥有颇多的红色砂页岩，阳光照射后，会反射耀眼的紫色光芒，紫金山的名字便由此而来。紫金山也因许多历史人物长眠在这里而熠熠生辉。除明孝陵外，还有廖仲恺墓和邓演达墓，而最有名的要数中山陵了。

时属深秋，天高气爽。我从南京中华门乘车出发，一路颇为畅通。随着公路两旁的林荫树迅速后退，我的神情有一点恍惚起来。想到此行是前去拜谒中山陵时，不禁有些肃然。但毛泽东说过："现代中国人（除了极少数反动分子）是孙中山事业的继承者。"当想到我也具有"继承者"身份时，便又释然了。

汽车很快来到中山陵，进入陵墓前的广场。广场南侧伫立着孙中山的青铜像，先生一手撑腰，一手打着手势，正在进行慷慨激昂的演说吗？"革命尚未成功……深知欲达此目的，必须唤起民众，及联合世界上以平等待我之民族，共同奋斗……"袅袅余音仿佛至今萦绕在耳际……

我怀着崇敬的心情打量庄严雄伟的中山陵。据介绍，中山陵仅陵墓就占地100多公顷，整个陵墓由墓道口、正门、碑亭、石阶、祭堂和墓室组成。自墓道口至设在半山腰的墓室的平面距离为700米，落差为73米。这就使参拜者始终处于仰视状态，无形之中增加了庄严肃穆的效果。陵墓的平面酷似钟形，是取《总理遗嘱》，钟是"警示后人"的寓意。所有这一切，足见设计者独具匠心。这一杰作的设计出自我国颇有成就的建筑师吕彦直之手，他是山东人，可惜仅35岁便英年早逝。

我沿着墓道来到陵墓正门，回眸墓道两侧的雪松翠柏，它们不但给陵墓以点缀，而且更富象征意义。陵墓正门稍上就是碑亭，这里竖立着叙述陵墓修建经过的石碑和国民党元老们题字的碑刻。经过碑亭，登上328级花岗岩台阶，便来到一大平台。平台前方左右分别摆放着一只偌大的铜制香炉，其中的一只外壳有一处内陷，据说是日本鬼子的子弹所为。中山先生啊，当日本侵略者在南京屠杀了我国数十万同胞的时候，您的在天之灵也一定悲痛欲绝吧？当日本侵略者在亵渎您的陵寝时，您也一定怒不可遏吧？平台正中为祭堂，为陵墓的主体建筑，其后就是陵寝所在的墓室。我倚着栏杆俯视覆钵形的墓室，里面放着一副石棺。石棺里面安放着一尊孙中山的大理石雕像。在柔和的灯光照耀下，先生显得十分安详。据介绍，装有先生遗体的紫铜棺的确安葬在石棺之下，不过深达5米，而且用钢筋水泥封闭。钟山就是这样紧紧地拥抱着这位香山的儿子！

其实中山先生岂止是香山的儿子，他更是中国人民的儿子。中华民族是一个不幸的民族。华夏大地被列强任意宰割的岁月，不堪回首；一部中国近代史，不忍卒读。每当愤然掩卷之际，郁达夫说过的一句话便会涌上我心头："没有伟大人物出现的民族，是世界上最可怜的生物之群。"然而中华民族又是一个有幸的民族，最终没有沦为"世界上最可怜的生物之群"，因为就在民族危亡的关键时刻，华夏大地伟人辈出，群星璀璨。其中最早脱颖而出的便是孙中山。

我久久地凭栏凝望中山先生的卧像，脑海里涌现出联翩浮想：虽然说一代伟人系时代所造就，但时代对他情有独钟，这与其经历和个人品质是分不开的。先生在12岁时，就跟随哥哥赴檀香山就读。"始见轮舟之奇，沧海之阔，自是有慕西学之心，穷天地之想。"初次涉海，不但开阔了他的眼界，在他心理上也产生了很大影响。面对国内政治腐败，对列强欺侮一筹莫展，先生在家乡常与好友聚集在一起，指点江山，议论时局，并于1898年12月，发出了《上李鸿章书》，结果石沉大海。从此先生抛弃了改良主义思想，走上了革命的道路；离开了香山，走向了一个更大的舞台。先生在从事革命活动的过程中，经历了一次又一次的挫折和失败，一次又一次东山再起，就是在这种坚韧不拔的奋斗中，终于取得了辛亥革命的成功！

我从祭堂返回平台，举目眺望，南京城尽收眼底，长江像一条玉带，飞架的大桥宛如彩虹。这如画的江山曾使无数英雄竞折腰，孙中山也为此奋斗终生。关于先生的功绩，毛泽东作了高度评价，称他为"中国近代民主革命的伟大先行者"。还有其他一些人的评说也颇有意思，如周作人说"即此从中国人的脑袋瓜儿上拔下猪尾巴来的一件事，也就尽够我们的感激与尊重了"。"猪尾巴"指的是那条大辫子，是清政府奴役汉人的象征。拔掉"猪尾巴"，意味着汉人被奴役历史的结束，也为中华民族一致抵御帝国主义的奴役企图创造了条件。郁达夫又说："有了伟大人物，而不去拥护、爱戴、崇仰的国家，则是没有希望的奴隶之邦。"中华民族避免了被奴役的命运，所以我们没有理由不缅怀孙中山及继承其事业的志士仁人。

在准备起程返回的时候，天气忽然起了变化。一阵阵秋风掠过，有几分萧瑟，有几分凌厉。秋风无情地扫荡着枯枝败叶，秋风似乎又在深情地抚慰着苍松翠柏。回眸仰望中山陵，它仿佛以更加崭新的姿态端坐在那里，我心底里不禁涌现出一个声音——

壮哉，中山陵！

梅关赋

出南雄县城，沿古驿道北行，过珠玑巷，穿梅鋗城，越红梅驿，再往北就是梅关了。梅关雄居于赣粤边界，傲立于梅岭之上，依山构筑，气势恢宏。伫立于梅关侧畔，举头仰望，镶嵌于关门之上的石匾赫然入目，"岭南第一关""南粤雄关"的大字扣人心弦，一种历史的沧桑感油然而生……

梅岭古称"台山"或"台岭"，相传楚灭越时，勾践的一名后裔，奉越国君，避祸丹阳，改名梅鋗。至秦灭六国，梅鋗一行再度逃窜到台岭构城而居。虽然其祖先曾经卧薪尝胆，但他们却未能东山再起。梅岭和梅鋗城，便是他们留下的历史印记。秦灭六国，进军岭南，设立郡县，并在梅岭首设横浦关（或称台关或秦关）。唐开元年间，宰相张九龄主持开凿梅岭岭路，路长30多里，宽约5米，最深处开凿达30多米。以当时的条件，其艰难程度可想而知。进入五代，华夏大地纷争割据，岭路几乎废弃。直到宋代，广州转运使蔡抗和江西提刑蔡挺兄弟携手整治岭路，在岭路两旁广植松树，并筑关隘，命名"梅关"，成为象征性建筑，于是古驿道重新呈现出勃勃生机。

我在几近荒凉的古驿道上溜达，眼前的乱石和衰草是梅关兴衰的见证么？遥想秦末汉初，中原地区曾有50万之众移居岭南；西晋末年，也出现过一次较大规模的移民潮。那时还没有修建岭路，可以想象，成千上万的人翻山越岭进入岭南，是一种多么惨烈的情景。岭路修建以后，南宋时期，为了逃避金兵的洗劫，中原人民又纷纷涌入岭南。大批人马浩浩荡荡走在岭路上，又是一种多么壮观的场面啊！从中原来的移民从梅关进入岭南，先聚集于珠玑巷，而后散居到各地。广东至今还流传着一些耐人寻味的故事：如今曲江县的曹溪，相传就是曹操的玄孙曹叔良的移居地；南海九江的破排角，据说是关羽的后人关贞兄弟靠岸的地方；而东莞常平桥梓村，村民都说自己是周敦颐的后裔……由于道路艰险，再返回中原并非易事，所以许多移民人家，都视珠玑巷为祖地，到那里祭祖的人更是络绎不绝。梅关在促进岭南与中原交流是功不可没的。

极目远处，那巍巍颤颤行走的是东坡先生么吗？我正欲迎上前去，却被石子拌了个趔趄，才发现方才产生了幻觉。由此我进一步联想梅关在传播中原文化所起的作用。苏轼就是通过梅关来到岭南的。虽然他是一位贬官，但却是一代贤人和文化泰斗，有着高尚的人格和极高的文化素养。他和韩愈等许多前贤一起，为在岭南传播中原文化作出了不朽的贡献。

山风呼啸，松涛阵阵，似军中鸣金，似战鼓响震。历史上梅关又是军事要地。早在西汉初年，为了讨伐割据南越的赵陀，楼船将军杨仆率军攻打南越，其裨将庾胜驻扎梅岭，所以梅岭又有"大庾岭"之称。宋开国之处，为了讨伐自称"小南强"的南汉政权，宋朝大军越过梅岭进入岭南，一举将南汉主刘鋹俘获并执于洛阳。倾听这酷似鼓角轰鸣的松涛，也不知是宋军凯旋而归，还是庾胜的队伍正在行进？待侧耳细听，鼓角之声似已远去，却又像有人正在吟咏，不是汉时乐府，亦非唐诗宋词。啊，听出来了！那是一代儒帅陈毅的《偷渡梅关》："敌垒穿空雁阵开，连天衰草月迟来。攀藤附葛君须记，万载梅关着劫灰。"若有若无的声音，把我带到了中国革命那段艰苦的岁月。红军主力北上以后，陈毅率领队伍留在赣南打游击，梅岭便是他们的根据地。

举目远眺，郁郁葱葱，与梅关周边的萧瑟形成鲜明的对照。随着时代的变迁，岭路成为怀旧的人才有的记忆，而所谓"一夫当关，万夫莫开"，如今只是说书人才使用的词句了。所以梅关显然已成为一位历史"老人"！此时此刻，看着它默默地端坐古驿道上，不禁感到几分苍凉。然而我想，人们将会珍视梅关的功勋，历史也会铭记梅关的贡献！

凌云塔

连我自己也有点惊奇，风尘仆仆地赶到新会茶坑，在梁启超先生故居纪念馆前，竟会被凌云塔所吸引。凌云塔坐落于故居之后，伫立于凤山之巅，显得雄伟壮观。虽然它不能和西安的大雁塔和杭州的六和塔等名塔同日而语，甚至也不能与番禺的莲花塔、广州的赤岗塔和琶洲塔相提并论，然而我还是远远望见它就感到亲切，情不自禁地朝它走去⋯⋯

我径自奔向凌云塔，源于自己一直对宝塔的兴趣。我欣赏宝塔居高临下的气势，以及那种说不清、道不明神秘色彩。与此相联系，我也喜欢那些富有哲理的登塔诗，如王安石的"飞来峰上千寻塔，闻说鸡鸣见日升，不畏浮云遮望眼，自缘身在最高层"；郑清之的"经过塔下几春秋，每恨无因到上头，今日始知高处险，不如归卧旧林丘"。没有想到的是，来到凌云塔也见到一首据说是梁任公十一岁时作的登塔诗："朝登凌云塔，引领望四极；暮登凌云塔，天地渐昏黑。日月有晦明，巳时寒暑易；为何多变幻，此理无人识。我欲问苍天，苍天长默默；我欲问孔子，孔子难解释。搔首独徘徊，此理终难得。"读着这首诗，一方面对少年梁任公的才能感到惊讶；另一方面，想到任公小小年纪就"搔首独徘徊"，又不禁感到有些沉重。

由于凌云塔和任公有着不解的缘分，我对这座古塔产生了更浓厚的兴趣。我在宝塔附近徘徊，仔细打量据说为1609年所建的凌云塔，其呈文笔结构，八角棱形，总共七层，据介绍高度大约为46米。站在塔下举目远眺，银洲湖水，波光粼粼；往近处看，天马、茶坑古村和小鸟天堂，呈现出各自的风采。等到登上凌云塔，则使人更为惊喜。原来凌云塔每层门洞的方向各不相同，将四周的美景尽收囊中：东面为车水马龙的江门市中心区，南面为帆影点点的西江支流，西面为烟波浩渺的西江，北面为层绿叠翠的圭峰。从古塔底层登至塔顶，四周的景色一览无余，令人心旷神怡，流连忘返。遥想当年，由于凌云塔与梁家近在咫尺，少年的任公当然会是这里的常客。受到灵山秀水的熏陶，得到凌云古塔的启迪，任公怎能不会变得聪慧？长时间与古塔亲密接触，反反复复地登临，聚精会神地眺望，认认真真地思考，有一天任公终于发出了呐喊："四百余州，河山重重；四亿万人，泱泱大风。任我飞跃，海阔天空。美哉前途，郁郁葱葱。谁为人豪？谁为国雄？"如果凌云塔真有灵性，定会为任公的长大成熟而感到高兴！

凌云塔真应该感到自豪！任公离开凌云塔，走出茶坑村以后，果然成为一位显赫一时的风云人物。他积极协助康有为发起了"公车上书"，又与麦孟华联合上书坚决反对割让台湾。在任《时务报》主笔时，发表了《变法通议》等宣传变法改良的著名文章；在任湖南时务学堂总教习时，培养出一大批变法维新的骨干。1898年，他又全身心地投入到戊戌变法运动中……

然而百日维新失败以后，任公开始了数年的流亡生涯。期间国内形势发生了深刻变化，革命浪潮风起云涌。任公回国以后，从与袁世凯合作到分道扬镳，出任过北洋军阀政府的内阁部长，但令人有些遗憾的是，最终未能走到革命营垒中来。当然我们也不能苛求前人，何况世间哪有完人？任公退出政坛后，潜心从事学术研究，在历史、考古和文学等诸多方面均有建树，成为了一位百科全书式的人物。

对于任公，历史已有定评。作为一个晚辈，尽管读他的著作十分有限，但我喜欢他那些感情洋溢的文字。"今天下之可忧者莫中国若，天下之可爱者亦莫中国若。吾愈益忧之，则愈益爱之；愈益爱之，则愈益忧之。"读着这样的文字，能不在心中激起波澜吗？尽管后来任公的政治主张跟不上时代潮流，但其爱国之心是始终如一的，仅凭这一点，就值得后人永远怀念和尊敬。

从塔顶走下来，我继续在古塔周围流连。我想华夏大地上宝塔如林，凌云塔当然不是最令人瞩目的。但它呵护过一位名人的童年，启迪过一位名人的智慧，培育过一位名人的精神，人们怎么会遗忘它呢？

说明：此文写成后，见有资料说，文中所引任公11岁时的登塔诗，并非出自他的手，而是20世纪80年代一位叫容忍之的老人所作。

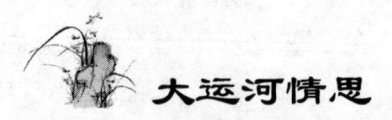

大运河情思

虽然我至今未能亲临其境目睹你的容颜，但一听到你的名字就感到亲切。

好像听过称京广、京九为"大动脉"的说法，但我以为，虽然它们也贯通中国南北，以其钢铁的质地，坚硬的品格，称之为"骨骼"似乎更为妥帖。而穿越神州南北的"大动脉"这一桂冠应当属于你——早已名闻遐迩的大运河！

大运河，你是名副其实贯穿九州大地南北的"大动脉"！你如同血管流淌着至柔的液体。这些晶莹剔透的液体闪耀着华夏民族力量的光辉，这些澄澈闪亮的液体闪耀着华夏民族智慧的光辉，这些灵动活跃的液体闪耀着华夏民族意志的光辉。

不知为什么，当我读到你有着2400多年的历史的时候，却感到那是你的长度。因为你总是把春秋时期作为自己的源头，滔滔而恣意地向着战国时期流去，向着秦、汉流去，向着唐宋元明清流去，流向近代和现代并流向未来，不断地延绵伸长。

也不知为什么，当我读到你的总长为1782公里时，我感到那就是你的历史。因为你的河道不但承载着航船，而且承载着历史。你所流经的地方，处处有故事，处处有传奇。若有兴趣，请拨冗去河道倾听那些闸、堤、坝、桥、水城门、纤道、码头的诉说吧！若感新奇，请抽身走进沿途那些仓窖、衙署、驿站、行宫、会馆、钞关，去听听它们的叙述吧！

故事从头说起，你也是从起点出发。顾名思义，京杭大运河的起始点分别为北京、杭州，但最早修筑的却是扬州至淮安的一段。公元前486年，那是吴王夫差年代，开凿了南北水道邗沟。以邗沟为起点，向两端延伸，由短到长，由局部到整体，不断地开凿整修，持续了一千多年的时间，直至公元1293年终于完成了一条由杭州直达北京，纵贯神州大地南北的人工大运河。在一定意义上来说，邗沟不也是你的起点吗？

如今你又迎来了一个新的起点。2014年6月22日，你在第38届世界遗产大会上获准列入世界遗产名录，成为了全人类的成果。中华民族有理由骄傲，中华民族有责任保护，要让她展现出超过任何一个朝代的魅力，要让她成为华夏民族源源不断输送养料的源泉。

啊，大运河！听到你的名字就感到亲切，我真想亲临其境去一睹你的风采！

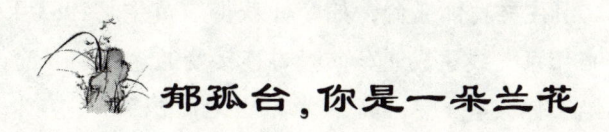

郁孤台，你是一朵兰花

郁孤台，你是一朵兰花。你亭亭玉立于贺兰山巅，而贺兰山则耸立于赣南首府西边。你姣好的容颜为贺兰山增色，你娉婷的倩影频频向赣州问候。郁孤台，你是一朵兰花。当章水从庾岭奔腾而来，当贡水自石城呼啸而至，你展开双臂迎接，祝贺它们的汇流。当赣江以汹涌澎湃之势从打这里出发，你以饱含深情的致意壮其行色。

郁孤台，你是一朵生长在幽谷的兰花。古代统治者以京畿为中心，将领土划分为"五服"。岭南属于"要服"、"荒服"之列。而你所处的赣南恰恰与之接壤，亦即处于中心统治区域的边缘，你不犹如一朵身处幽谷的兰花吗？对于你"因坐落于山顶，以山势高阜、郁然孤峙得名"，我有些存疑。否则那个唐州刺史李勉（江西观察史）为什么要将你易名为"望阙"，并慨然曰："余虽有不及子牟，心在魏阙一也，郁孤岂令名乎？"这种游离感主要是山河阻隔造成的。不用说古代，即使在二十世纪六七十年代，我仍然体验到了赣南交通的不便。那时已经有了公路，但长途汽车从南昌至赣州得用两天时间，第一天到吉安下榻，次日才能抵达赣州。那时也已开通航线，但最初是那种安-2的农用飞机，客货混装，乘客随便坐在一个货箱上，噪声震得耳朵发痛。记得有一年冬天在赣州参加一个会议，却遭遇那里难见的大雪，返程道路被阻，散会后几天回不去，最终不得不留下汽车和司机，取道韶关坐火车返回南昌。在赣州逗留的日子里，我在贺兰山上徘徊，面对白茫茫的一片大雪，一种忧郁和孤独的情绪打心底里萌生……

郁孤台，你虽然是一朵生长在幽谷的兰花，却散发着沁人心脾的芳香，吸引李渤、苏东坡、岳飞、文天祥、王阳明、郭沫若等历代名人在你这里驻足并留下诗词题咏。特别是南宋著名词人辛弃疾在赣州任职时，写下《菩萨蛮书·江西造口壁》一词，使你更加声名远播。在我国历史上，曾有数次大规模的中原人涌向岭南的移民潮，南宋时期，由于金兵入侵，中原人民遭受洗劫，纷纷流入岭南，举家沿着赣江疲于奔命之惨烈可想而知。辛弃疾目睹了这种状况，出于对移民的同情，于是"郁孤台下清江水，中间多少行人泪……"像泉水一样淙淙流出，成为了广为流传而又脍炙人口的名句……

俱往矣！郁孤台，如今你获得了重生。1983年你按清代同治年式样重建。1996年京九线建成通车，赣粤连接变通途。如今前往你那儿参观游览的人络绎不绝。你共有3层，高17米，占地面积300平方米。对于你"因坐落于山顶，以山势高阜、郁然孤峙得名"，如今我已经释疑了。郁孤台，你是一朵兰花，屹立于贺兰山巅，傍依赣江之畔，将永远散发着沁人心脾的芳香……

快阁快语

十分惭愧。我作为江西人，而且一直到接近天命之年都在那里工作和生活，但在很长时间内，竟然对一个叫做"快阁"的名胜古迹一无所知。快阁始建于公元874年，虽然比大名鼎鼎的滕王阁始建时间——公元653年——稍晚些，但也还是属于唐朝年间，所以是名副其实的古董，而不是如今时常会遇见的那种冒牌货。快阁在江西省泰和县境内，泰和是经吉安前往赣州和井冈山的必经之地，我不知有多少次路过这里。我的工作性质是与数字打交道，要求要精确到小数点后面多少位的那种，虽然与文史毫不相干，但无论如何也说不过去，我竟然对快阁一无所知，因为我一向认为自己是一个对文史有点偏好的人；并且快阁最近一次重建是1986年，那时我还在江西。所以文雅一点说，是世界之无穷而个人认识之有限；直截了断地说，就是孤陋寡闻。

十分遗憾。当我知道了快阁以后，在很长的一段时间内，又对这个名字不甚了了，总是一根筋地认为快阁的"快"是快慢的"快"。直到读到了苏轼的《水调歌头·落日绣帘卷》词之后才明白："一点浩然气，千里快哉风。"领悟到快阁与快哉亭意思相同，或许快哉亭的命名还是受到了快阁的启示呢！"阁曰快，自得之意也。"

名曰快就悠然自得？其实也未必。快阁经历就足以说明。快阁距今已有一千一百多年的历史，星移斗转，这座著名的古建筑屡建屡毁。据记载，明万历十六年（1588）毁于水，十九年修复；清嘉庆十八年（1813）公修，道光四年（1824）由邑人曾敏才捐资重建；咸丰三年（1853）毁兵燹，五年重建；公元1973年毁于龙卷风。我们现在所见的快阁，是1986年仿原样重建的，并于2009年再次进行了修缮。可见快阁也是饱经沧桑、历尽磨难的。

而对于游人来说，不只是景观的环境影响游兴，心情也很有关系。1278年10月，民族英雄文天祥兵败广东，被俘囚于船中，解往元大都。船过泰和，文天祥望见快阁，如遇庐陵父老乡亲，心情格外沉重："书生曾拥碧油幢，耻与群儿共竖降。汉节几回登快阁，楚囚今度过澄江。丹心不改君臣义，清泪难忘父母邦。惟恐乡人知我瘦，下帷绝粒坐蓬窗。"读后令人感慨不已。

十分抱歉，我虽然了解某些名胜和名人的关系，例如滕王阁因王勃的《滕王阁序》而流传千古，而滕王阁也是王勃的依托，但我知道快阁以后，却一直不知道它倚重的是哪位名人得以声名远播。直至读了《登快阁》诗："痴儿了却公家事，快阁东西倚晚晴。落木千山天远大，澄江一道月分明。朱弦已为佳人绝，青眼聊因美酒横。万里归船弄长笛，此心吾与白鸥盟。"这才使我恍然大悟，原来是他！他做过泰和县令。有一个传说：这位县令从快阁散步归来，途中遇民居失火，火势猛烈，居民张皇失措。这时县令却取下乌纱帽抛向空中，乌纱帽随即变成一朵乌云，顷刻降下了瓢泼大雨，扑灭了大火。传说似乎是寓意不惜乌纱帽也要救民于水火，可见他是一位好县令。他是谁？他就是宋代知名诗人、书法称"宋四大家"之一、江西诗派祖师、二十四孝之一——黄庭坚。人们对此都会耳熟能详，这里我只想推荐他作的16个字："尔俸尔禄，民膏民脂。下民易虐，上天难欺。"这块匾额曾悬挂于快阁，现存于泰和县博物馆。我认为不应只存于博物馆……

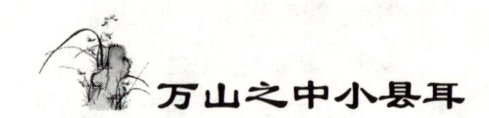

万山之中小县耳

蕉岭地处广东东部。光顾蕉岭，纯属偶然。

从蕉岭县城出发，行约数公里，就是长潭自然保护区了。长潭是那里的一道美丽景致。我在庐山见过黄龙潭和乌龙潭，都是急泻直下的瀑布造就的。见到长潭，方知此潭和彼潭大不一样。长潭实际上是一条河峡。奔腾而来的石窟河被马头山所阻，河水开始小心翼翼从悬崖峭壁间流过。行程约两公里，河水再度收窄，水位顿时提高，变得舒缓起来，形成一条窄长的河峡。

"人在明镜中，鸟度屏风里。"来到长潭，仿佛置身诗画意境。举目眺望，山坡一片翠绿，林间云雾缭绕。岩石犬牙交错，峭壁比肩而立，长潭宛若一块镶嵌于山谷的偌大翡翠。凝望平静如镜的河水，凝绿含碧，深不可测，紧贴水面悬浮着婉婉氤氲，若不留神，真难以感到水在流动，还误以为自己在湖边漫步呢！然而来到峡口，情况就大不一样，河水竞相夺路而出，腾龙跃蛟，喷雪洒珠，蔚为壮观。

长潭岸边有一条崎岖坎坷的小路，可通"滴水岩"和"一线天"。"滴水岩"为一突出的石壁，有泉水从上面飘洒下来，如丝如缕，终年不断。"一线天"乃一峡谷，两边石壁高耸入云，仰而望之，两边石壁顶部似乎都有内倾的趋势，仅留一条狭缝透见天空。更有瀑布从高处飞泻而下，飞琼泻玉，溢彩流光，赏心悦目，令人流连忘返。

得到灵山秀水的哺育，必然有出类拔萃的人物脱颖而出。构筑于悬崖上的林丹九祠，便是对一位志士的纪念。清兵进入粤东的时候，林丹九率领村民退至长潭筑寨据守，最终因寡不敌众而跳崖殉节。还有一位叫赖其肖，也曾聚众在长潭抗清，坚持六年之久，有诗赞曰："万山之中小县耳，乃有须眉之男子。山是大明山，水是大明水，明亡六年犹守此。"由于条件限制和影响较小，他们不能像文天祥、史可法等民族英雄那样广为流传，但其精神和气节是相通的。或许是深谙此理，长潭一直抚慰着志士的英灵，而志士们的影响反过来又为长潭增添了风采。

阵雨初歇，满目青翠，淡定村风景如画。这里群山环抱，林木葱茏，溪水潺湲，蜂飞蝶舞，分明是一幅活脱灵动的淡墨小品。在大块大块绿色的簇拥下，一幢别有风味的客家围楼格外醒目，这就是丘逢甲的故居——培远堂了。

走进培远堂，仰望着鎏金大字的门匾，诵读着"培栽后进，运继先芬"的门联，不禁顿生愧意。坦率地说，由于对主人知之不多，我原先并没有拜访培远堂的打算，只是看到了称赞赖其肖的诗出自丘逢甲之手后，我联想起台湾的逢甲大学。原来大名鼎鼎的丘逢甲就曾客居蕉岭，于是就有了参拜丘逢甲故居的想法。

白驹过隙。掐指算来，丘逢甲离世已经整整一个世纪了。虽然斯人早逝，但在培远堂仿佛仍能感到他的存在。那遒劲流畅的墨迹，那洋洋洒洒的数千首诗词，不正是他醒着的灵魂吗？在这样一个特定场合，穿越时空与之灵魂邂逅，我感到一下子拉近了与他的距离。

原来丘逢甲是由台湾移居于此的，而其祖辈又是从这里迁至台湾的。这种剪不断的关系正是祖国和台湾关系的写照。他出生于台湾苗栗县，其祖辈移台时，恰逢郑成功收复台湾之际；而他返回祖国大陆时，又正值宝岛割让给日本之时。历史怎会有这种凑巧的安排？

这是一页滴血的历史！当得知丧权辱国的《马关条约》签订时，丘逢甲义愤填膺，曾刺血上书清政府，要求抗倭守土，但被置之不理。此后他便不顾一切，毅然组织抗日护台义军，并被推举为义勇大将军，与日寇浴血奋战。当义军终因弹尽粮绝而失败时，他挥泪告别宝岛，揣着一颗滴血的心回到祖国……

我踯躅于"潜斋"，徘徊于"蛰居"，之后在"岭云海日"驻足。这里是丘逢甲的藏书楼，据说当时藏书万卷，"丈夫坐拥百城，虽南面王不易也。"置身书斋，手不释卷，或许能给丘逢甲受伤的心灵一些慰藉吧？

然而丘逢甲在"冷摊负手对残书"之余，始终关心时局。他积极支持康梁变法，在百日维新失败后，又能随时代变化，拥护孙中山发动的辛亥革命。他对民族懦弱有着切肤之痛，痛感开发民智的重要，于是毅然走出书斋，奔走于潮汕，辗转于粤东，大力兴办教育，以至"粤桂革命志士多出其门下"。

令人感动的是，尽管丘逢甲身居大陆，却始终对台湾念念不忘。他不但把培远堂一间厢房命名为"念台精舍"，还将儿子名字改为"念台"。"春愁难遣强看山，往日惊心泪欲潸；四万万人同一哭，去年今日割台湾。""不知成异域，夜夜梦台湾。"这些肝肠寸断的诗句，催人泪下。我缓步来到"念台精舍"，据说丘逢甲在这里临终时，曾大呼"吾不忘台湾也"，叮嘱家人将其墓葬朝向台湾，拳拳之心，感人肺腑。

蕉岭——万山之中小县耳，不但有美丽之景致，而且有须眉之男子。但它却是中国千百县（市）的一个缩影！

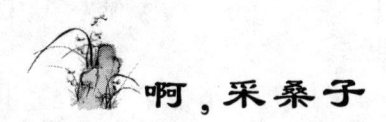

啊，采桑子

——试写欧阳修《采桑子（十首）》词意

啊，采桑子！

你真是一艘有着变幻莫测魔力的船！最初像宇宙飞船那样，穿越时空，将我带到了古颍州，降落到古西湖畔。谁说古老的西湖业已消失？此时她分明展现在我的眼前，韵味如故，风姿依然。转眼之间，你又魔术般地变成为一只美丽的画舫，让我搭乘其中在湖中徜徉。水光潋滟，烟波浩渺；管弦萦绕，鸥鸟飞旋。无风的水面犹千顷琉璃，不觉船移反倒觉得画轴漫卷，一幅幅画图印在我脑海，一处处美景令我魂飞天外。不知不觉中，你又梦幻地成为一叶扁舟，载着醉翁、吕公著、刘原父、魏广、焦千之、王回、徐无逸等人在湖上漂荡。不知何故，我也像一个侍者一样站在他们身旁，看赋诗分韵，听急管繁笙，目睹玉盏频传，诸君痛饮尽欢，直到一个个烂醉如泥。舟泛平波，众人醉眠。此时湖上一片氤氲，上下打量，空水澄鲜，目不暇接，疑云萌生：到底扁舟漂泊在湖上，还是湖上别有洞天？

似乎西湖还真的别有洞天，似乎还真的来到了仙境，不然我怎么会同时观赏到不同节令所展示的风景呢？眼前是清明上已时节的景象，满目繁华，车水马龙。绿柳婀娜迎风舞，朱轮豪车是谁家？天色将晚，游人散去，曲径斜堤，一片喧哗。通往城里的道路两旁，植满了竞相开放的鲜花；连接闹市的通道，随处飘洒着欢歌笑语。那是春深雨过的场面。百花齐放，百卉争妍；蝶乱蜂喧，浅唱低吟；风和日丽，催花怒放；水阔浪急，管弦高扬。我所乘坐的兰桡画舸悠悠而去，倏地有一种飘飘欲仙之感：此时到底是在天上，还是逗留人间？又到群芳过后的西湖。看到了狼藉残红，飞絮蒙蒙，阑干空空，垂柳沐风。管笙的余音渐行渐远，零零星星的游人终于散尽，难道春天也随之而去了吗？湖上飘着霏微细雨，只见一双燕子归来。偌大西湖空空荡荡，我的心里似乎也空空荡荡，顿时感到不尽的惆怅。猛然见到了荷花开后西湖。兰舟载酒来时，前后红幢绿盖相随，恰似酒家及屋顶竖立的旌旗。画船撑入荷花深处，香气袭人，香泛金卮，面对蒙蒙烟雨，聆听一片笙歌，谁不想一醉方休，谁能不尽兴而归？

曲终人散，画船归来，只见残阳夕照，晚霞满天；花坞苹汀，十顷波平，湖畔有柳影依稀，野岸无人舟自横。如此诗画意境，真是语言难以描绘，待朗月当空，浮云散尽，晚风吹来，顿生凉意；莲芰香清，云物俱鲜。在这个风清月白的夜晚，沙鸥和白鹭静静地闭目养神，似乎也沉醉于管弦悠扬的乐曲声中。画船上所有的人都成神仙了，还有什么必要寻求驾驭鸾鸟去云游四方呢？

何人能理解西湖的美丽啊！走马观花能理解西湖的美吗？蜻蜓点水能领略西湖的美吗？只在花丛绿树中饮酒贪欢能够看到西湖的美吗？要知西湖随时随地都是美景啊！当你随意站立于水气交融的迷离之中，面对绿草斜阳，水波幽远，烟雾缥渺，白鹭飞去，渐渐变成了水天之间的一点……这是何等美妙的一幅画卷啊！真正理解了西湖之美的人恐怕也只有醉翁了。他从1049年到最后在1071年定居颍州，其间共有八次来到颍州。时光荏苒，当他最后一次来到西湖的时候，这里已是物是人非了，不由得感叹：荣华富贵，都是浮云，只有西湖的美是永恒的……

西湖的美是永恒的吗？正当我有点陶醉的时候，忽然脑海里闪出西湖已经消失了的记忆：古老的西湖早已被黄河泛滥夷为平地了！我不禁感到迷惘……

啊，采桑子！

附：欧阳修《采桑子（十首）》

（一）轻舟短棹西湖好，绿水逶迤，芳草长堤，隐隐笙歌处处随。
无风水面琉璃滑，不觉船移，微动涟漪，惊起沙禽掠岸飞。

（二）画船载酒西湖好，急管繁弦，玉盏催传，稳泛平波任醉眠。
行云却在行舟下，空水澄鲜，俯仰流连，疑是湖中别有天。

（三）春深雨过西湖好，百卉争妍，蝶乱蜂喧，晴日催花暖欲然。
兰桡画舸悠悠去，疑是神仙，返照波间，水阔浪高扬管弦。

（四）群芳过后西湖好，狼藉残红，飞絮蒙蒙，垂柳阑干尽日风。
笙歌散尽游人去，始觉春空，垂下帘栊，双燕归来细雨中。

（五）何人解赏西湖好，佳景无时，飞盖相追，贪向花间醉玉卮。
谁知闲凭阑干处，芳草斜晖，水远烟微，一点沧洲白鹭飞。

（六）清明上巳西湖好，满目繁华，争道谁家，绿柳朱轮走钿车。
游人日暮相将去，醒醉喧哗，路转堤斜，直到城头总是花。

（七）荷花开后西湖好，载酒来时，不用旌旗，前后红幢绿盖随。
画船撑入花深处，香泛金卮，烟雨微微，一片笙歌醉里归。

（八）天容水色西湖好，云物俱鲜，鸥鹭闲眠，应惯寻常听管弦。
风清月白偏宜夜，一片琼田，谁羡骖鸾，人在舟中便是仙。

（九）残霞夕照西湖好，花坞苹汀，十顷波平，野岸无人舟自横。
西南月上浮云散，轩槛凉生，莲芰香清，水面风来酒面醒。

（十）平生为爱西湖好，来拥朱轮，富贵浮云，俯仰流年二十春。
归来恰似辽东鹤，城郭人民，触目皆新，谁识当年旧主人。

| 海韵山魂 |

海浪心语

　　我是大海的心跳。我的动荡翻腾是大海心跳的缩影，我的运动节奏是大海稳健的心律，我的循环往复是大海涨落的心潮，我的如诉如泣是大海婉转的心声……对于海洋这样一个庞大生命体的心跳，除了用人们恭维我的"波澜壮阔"来描绘，还有什么能恰到好处地与之匹配呢？

　　我是大海的呼吸。我的一起一伏是大海呼吸的姿态，我的一开一合是大海吸纳的模样，我的一张一弛是大海代谢的情形，而我的呼啸怒号则是大海呼吸的声音，当然有时也有她的鼾声……

　　我是大海的表情。千重海浪呈现出千姿百态，万顷波涛里包含着风情万种。风平浪静是大海的平和，浊浪排空是大海的怒容，碧波荡漾是大海的愉悦，而当我拍打海岸时突然绽放出的雪白浪花，那就是大海的媚眼和笑靥……

　　动荡翻腾，反映出我的活力。百舸争流，乘风破浪，富有魅力；千帆竞发，劈波斩浪，激动人心；而一波未平一波又起，更会使人产生万马奔腾的遐想。无风不起浪，我的确和风有着不解之缘；无风三尺浪，我也不仅是和风相关联。倘若没有我的运作，再辽阔的海洋也只是一潭死水，大海将是毫无生机的情景，大海将是万马齐喑的局面！

　　汹涌澎湃，展示出我的刚毅。其实构成我的都是水，而水是柔弱的。柔弱的事物何尝没有刚强的一面？有时甚至令人刮目相看。对于我荡涤污泥浊水，你能熟视无睹吗？对于我的摧枯拉朽，你会无动于衷吗？看到我吞噬庞然大物的情景，你会感到胆战心惊吗？至于在浪高几十米的海啸面前，不感到张皇失措才怪呢！

　　循环往复，表现出我的顽强。我的循环往复不是老太太那种喋喋不休的唠叨。我的循环往复犹如太阳天天东升西落，犹如冬去春来的四季轮回，那是经典式的重复。我的循环往复又犹如认识事物的过程：实践，认识，再实践，再认识……以至无穷，那是颠扑不破的规律。我的循环往复也犹如人生的历程：

探索，失败，再探索，再失败……直至取得成功，那是大多数人的人生轨迹。锲而不舍，金石可镂，这句话对我来说比较中听……

浪花礼赞

鲜花以色、香、形诱人注意，雪花以铺天盖地吸引眼球，那么浪花是怎样令我心仪的呢？

最近一段日子，我几乎每天都到海滨沙滩踯躅，眺望大海的远方，更多是观赏近处的海浪。开始的时候，我们都有些拘谨。海浪总是离得远远的，并不敢轻易靠近我；有时还咆哮起来，像一只家犬见到陌生人那样显得狂躁不安。而我也是怀着戒心，总与海浪保持一定距离，不敢越雷池一步，当海浪涌来的时候，急忙后撤，唯恐躲闪不及。我们就这样若即若离持续了数天。后来我发现，当潮水退下去的时候，有人急忙跑过去拾贝壳和海苔，我也跃跃欲试，开始拉近了和海浪的距离。一天我正专心致志通过沙滩平整表面上的气孔寻找小生命时，潮水涌来，来不及躲闪，双脚被淹没了，皮鞋里灌满了水，狼狈不堪。我还没有缓过神来，又一重海浪涌来。此时我才发现脚边溅起雪白的浪花，像一位少女那样莞尔一笑，似顽皮地逗乐，更似温柔地抚慰。我非常感动，顿时化沮丧为喜悦。就这样，我开始关注起浪花来……

浪花身着一袭白色衣裙，乍看起来，并不起眼，显得很朴素。可能有人会觉得有点单调，但在庄子的眼中朴素可谓是大美："静而圣，动而王，无为也而尊，朴素而天下莫能与之争美。"何况如果仔细观察，便可知组成浪花的水珠都是晶莹剔透的，在阳光的照射下，也会呈现出五彩缤纷，显得绚丽夺目。

浪花是平凡的，因为组成她的水点和泡沫实在是平淡无奇。初时，我对海边残留的一些泡沫也不在意，并未想到当那些水点和泡沫飞舞起来的时候，它们就不同凡响了。为使视野开阔，我选择了在较远的地方观赏海浪。大海的深处是蓝色的,快要近岸的时候,海面突然冒出一些白点,像是鲸鱼浮出水面,白点迅速扩大,"鱼群"冲向岸边,就在靠岸的一刹那,竟然挽起手来,形成一条两端看不见尽头的"银练",像是海洋呈献给陆地的见面礼。"银练"也会有一些缺口,但很快就会得到填补,最后卷起千堆雪抛向岸边……接着又开始了下一个循环。整个过程是在很短的时间内完成的,节奏之快,令人目不暇接,蔚为壮观。

应该说,一朵浪花是短暂的,很短的一个周期内便结束了生命。但是下一拨的浪花很快涌来,甚至很难发现她们连接的痕迹。百花在春天盛开,雪花在寒冬飘落,都具有间断性。唯有浪花年复一年,冬去春来,夜以继日,生生不息,不停怒放,以自己的顽强展示生命的辉煌和永恒!

鲜花以色、香、形诱人注意,雪花以铺天盖地吸引眼球,浪花则以让我产生许多联想的神韵镌刻在我的心坎上……

沙滩遐思

涨潮的时候,重重海浪向你涌来,最近的两三重竟然笑逐颜开,绽开着雪白而纯洁的浪花,像母亲那样慈祥而又满怀激情,循环往复地亲吻着你,似乎总觉得亲不够。而你任凭海水润泽,任凭海浪将你抚平。虽然只是小别,却像孩子一样展开双臂,与母亲一次又一次地拥抱,仍嫌太少,直到被海水完全淹没才善罢甘休,直到完全融入海洋才偃旗息鼓。

退潮的时候,淡雾轻烟缠绵相送,骄阳云霞笑脸相迎,涛声奏鸣壮你行色,柳条起舞耀你归程。而你裸露着胸怀,纵情享受温暖阳光的沐浴,任凭和风轻柔地抚摸,直至水珠被风檫拭干净,表面水分被阳光蒸发,你俨然又成为了陆地的一部分。

沙滩!你既是海洋的宠儿,又是陆地的娇子;你既是海洋的持续,又是陆地的延伸;你既是海洋的边缘,又是陆地的末端;你既是海洋的一部分,又与陆地骨肉难分。总之,你是海洋和陆地之间的纽带!你与海洋结合得丝丝入扣,又与陆地连接得天衣无缝,以致既有海洋的深邃,又有陆地的爽朗；既有海洋的动荡，又有陆地的沉稳；既有海洋的支撑，又有陆地的依托。于是海上捕捞和陆地种植同时并举，海上奥帆竞赛和陆地沙滩运动竞相争辉，海上波涛汹涌和陆地人声鼎沸互相呼应，海上帆影点点和陆地高楼林立相映成趣……

首次来到海边沙滩漫步，就感到了你的无穷魅力。你水陆兼容，你刚柔并济，宜旅游观光，宜度假养生；既有历史的积淀，又有今天的辉煌；既有自然的风情，又有文化的韵味。面对胡耀邦"万米海滨浴场"的题词，不由得发出对你这个碧海金滩的赞叹！

只是因为这里是黄海之滨，容易使人想起一百二十年前发生的黄海海战，不免有些耿耿于怀：黄海海战是中日甲午战争的主要战役。甲午战争全盘皆输，不但给国民带来了深重的苦难，而且使民族蒙受了空前的耻辱：清政府被迫割让台湾和澎湖列岛给日本；北洋水师全军覆没；日寇得到的赔款加抢掠的物资，相当于它们当时好几年的国民总收入……今天虽然时代和世界格局都发生了变化，但亡我之心的人并未绝迹，觊觎华夏锦绣河山还有人在，所以防人之心不可无。从这个意义上来说，作为沙滩的你，既是海洋的最后一道屏障，又是陆地的第一道防线。

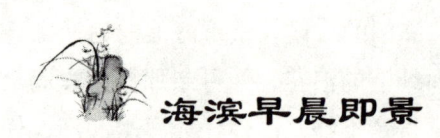

海滨早晨即景

当太阳刚刚从海面升起的时候，我便来到了海边。偌大的海滨沙滩似乎成了私家乐园，仅我一人踽踽独行……

在朝阳照耀下，海面波光粼粼，反射出绚丽的纹彩，宛如向我递送秋波。

微微海风吹拂，亲吻我的脸颊，有点清凉，但我感到那是大海亲切而温柔的抚慰。

大海仿佛刚刚醒来，神态还有点懒慵，断断续续的涛声从耳边掠过，带来了大海的早晨祝福。

波浪似乎也放缓了节奏，不紧不慢地向岸边涌来，但快到我跟前的时候，却突然浪花绽放,像是特地为我送上的花束……那是我见过的最美丽的花,那是我见过的最真诚和最灿烂的笑容。

独享着大海这种隆重的欢迎礼仪,我有点悠然自得,有点陶醉其间,有点受宠若惊,又有点不知所措,竟然忘记了回敬对大海的问候和致意……

海滨暮色

太阳落下了,夜幕并没有立即降下来。白昼尚有些余威,但也发生了明显的变化。失去了阳光的白昼如同失去了主心骨,力不从心了,有气无力了,心不在焉了。游人像突然摆脱了束缚似的,纷纷来到了海边,使原本寂静的海滨沙滩顿时热闹起来……

海滨沙滩靠岸的一侧,是孩子们的世界。在父母的指导下,有的孩子用手堆小沙丘,有的孩子用小塑料锹挖沙洞,有的孩子跑起来,由于沙子松软,动作趔趔趄趄,常常引发父母的惊叫和欢笑。

海滨沙滩近海的一侧,则吸引了许多喜欢近距离观浪的人,其中有许多夫妻或是情侣双双同行。他们观浪,往往采取"敌进我退,敌退我追"的策略,但还是惊险环生。以致许多人则干脆脱掉鞋袜,任凭风浪起,我自岿然不动,与海浪来一个亲密接触,享受海浪冲击的快感,享受浪花献媚的愉悦……

投入大海的则是弄潮儿,多为青年后生。他们对涌来的一堵堵墙壁似的海浪熟视无睹,他们对呼啸的涛声置若罔闻,更有人从岸边跑步冲向大海,置身海洋,劈波斩浪,似乎有着无穷的乐趣。惊叹之余,对他们除了用"如鱼得水"来形容,还有什么更好的词语吗?

突然感到景物有些模糊了。本以为是看得太久,眼睛疲劳所致,其实不然。最初太阳刚刚落下的时候,西部天空分布着深浅不一的红色晚霞,与之相对应的西部海域也是波光粼粼,反射出绚丽的纹彩。晚霞不知什么时候销声匿迹了,天空涂成为统一的灰色。大海似乎与之相协调,也成了这种色调,只是近岸的边缘有些许惨白的波光,大概是岸上刚刚点亮的路灯所致。左侧远岸高高耸立的铁塔如同变戏法似的，缩成火柴棒竖在哪里。右边远处的跨海大桥，原本轮廓清晰可见，现在成为一条带子了……难道有一位化妆师在不停地调配颜色和调节色调的深浅？

此时，游人们的活动方式也似乎起了变化，坐下来的人多起来了。有的三五成群围坐沙滩，海阔天空，谈笑风生；成双成对的青年男女偎依在小亭下窃窃私语，他们或许正在许下海誓山盟？当然也有人继续在海边踯躅，走走停停，或许正在寻求海洋和生活之间的联系吧？

随着沙滩雕塑装饰灯的点亮，高楼大厦的装饰灯、各种广告灯饰相继亮起。华灯初上，霓虹闪烁，意味着白昼彻底消失了，夜幕完全降临了。这时在一尊雕塑的空场上，人们跳起了广场舞。伴奏音乐优美的旋律，和着涛声的铿锵节奏，把海滨暮色渲染得更加有趣，更加多彩，更加含情脉脉……

海滨秋色

碧空如洗，只有几丝淡淡的白云，像扑在刚出浴婴儿脖子上的那层薄薄的爽身粉。

在蓝天的映衬下，大海呈现出与天空相近而又稍深的色彩，只是不是静止的，而是像一块偌大的绸缎在水平抖动。阳光播撒下来，为"绸缎"印上了一些美丽的图案和纹彩。

波浪是大海的生命，须臾也不会止息。我记得夏天的海浪充满着激情：它们向海岸涌来的时候，最前面的两三重才会突然绽开浪花，形成几条银色项链，而后推向沙滩，卷起千堆雪，使人好奇、惊诧和兴奋不已。而此时的海浪，虽然也源源不断，但似乎有敷衍的成分，浪花在远远的地方就零碎地绽开了，附近海面像遇天女散花，出现了斑驳的白色。浪花似乎也不冲向沙滩了，不知是无力气，还是无兴趣？

还是那片金色的沙滩，还是那些松散而又柔软的沙子。踯躅其间，清爽宜人，没有了盛夏那种热烘烘的感觉。有时候有些问题确实难以理解：当沙滩热得像蒸笼似的，游人却鱼贯而入；如今当凉爽惬意的时候，海滨沙滩上的游人却寥寥可数。倒是有几只海鸥，分散落在沙滩上，取代浪花远远地向游人致意。其中一只更是离我很近也不走开。难道是冬天即将来临，它们感到孤立无援吗？面对此情此景，一种怜悯的心绪不禁油然而生……

海风刮着，虽然不大，却有些力度，也有些寒凉。它似乎在解答某个问题，最明显使人感到海滨的秋意。

太阳躲得远远的，虽然还在笑，但笑得有些勉强，有些尴尬。此时我不禁想：到底是太阳认为尘寰的冷暖"事不关己，高高挂起"，还是太阳的远离才使尘寰出现冷落和萧瑟呢？

海滨一日

在H城居住的这些日子里，我几乎天天去看海，亲友们都笑我对大海百看不厌。他们哪里知道，其实我每天的所见和感受既有所同又有所不同。比如今天突然感到无需芝麻开门，我便进入了阿里巴巴的那座宝库……

瓦蓝瓦蓝的宝石镶嵌在宝库的上方，互相连接得如此天衣无缝，看不到一点瑕疵和拼凑的痕迹，呈现的是一碧如洗的清爽。蓝宝石的偏东方向悬挂着一只熠熠生辉的金轮。金轮的光芒将周围照射得通明透亮，蓝宝石部分被染成白色。离金轮愈近，白光愈浓且愈耀眼；离金轮愈远，则白光愈淡且愈柔和。蓝、白色如此水乳交融，漫漶不清，使人很难分辨它们融合的边界。

宝库的下方则由蔚蓝色的宝石铺就，看上去倒有些拼接的痕迹。缓过神来定睛一看，那不就是大海的波纹吗？金轮投射一颗璀璨夺目的明珠沉入海底。俗话说：是金子在哪里都会闪光，难道明珠亦然？围绕明珠形成了一个巨大的白色光圈，并像彗星那样拖曳出长长的尾巴，使蔚蓝色之中涌现出一条白色光带。白色光带附近海面波光粼粼，闪闪烁烁，吸引了整个大海的注意力。离光带最近的海面似是纯净的碧玉，力图与光带的颜色趋同。与碧玉相邻的是一圈琉璃，跃动不已，仿佛难以抑制内心的激动。最外是广袤的蔚蓝，以宽阔的胸怀给明珠和那条光带以烘托。看上去色彩层次分明，又难以分清各种色彩之间的边界。朦朦胧胧，变幻莫测，使整个大海更加显得珠光宝气。

近岸的波涛起起伏伏，是向海底的明珠顶礼膜拜？波浪跃起时，背光的一面呈墨蓝色，像一块长长的玛瑙在扭动腰肢，看上去笨拙的身躯却做出如此灵活的动作，真使人叹为观止。时不时绽开的浪花飞琼泻玉，令人不得不想起"大珠小珠落玉盘"的美妙诗句。

　　远处隐隐约约的跨海大桥，如同挂在大海胸前的一串黑色项链。大桥一端连接的岛屿，则是项链下端的吊坠。

　　海滨沙滩像撒落的一片碎金，时不时发出的闪光似在向人们抛着媚眼，刚刚退潮后的部分则更像一张金箔，平整光滑且松软娇滴，叫人不忍践踏……我在水陆连接处小心翼翼地踱来踱去，贪婪地欣赏着初冬海滨——宝库里琳琅满目的奇珍异宝。

　　面对万种风情、千般仪态的大海，虽然时值初冬，我也激动不已，流连忘返，真可用得上歌唱家马玉涛早年的一句歌词来形容：我想看个够，却总也看不够……

海滨初冬

　　心里明明白白，这里的的确确是初冬的海滨。太阳安安静静地挂在天空，只是神态有些躲躲闪闪，抛撒下来的阳光显得零零碎碎。当阳光真真切切直射在身上的时候，还是暖暖和和；一旦懒懒散散的阳光偏离，却又感到了实实在在的凉意。

　　偌大的海滨沙滩只有稀稀拉拉的几个游人，原本松松散散的沙子似乎板起了面孔，是在缠缠绵绵地回忆曾经的景象——来来往往的车辆和熙熙攘攘的游人，还是在担心陷入孤孤单单的尴尬处境呢？

　　原本绸缎般滑滑溜溜的海面，出现了密密麻麻的皱褶，好像老人脸上的沟沟壑壑，阳光映照下显得斑斑驳驳。不要为海面似乎有些疙疙瘩瘩过分忧心，因为普普通通的人目力所及范围有限，对于渺渺茫茫的海洋来说，这只不过是平平常常紧锁了一下眉头而已。

　　近处仍然有层层叠叠的浪涛拍岸，只是节奏显得慢慢腾腾，形象也有些松松垮垮。磨磨蹭蹭地卷起的浪花,也只是三三两两的,不像夏天那样簇簇丛丛,更不是文人笔下洋洋洒洒的"千堆雪"。它们显然没有认认真真地尽职,而是像一个懵懵懂懂的顽皮孩子那样,潦潦草草写了几个字交给老师敷衍了事。

海滨沙滩上面的小广场冷冷清清,许许多多的雕塑只能互致问候。一位包裹得严严实实的老人倚在座椅上,手持一支晶晶亮亮的铜管乐器,断断续续地吹奏着乐曲。当《大海啊,故乡》的旋律在迷迷茫茫的海空回响时,离老人较远处几位女士中的一位突然痛痛快快地和声引吭高歌:"大海啊,大海,就像妈妈一样……"悠扬婉转的歌声在大海的上空飘飘扬扬,我的眼里不知不觉涌现出闪闪烁烁的泪光……

海之缘

说起来应怪童年时代老家门口小溪:它的澄澈,让我的眼睛发亮;它的灵动,让我的童心发跳;它的蜿蜒,让我情不自禁地驻足。尽管涓涓细流,却是一往无前。它要奔向何方?大人说大海是它要去的地方。也许受此影响,打小时起我就做着关于你——大海——的梦。但我出生并生活的地方,与你远之又远,小时根本没有见过你。你在我梦中的形象,不过是池塘的无限扩大而已。那时的你压根儿就不会知道远方有我这样一个傻小子。所以我对于你的向往,如同一厢情愿的单相思……

记得第一次去拜见你的情形。那是我首次去上海,有了见你的机会。回想起来真没面子,因为被你拒之门外。我那时虽二十挨边,却是憨头憨脑的。初到上海,有时甚至搞不清方向,本想去外滩,却走向了静安寺方向,坐电车也出现过坐反方向的情况。所以去看你也只能由我的同伴帮忙安排。一个星期天,我们从曹家渡乘车前往宝山。那时宝山的人并不多,我们七拐八拐来到一条大堤上,空无一人,堤下似乎不见你蔚蓝的本色,但水面倒也宽阔。我顾不了许多,一到堤上便迫不及待地猛跑起来,并高呼了几声向你致意:"大海,我来了!"满以为见到了你并宣泄了积蓄已久的感情,兴奋的情绪久久不能自已，但回到南昌以后许久，偶尔翻地图，才知宝山濒临长江和黄浦江。我所见的兴许是长江的入海口，虽然离你很近了，但还不是真正意义上的海，心里无不懊恼和遗憾。为什么你对我的满腔热情毫不领情呢？

次年再次去上海，因为有所准备，利用一个星期天赶到吴淞。但当我赶到你身边还来不及仔细观察，却突然下起了瓢泼大雨，不得不赶紧折返打道回府。你似乎在考验我，又一次冷冷地予以相待。

然而我对你始终痴情不改。若干年后到青岛，这次无疑见到了你，并且利用所有的空余时间与你厮磨，但还是觉得不过瘾。所以返程时有的同伴坐飞机，而我却选择了乘海轮到上海中转，主要是为了能与你亲密接触。记得那天下午航船从青岛出发，风平浪静，海水蔚蓝，一望无垠。视野中间或有货轮驶过，海鸥在低空飞翔。轮船只是轻微地晃动，像摇篮一样，你如此温柔令我很是惬意。但进入夜间行船后，情况却大不一样了，除了靠近航船几米的海水可见外，整个海面一团漆黑，虽然偶尔也能看到远处一点亮光，但总是忽明忽灭，忽隐忽现，显示出一种神秘感。不仅如此，到了夜深时分，你突然发起了"脾气"，风大了，浪高了，轮船也颠簸起来。我有些想吐，赶快返回船舱躺到床上。晃晃悠悠，迷迷糊糊，折腾了大半夜才睡着。恍惚之中听到嘈杂的声音，原来是人们嚷着去看海上日出，但我觉得有些头晕便没有去凑热闹。等我起来时，太阳已经高挂天空。此时的你又显得和颜悦色，风平浪静。在柔和的阳光映照下，海面波光粼粼，反射出绚丽的光辉；海浪反复地拍打着航船，绽放出一簇簇雪白的浪花；略显潮湿的空气里，弥漫着你独特的气息；海鸥仿佛带来了你的问候，不停地围绕航船盘旋……面对你的千般媚态，万种风情，我自作多情，自以为这是得到你接纳的暗示，兴奋不已。直到上海客运码头到了，我才不得不依依不舍地结束了这次海上旅行。

此后，我们真正开始了交往：我对你动之以情，你对我敞开了胸怀，你很快邀请我到素有"海上花园"之誉的鼓浪屿。那里气候宜人，四季如春，无车马喧嚣，有鸟语花香，有诸如日光岩等许多景观。对我来说，这些都是次要的。我主要是来与你倾谈，与鼓浪石一起来观赏海浪。鼓浪屿因鼓浪石而得名，鼓浪石是被海蚀成洞的礁石。过去当它躺在你怀抱里的时候，每当海浪拍击，发声如擂鼓。然而如今因海岸抬高，它已高高端坐海岸，与我一样成为欣赏海浪的看客了。沧海桑田，令人感慨！继而你又请我到汕头做客。登飘然亭，欣赏了汕头海湾群鸥飞翔、百舸争流的景色。此处你分身为内海和外海，内海秀丽婉约，外海浩渺飘然。加上三江（韩江、榕江、练江）汇流的壮观，将鮀岛烘托得分外妖娆。在广州南沙，我从万顷沙乘坐机帆船去拜会你。不过从水的颜色来看，我以为那只是珠江的入海口。当然最为深刻的还是到普陀山与你的相聚。从宁波坐船渡海已觉十分壮观。在普陀山的日子，白天朝拜寺庙，傍晚在百步沙散步流连，晚上隔海眺望沈家门的璀璨灯火。有一个清晨还站在磐陀石边观看了海上日出，弥补了青岛—上海旅途中所遗漏的一课……当然也有遗憾，如到大连，就因故爽约没有前去看望你。通过一系列的接触，我对你有了一定的了解，领略了你的风采，感受到你的魅力。

虽然看起来我们之间有不少的交往，但你在我的整个生命中仍然是短暂的。然而君子之交淡于水，你是真正的君子，特重义气。在我步入晚年的时候，又受你的盛情邀请到海滨小住，使我们有机会叙旧。此次相聚令我感慨万千：记得初次相见的时候，我时值青春，看你也是风发正茂；如今你风采依然，而我已是老态龙钟了。这使我意识到自己生命之有限，而你却是永恒的。生命有限的我能和一个永恒的你交往，此生足矣！由你的永恒联想到你的无垠。我过去所涉及的只是我国的沿海，仅仅是你一隅的边缘，并没有闯入你的深处，是"只见树木，不见森林"。而之前所说感受到你的魅力，也只是看到你的外表而并非领略了你的精髓。所以我过去围绕你所做的一切，不过是浮光掠影而已。

这些日子我天天来到海滩，向你凝望，听你诉说。如今再不只是欣赏你的外表，也会有所思考了。面对黄海——那是你的组成部分，我不禁想起了惨烈的黄海海战。当时日寇舰队与北洋水师可以说是势均力敌，海战的结果是双方都遭到重创，难分胜负。但日本舰队野心勃勃，很快得到修复和补充，重整旗鼓。而北洋水师由于种种原因，迟迟得不到修复和补充，元气难以恢复，只能龟缩在威海卫，以致后来被当作靶子挨打，导致全军覆没。经过那场血腥的甲午战争之后，黄海的制海权就旁落侵略者之手。制海权失落，岛屿就孤立了，导致觊觎者乘虚而入，为后来有些岛屿的麻烦埋下了伏笔……想到这些，心情不免有些压抑。原本想借此机会，对你尽可能多且深作些了解。但转念一想，这有可能吗？生活也如同海洋，我一辈子泡在生活里，到头来能说对生活吃透了吗？而你犹如一本百科全书，已经步入老年的我要想弄通断然是不可能了。但我要把关于你的两个基本数字告诉国人：你的面积约占近地球表面积的

71%；而含有的水量约占地球上总水量的97%。当陆地的资源枯竭的时候，人类就得转向依赖于你。今天当有的国家妄图侵占我国岛屿（当然包括大片海域）的时候，必须旗帜鲜明地捍卫而决不能含糊。试想到时十几亿人因资源缺乏而难熬时，会有人同情我们而施舍吗？

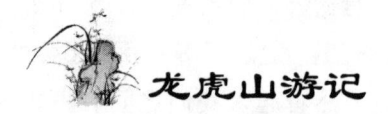

龙虎山游记

施耐庵笔下的《水浒传》开篇第一回："张天师祈禳瘟疫，洪太尉误走妖魔"，就浓墨重彩地描绘了龙虎山的秀美景色："千峰竞秀，万壑争流。瀑布横飞，藤萝倒挂。"受此影响，我早就想身临其境一睹它的风采，于是趁一次途经浙赣线的机会，在鹰潭稍作停留，乘汽车前往贵溪，游览了龙虎山。

龙虎山位于江西省西南部。构成它的四十八座峰峦，山色秀丽，风光旖旎，有的如虎踞龙盘，有的似大象卧地，有的像并肩夫妻，有的若出水芙蓉，有的仿佛天马行空，有的宛如琵琶枕水……变幻莫测，形态各异。山峦上奇石林立，千姿百态，或破土春笋，或盛开莲花，或耕田犁铧，或沙滩海螺……间或有名家字迹刻其上，则倍增神韵，引人入胜。山上石奇，山下洞幽。这里的岩洞大多上嵌天空，下临深渊，洞穴中通，神奇险绝，素有"玉洞灵岩天下稀"之誉。

"山岩皆绝景，水窟更无双。"流经龙虎山的泸溪河发源于福建省光泽县，汇入贵溪三十六条小溪流水，水势陡增，水量充沛，舟船顺流而下，可径通鄱阳湖。我们泛舟泸溪河，但见水深之处，碧波粼粼，撑船用的竹篙不能到底；水浅之处，清澈见底，游鱼可以计数；水急之处，如箭离弦，拍击岩石溅起浪花；水滞之处，平静如镜，可以照见人的倒影。面对如此潋滟的河水，目睹前方空蒙的山色，我不禁怀疑自己是否是在作漓江游呢？

"江作青罗带，山为碧玉簪。"龙虎山的风光酷似桂林山水。当然，如果仅仅是这样，人们对它的兴趣不会很大。然而，这里的灵山秀水和丰富的人文景观并驾齐驱，从而奠定了自己的特色和优势。大多数山峰在海拔二百米左右的龙虎山，原来还是著名的道教圣地，历代张天师的住地——天师府就坐落在这里。据记载，道教本发源于四川省的鹤鸣山，创始人为张道陵。但自其第四代孙张盛由汉中移居到龙虎山起，道教中心就转移到这里来了。唐天宝七年，其十五代孙张高被封为"祖天师"，并赐田免赋税。从宋至清，历代均尊其道，官其子孙，修其府第。天师府经历朝修建，房舍达五百余间，占地面积达五万多平方米，简直可以与山东曲阜孔府相媲美，所以历来有所谓"北孔南张"的说法。然而到新中国成立前，天师府建筑所剩无几，侥幸保留下来的也多破落不堪。1983年4月，国务院将天师府列为道教圣地对外开放，并拨款修缮，天师府才得以重放光彩。

来到天师府前，便感到了一种威严而神秘的气氛。赫然高悬的"嗣汉天师府"的牌匾映入眼帘。读到"麒麟殿上神仙客，龙府山下宰相家"的对联，深感张天师们决非等闲之辈。难怪连乾隆皇帝也书有一副对联——"千梓树影屏间绿，百道泉声云外清"——为之捧场。天师府结构分为头门、二门、三门、前厅、正厅，层层叠叠，甬道贯通。而天师的住房和养生殿，面积竟达九百平方米。内分大门、仪门、大庭院、三省堂等，楼堂殿阁，龙柱金壁，雕梁画栋，如同皇宫。院内古木参天，环境优美。

崖墓群是龙府山的另一处胜迹。坐在小船在泸溪河上漂流，当到达风景优美的仙水岩时，发现两岸的悬崖峭壁之上，分布着许多大小不等、形状各异的洞穴。这些洞穴离水面大约三十至五十米不等。洞穴内摆放的物品，肉眼看不真切。据介绍这就是著名的崖墓群。崖墓是春秋战国时期，居住在此地的越族人的墓葬风俗。我以为观赏这些崖墓群，并不是它们有什么好看，而是通过它们联想到：在离水面几十米、犹如刀斧劈就的悬崖峭壁凿洞，而且要把棺木等物品吊装到洞穴内，即使在今天也非易事。但在远古时期，我们的祖先就做到了。真是不可思议！宋代晁补之曾在此感慨赋诗："稽天巨浸洗南荒，尚有千峰骨立强。民未降丘应宅此，举头天壁有囷仓。"

虎丘游记

来到历史文化名城苏州，当然要游览有"吴中第一名胜"的虎丘。苏轼说："到苏州，不游览虎丘，乃憾事也！"我相信他的话。坐落于苏州旧城西北的虎丘，虽然高不过30米，占地面积也只有十几公顷，然而在一马平川的苏南，依然有鹤立鸡群之势。苏州为春秋时期吴国的都城，有不少吴国历史陈迹。人们在这里往往可以追溯那一段历史的影响。当我伫立于虎丘之巅，对此似乎有着更深切的体会。

　　虎丘的得名，相传与吴王阖闾的墓葬有关。据说吴越在檇李之战中，阖闾受重伤，不治而死。其子夫差选择这里作为阖闾的墓葬地，以十万人治冢，取土临湖，水银灌体，金银为坑，并用大量珍宝和三千把宝剑作殉葬品。"经三月，全精化为白虎蹲其上，因号虎丘。"虽然传说不足以为据，但吴国的影响之深，由此可见一斑。

　　阖闾的墓地称作"剑池"。取这样一个名字，一方面大概与殉葬品有大量宝剑有关，另一方面也因为剑池的形状酷似一柄宝剑。我朝着剑池走去，老远就看见镌刻在石壁上的"虎丘剑池"四个大字。其中"剑池"二字据说是颜真卿所写。此外，还有米芾所书的"风壑云泉"的石刻。石壁之下，两崖骤然分开，中涵一池绿水，池水凛冽，水深达五米。这就是有名的剑池了。抬头仰望，两壁陡峭，险峻雄奇，有如临深渊之感。虽然阖闾之墓至今是个不解之谜，但我似乎感受到了笼罩着剑池阴森而神秘的气氛。

　　虎丘的其他一些景点，也大多打上了吴国的印记。剑池南面的千人石，相传是夫差屠杀成千筑墓工匠的地方。阖闾的墓穴筑成以后，为了不走漏消息，夫差便野蛮地诱杀了知道墓穴结构的所有工匠。我凝视着踩在脚下的暗紫色磐石，仿佛觉得至今还残留着工匠们的斑斑血迹。另一涉及岩石的景点叫"试剑石"。相传春秋的能工巧匠——干将和莫邪——精心铸造出雄雌二剑，自己留下雌剑，而将雄剑献与阖闾。阖闾挥起宝剑向石头砍去，石头上立即出现一条又深又齐的缝隙。如今来看这条石缝，确如鬼斧神工。虽然是否确为宝剑所为不得而知，但我国春秋时期的铸剑技艺有着很高的水平，却是毋庸置疑的。

　　千人石东面的勾践洞，是传说中囚禁勾践夫妇的地方。吴王夫差大败越国后，勾践被当作人质在此养马。值得称道的是，勾践虽然沦为阶下囚，但始终刻苦自励，立志复国报仇。他想方设法，终于骗取了夫差的信任，返回了越国。经过"十年生聚，十年教训"，终于使越国变得强大，最终打败了吴国。伫立于勾践洞前，凝望小小的石洞，却发人深省。记得蒲松龄曾有过这样的感慨："苦心人，天不负，卧薪尝胆，三千越甲可吞吴。"这说的也是后人要学习勾践卧薪尝胆的精神。

由剑池的上方上山,来到巍巍的虎丘塔前。高达54米的虎丘塔,是古城苏州的象征。它落成于北宋年间。追溯到很久以前,苏州地区乃为茫茫港湾,虎丘则是一个小岛,叫作"海涌山"。如今举目眺望,眼前高楼大厦林立,道路密如蛛网,呈现出一片大都市的气派。沧海桑田,翻天覆地,真令人感慨万千。我为苏州灿烂的历史而骄傲,我为苏州辉煌的今天而振奋,而苏州美好的未来正向我们招手呢……

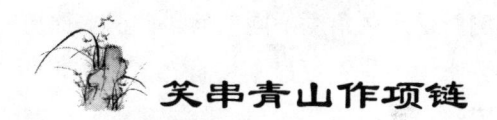

笑串青山作项链

初涉串珠岩,我就被大自然的鬼斧神工所吸引……

发源于金竹大山原始森林的高车河蜿蜒而来,进入阳春境内后为峰峦所阻。遇到这种情况,通常总是山任水绕行,水凭山挟持。可是这里的山峦却不循惯例。也许是看不惯河水的锋芒毕露,挡在最前面的笔架峰竟一口将河水鲸吞,活蹦乱跳的河水顿时不见了。然而这里的峰峦未免太低估了河水的威力。河水进入山体以后,就像孙悟空钻进铁扇公主肚子里一样,横冲直撞,持续冲刷,终于穿透山体,夺路而出。虽然后面的母子峰和姐妹峰都照此办理,但都未能阻止河水奔腾而去。三擒三纵的结果,不但形成了一条水量更加充沛的漠阳江,而且造就出一处人间美景——串珠岩。

串珠岩地处广东阳春东北部,与另一著名景点凌霄岩相距仅数公里。由于高车河像一条玉带,将满目翠绿的笔架峰、母子峰和姐妹峰串联,宛如一条翡翠项链。不仅如此,山体的溶洞又似颗颗珍珠,高车河依然拾珠成链,于是便有了"串珠岩"这一名称。

越过藤蔓交织的洞口,泛舟进入第一洞,宛若来到了龙宫仙境。这里水面约莫有40米宽,至洞顶高约50米左右。大概是因为阳光无法直接照射,水色黛绿,下垂的钟乳石随处可见。引人注目的是一处梯田状的景物,共有二十余级,底部延绵达二十多米,顶端却比一只水杯大不了多少。梯级的边缘长满了橘红色的石花,色彩斑斓,令人赏心悦目。这梯田状的景物,由于堆积有序,酷似用于宴席的金盏银盘，加上清泉自上而下不断流泻，所以被称为"金盏迭泉"。作为一个凡人，虽然无法享用"龙宫"的金盏银盘，也不能消受"龙王"的琼浆玉液，但面对如此罕见景物，似乎也有些微醉了。醉眼蒙眬中，忽又见处于洞口中央的那块巨石，既像擎天大柱，又似定海神针。然而当我得知它并不到底，而是由洞顶悬吊下来的时候，不禁目瞪口呆，有些冷汗沁出，方才的醉意全消了。

驶出第一洞后，约行200多米，便来到了第二个溶洞。迎面所见的是一块称作"三变石"的巨石。"远似渔翁钓清流，近如狮子滚绣球。忽见犀牛望明月，一石三变迷轻舟。"朗朗上口的诗句，道出了三变石的奇妙。其实其变幻莫测乃是观测角度不同使然。此洞水面更宽，约有80米。洞中水石相击声若洪钟，水中的岩石更显千姿百态。溶洞半腰有石燕栖息，受惊后飞掠不息，鸣叫声不绝入耳……

与前两洞不同的是，第三个溶洞洞中有洞，河水随洞分流，因而显得更加幽深。洞顶有一条石缝，可仰视一线天光，又酷似一弯新月，更添诗情画意。

高车河水力无边，笑串青山作项链。花了大半天，在水上行程约三公里，饱览了水光山色之后，走上岸来。汽车已驶离阳春，但串珠岩景色仍历历在目；明明坐在汽车上，但许久都觉得仿佛仍坐船上在水面上荡漾……

初涉串珠岩，我就被大自然的鬼斧神工所吸引！

庐山诗趣

"匡庐奇秀,甲天下山。"庐山东临鄱阳湖，北濒长江，巍然雄峙立南斗之旁，灵秀妖娆，瑰丽绝特。古往今来，不知有多少诗人为之倾倒，留下了难以胜数的题咏。其中有一些诗章颇值得玩味。

庐山有九十九座山峰，重峦叠嶂，峻峭绮丽，或似莲花，或如香炉，或五老并肩而坐，或双剑出鞘倒立，各异其趣，神设天成。"横看成岭侧成峰，远近高低各不同。"（苏轼）庐山远眺时苍茫："翠色苍茫杳霭间，舟人指点是庐山。浮云着意深遮护，未许行人次第看。"（彭汝砺）近观时清丽："门开红叶林中寺,泉浸青山石上池。"(高启)仰视时朦胧:"五峰高隔山,九叠翠连云。夏谷雪犹在,阴岩昼不分。"(王贞白)鸟瞰时壮美:"登高壮观天地间,大江茫茫去不还。黄云万马动风色,白波九道流雪山。"(李白)毛泽东认为,李白这几句诗是庐山的绝唱,并将之书赠庐山党委的同志。

瀑布乃庐山奇观。面对腾龙跃蛟、溅珠泻玉、溢彩流光的瀑布,李白写下了"日照香炉生紫烟,遥看瀑布挂前川。飞流直下三千尺,疑是银河落九天"的华章,而徐凝吟出了"今古长如白练飞,一条界破青山色"的佳句。然而他们所描绘的都是香炉峰瀑布。其实庐山的瀑布首推三叠泉。"渴虹倒吸西江水,万丈老龙飞不起;三奋三坠下无底,喷为雨雹飞霆诡;一练三帘万玉珠,奋迅奔腾数十里……"(魏源)三叠泉水石兼美,气势磅礴,瑰丽壮美,为庐山第一奇观。

庐山烟云,变幻莫测。时而端庄凝重,时而婀娜轻盈,时而文静妩媚,时而排山倒海。才见云遮雾裹,瞬间水秀山明,转眼又是薄雾轻烟……对庐山云雾,有人如醉如痴。清代舒天香曾在庐山观云百日,临别时还依依不舍:"有心携得云归去,留与山妻作被眠。"但对诡谲的云雾,有人也能始终头脑清醒:"暮色苍茫看劲松,乱云飞渡仍从容。"(毛泽东)

庐山是诗人朝拜的圣地。诗人们在登临庐山、领略庐山风光的同时,往往不忘捷足先登的前辈。白居易曾赋诗怀念谢灵运:"谢公才廓清,与世不相遇;壮志郁不用,须有所泄处;泄为山水诗,逸韵谐奇趣。"他对陶渊明更是满怀敬仰之情:"我生公之后,相去五百年;每读《五柳传》,心想日拳拳。"而白居易同样也为人所追忆:"每忆花丛好,遥怀少傅情。"(李日钺)朱熹曾赋诗怀念周敦颐:"月明露冷无人见,独为先生引兴长。"同样朱熹也为人所记取:"前哲贻芳恢胜迹,临风追忆有余怀。"(龚蕃锡)然而苏轼在赋诗敬重李白——"帝遣银河一脉垂,古今惟有谪仙词"——的同时,却对徐凝表示出不恭:"飞流溅沫知多少,不为徐凝写恶诗。"这唯一的不和谐之声,是否是对李白过于尊崇所致?由于时代变迁,认识差异,角度不同,诗人的看法不尽相同,写的诗看似较劲。例如针对苏轼的"横看成岭侧成峰,远近高低各不同。不识庐山真面目,只缘身在此山中",魏源写了"一山包括百千峰,宾主堂防各异同。欲识庐山真面目,看山端合在山中",戏谑之余也颇具意趣。同样,对于白居易"座中泣下谁最多?江州司马青衫湿"的感叹,也有人不以为然:"若逢琵琶应大笑,何须涕泣满青衫。"(夏竦)甚至还"为语江州白司马,留

将泪眼哭苍生。"（任法海）

人观山，山何尝不在观察人？诗人们为庐山题咏，殊不知因此便留下了印记。透过不同诗人的诗篇，便可领略到诗人们各异的神情和风采。"庐山秀出南斗旁，屏风九叠云锦张，影落明湖青黛光。"绮丽飘逸的诗句，仿佛也使洒脱的大手笔李白跃然纸上。而毛泽东的"冷眼向洋看世界，热风吹雨洒江天。云横九派浮黄鹤，浪下三吴起白烟"，读了就能使人感受到革命家的雄伟气魄。胡适先生在庐山曾写了一首题为《陶渊明和他的五柳》诗："……先生吟诗自嘲讽，笑指篱边五株柳：'看他风里尽低昂，这样腰肢我无有！'"诗人用轻描淡写的方式，也触及了一个严肃的主题。更有意思的是，康有为两度上庐山在同一地点留下的两首诗。他第一次上庐山是递交了《上清帝第一书》的次年，时年31岁，正踌躇满志，于是在海会寺挥毫写下了"荡云尽吸明湖水，招月来听海会神"这样慷慨激昂的诗句。然而在29年之后，康有为已从一个变法领袖蜕变成为保皇派，极力反对孙中山领导的资产阶级民主革命。重返庐山海会寺，他又提笔写下了"追思三十年前事，旧黑笼纱只自哀"的诗行。前后两相对比，判若两人所为。

"终古名山留胜概，几回临眺到斜曛。"（李时勉）庐山风光旖旎，令人赏心悦目，流连忘返。处处诗情画意，处处值得题咏，反倒使诗人无所适从："尽是庐山佳绝处，不知何处合题诗。"（晁补之）这是发自诗人内心的慨叹，也是对庐山由衷的礼赞！

| 草木有情 |

草

也许有人认为，草是平凡的、渺小的，甚至是卑微的。似乎连草自己也发出了"我是一棵无人知道的小草"的叹息。其实天涯何处无芳草：田地之中有她的娇容，江河湖畔有她的倩影，山坡谷地有她的美姿，道路两旁有她的芳踪……所谓的不毛之地，也许我孤陋寡闻，还真未曾见过。荒凉的地方倒略有所闻，却常常是杂草丛生。就连戈壁滩，虽然我没有去过，但据说也有布亚（俗称苦豆子）、甘草等在那里坚守；昆仑山上不是也有一棵草吗？而在城市中，公园里芳草萋萋，街心花园绿草茵茵，住宅小区里青草油油……连足球场也称作绿茵场，如果没有绿草铺垫，再精彩的足球比赛恐怕也要逊色三分吧？草的分布无处不在，"天下谁人不识君"，怎么会无人知道呢？所以不知是真的有草发出叹息，还是在以草寄托人的感慨？

草的生命力是多么顽强啊！记得童年随长辈去菜地，总觉得杂草往往比蔬菜长得快。杂草似乎认为主人可能投鼠忌器，特喜欢和幼苗紧挨在一起。它们甚至还欺负人，我就曾经有过把苗拔掉而留下草的经历，因为那棵草确实比苗要可爱得多；拔草还得掌握要领，一不注意，往往还可能只除掉地面上的茎叶，而把根留在泥土中。有一种不知其名的小草，藤状有节，紧贴地面生长，节处不但长叶，而且生出根来，以很快的速度蔓延，拔草时往往只能拔起其中一节或几节，很难除尽。这种草遍生田头地角、荒坡闲土，盘根错节，相互勾连。如今想起来，所谓斩草除根对它们来说，恐怕不是乱夸海口，就是痴人说梦吧？而在水田里，水稻生长初期，当禾苗还是"面黄肌瘦"的时候，那些绿油油的稗草往往长得又粗又壮，拔出来一看，根系是多么发达啊，原来是它们在贪婪地吸收养分。杂草对农作物无疑有害，所以除草是农业生产中一个必不可少的环节。这里我数落草的诸多不是，是想从另一个侧面来证明它们的顽强。草的生命力是如此旺盛，以至于水泥地稍有裂缝，就会乘机冒出来；石头稍有风化，稍有凹凸不平，存留少许水分，也会奇迹般地长草。"野火烧不尽，春风吹又生",如果再加上"冰雪冻不死,来年复萌发",我想这就是草的比较全面的写照。

十步之泽,必有香草。在日常生活中,人们却往往喜欢花的绚丽,而忽视草之美的。送花种花,比比皆是,而送草种草,却十分鲜见。其实草之美毋庸置疑,山清水秀,凝绿含碧,自然界美丽的绿色除了树之外,就来源于草。尤其是无数青草聚集形成的大草原,其壮美不知使几多人倾倒!"天苍苍,野茫茫,风吹草低见牛羊。"这有别于江南秀色的景致,是多么雄浑壮观的画面啊!鲜花固然美丽,殊不知花分木本草本。如果没有草,鲜花世界将失去半壁江山,花之美就会大打折扣。

草不但美化了自然界,而且有着重要的实用价值。它养育了"吃的是草,挤出来的是奶"的孺子牛,养育了伯乐相中的千里马。当然更养育了大批普通的马驴牛羊猪鸡鹅鸭,丰富了人们的餐桌。假若没有了草,手艺再巧的厨师也只有干瞪眼,八大菜系也只会徒有虚名。不仅如此,大多数蔬菜也为草本,"皮之不存,毛将焉附。"没有草本的蔬菜,人们注意力就会转向木本植物,成为"啃木族",像蝗虫那样嘈嘈切切。木本植物将危在旦夕……由此可见,草在生态平衡中扮演着多么重要的角色!

一棵草确实渺小卑微,但无数的草聚集起来,就是一道亮丽的风景线。同样,一个人也是平凡的,但如果十几亿人具有了草的顽强品质,聚集起来,就什么邪恶力量都不能将之撼倒,什么奇迹都可以造出来。

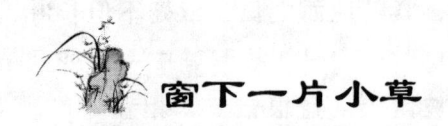

窗下一片小草

窗下花木稀疏,却有一片小草。

平常对花偏爱。关注它的含苞,关注它的绽放,关注它的形状,关注它的大小,关注它的色泽,关注它的兴衰,甚至关注它的青枝绿叶。小草不曾妒忌。

平常忽视小草。忽视它的吐绿,忽视它的长短,忽视它的疏密,忽视它的粗细,忽视它的冷暖,忽视它的枯荣,甚至忽视它的存在。小草没有委屈。

　　花儿已凋谢许久，花木的叶由浅绿变为深绿，如今似乎又显现出些许暗黄色的阴影，竟然还有残叶飘零，撒在草地上。此时我才注意到这一片小草不但长势葳蕤，而且绽放着白色的小花。这些小花呈球状，我叫不出名字。但夹杂在中间的一种是蒲公英，因为一吹就有许多小"降落伞"在空中飘荡。还有一种小黄花，花形和颜色简直就是向日葵的微缩。一直被忽视的小草，竟然也形成一道靓丽的风景。小草顽强地展示自己的辉煌，柔弱的生命也执着地力争出彩。

　　我为自己一直对窗下一片小草的忽视深感愧疚。如今再看窗下几株稀稀拉拉的花木，似乎在陪衬着一片花儿绽放的小草……

树的自白

　　我是一棵树，一棵普通的树。虽说普通，但也有树的信条……

　　我的根深深地扎根于泥土，绝不追逐尘世的浮华。

　　我的树干永远挺立，除了自然死亡，甭指望会在没有意义的情况下倒下。

　　我的树梢总是昂首向上，从不会向邪恶点头哈腰。

　　我的枝桠衍生出无数枝条，争得尽可能多的空间，因为我喜爱阳光，渴望与蓝天对话。

　　我的叶继往开来，一茬又一茬，辛勤地进行光合作用，耗尽心血之后，就默默无闻地坠落到地下。

　　我的树冠时间尽可能长、面积尽可能大，给大地以荫翳，何曾计较过自己长年累月遭受风吹雨打？

　　我尽量修饰自己的姿容，因为欣赏树下漫步诗人的浅唱低吟，喜欢仰望星星眨眼闪烁和皎洁的月华。

　　如今我已是一棵老树，不时会有枯枝，但也宁折不弯。斑驳的树皮酷似老人脸上的皱褶，可任人疏远而决不容被亵渎。

柳

你没有花的芳香，你没有花的姿色，却曾常被用于送别。

你没有苍松伟岸，你没有翠柏凝重，却也颇负盛名……

风钟情于你。寒风为你摧枯拉朽；秋风为你清败扫黄；夏风像谆谆教诲的老师，指导你反复地演练着各种经典的民族舞蹈；而春风则如慈祥的母亲，细致入微地裁剪着时髦合身的衣裙，把你打扮得漂漂亮亮。

水痴心于你。池塘任你拥抱，溪流为你蜿蜒，江河让你点缀，湖泊给你留下美丽的倩影。

诗人更是对你难以释怀。他们喋喋不休地称赞你，连篇累牍地吹捧你，加上画家的推波助澜，你真成为了名副其实的掌上明珠。不知道你是真有如此魅力让人们倾心，还是诗人们妙笔生花的渲染使人们拜倒在你的名下？

你是女性的化身。即便微风轻拂，你也翩翩起舞，我脑海里不禁浮现出弱不禁风这个词，继而联想起林黛玉这个典型化的女性。但我此刻想说得却是那些大众化的女性。在以前，大多数女性都要离开故土，远嫁他乡，如果都像诗人笔下的游子一样，有着无限的离愁，那社会还有宁日吗？所幸的是，她们都能以新家为归宿，扎根，发芽，生长。这些不正如你的品质吗？

你又曾是友谊的信物。我真羡慕古人如此珍视友谊，在告别朋友的时候，不但赋诗相赠，还要折柳相送。当然赋诗未必人人做得到，但折柳谁人不会？据说取"杨柳依依"之意，表示对友人的依依不舍；取"柳丝反复摇曳"之态，表示友情深厚缠绵。"年年柳色，灞陵伤别。"读着这诗句，的确会使人有一些哽咽。更有意思的是，据说柳与"留"谐音，送柳亦寓挽留友人之意。不禁想：我姓刘，柳与"刘"也谐音，而且攀龙附凤之心未泯，也想高攀于你，不知是否也能给点说词？

一片落叶

我的窗台上来了一位不速之客——它就是飘落进来的一片树叶……

最近几天,感到天气有些凉爽了,开始并未在意,夏天何尝没有凉爽的日子?满以为眼前的凉爽会出现反复,成为更热的前兆,但天气似乎变得越来越凉爽,难道秋天来临了?正在疑惑之际,看到了这片落叶,我心里"咯噔"一下,看来凉爽要义无反顾地走下去,秋天真的来临了……

这是一片玉兰树叶。颇大,从叶柄到叶尖长约20厘米,叶宽约8厘米。叶子的形状一头大,一头小,呈蛋状,不过长得多。虽为落叶,但叶面的色调仍以绿色为主,掺杂少许黄色。叶子的边缘疏疏密密地分布着黑色的斑点,朝叶的背面卷曲。叶的背面为褐色,叶脉的纹路显得非常清晰。这片落叶来自我住所楼下的一株玉兰树。这棵树的树冠颇大,它的一分支直抵我的卧室,即使微风,也会轻轻拍打着窗户的防盗网,发出飒飒的声响。树枝上的叶子无疑成了我熟知的常客。

我仔细观察了窗外的树枝,发现这片落叶是从最前端的位置掉落下来的。它是离窗户最近的一片树叶。玉兰的树叶可不同寻常啊!"风吹新绿草牙拆,雨洒轻黄柳条湿。"人们往往认为,新绿是报春的使者。但对玉兰而言,却是花率先出来通报春天的信息。每当三月,玉兰花迎春怒放,满树皆白,令人目不暇接。玉兰花可是我见过最美丽的花:它的颜色,使人感到纯洁;它的形态,使人感到大气;它的气质,使人感到高雅;它的芳香,淡雅而沁人心脾……此时我仿佛明白玉兰树叶后花而出的原因了。或许它们认为,"春天的使者"这个美丽的桂冠理应属于最美丽的玉兰花。我不禁为玉兰树叶的谦逊感到由衷的钦佩。

玉兰花凋谢后,玉兰树叶姗姗而来。首先自然也是嫩芽。站在窗户前,看久了雪花的白,继而是玉兰花的白,眼前突然展现出点点新绿,自然内心也十分喜悦。随着时间的推移,绿色逐渐扩大,叶子也不知何时竟然定型了。那片离窗户的树叶像在不断点头致意,我也报之以微笑还礼。久而久之,我们似乎成了熟悉的朋友，几乎每天都要相互凝视一会，似在进行某种说不清楚的交流。有时看到叶面一些灰尘，我就会提一只水壶，给它们冲洗一下。

没有想到树叶们好讲义气。在夏天的日子，我的窗户有一个时段被太阳直射。它们便联合起来，组成"统一战线"，极力阻挡阳光。可以说它们在整个夏天都给了我荫翳，使我在酷暑季节过得相对安逸一些。在我的眼里，玉兰树叶有生命，有活力，有灵性，有情有义。

但这片落叶使我一些迷惑不解。按常规，玉兰树叶是在秋末冬初才大量掉落的，为什么它会提前飘落呢？难道是因为我对季节变换的疑惑而想以此举动给予提示吗？为了友谊竟然不顾及自己的性命，是不是太傻了？如果真是那样，又怎能令我心安呢？带着种种疑惑，我开始考虑如何处置这片落叶，先想将之压在书本里，做成书签，作为永久的纪念。这么大得书签只能与我的那部《辞海》相匹配。后来想还是放回树下为好，让它化为泥土，培育新绿，继续着生命的循环。这样来年我就可以看到它生命的化身了……

我爱竹

带着对竹的印象，对竹的眷恋，对竹的向往，我跋涉在人生路上……

我爱竹的风姿绰约。爱她静时的亭亭玉立，爱她动时的袅娜娉婷；爱她婆娑清癯的形，爱她风流倜傥的神；爱她潇洒飘逸的气质，爱她恬淡娴静的品性。

我爱竹的门第独特。她内空外实，大通节目。她既不是树，却又擎天拔地，连片成林；也不是草，却能恣意蔓延，迅速繁衍。她以独特的面貌傲立于大自然。

我爱竹的高风亮节。"未出土时便有节，及凌云处尚虚心。"气节是一个人安身立命的基本准则，而虚怀若谷则是一种传统美德。竹却巧妙地集人间这两种美德于一身！

我爱竹的群体意识。在地面比翼蝉联，相互依从，连成一片，抵御风雨；在地下盘根错节，纵横交错，形成网络，繁衍生息。

我爱竹的积极向上。"竹外桃花两三枝，春江水暖鸭先知。"每当桃花初放，竹总是作为烘托，争当报春的使者。待雨后春笋长成新竹，总是直冲云霄，攀登最高点，而后才展开枝叶，展示出无限生机。

我爱竹的智慧聪明。她用有限的材料构筑中空结构，最大限度地扩大直径，又以竹节增强抗挠效果。她刚直不阿，似不肯为五斗米折腰；又柔韧有余，以柔克刚，像耍太极那样善于周旋。狂风暴雨过后，也许偌大的树会连根拔起，而竹却能安然无恙。

我爱竹的雄浑气势。我曾置身于竹海，体验过竹的壮观。但"世间亦有千寻竹"这句诗，却令我吃惊。只是后来当我读到"一尺之棰，日取其半，万世不竭"这些文字后，才茅塞顿开：既然物质的微观世界不可穷尽，那么物质的宏观世界也是不可限量的。只要光的强度和照射的角度适当，那么造就"月影万夫长"不是没有可能，可见苏夫子的话并非虚妄。

我爱竹的精练简约。她躯干光洁，平滑干练，虽有枝叶，却层次分明。我甚至以为，我国简约精练的古文，也无不受到竹简的影响。否则，一部《史记》岂不要耗费普天下的竹子？

我爱竹，联想到"岁寒三友"。梅花傲霜雪，但很快就零落成泥；青松御严寒，但生长缓慢；只有竹既四季常青，又具有雨后春笋那种勃勃生机，充满着旺盛的生命力。

我爱竹，联想起王徽之的"不可一日无此君"。苏轼对此作出诠释："食者竹笋，庇者竹瓦，载者竹筏，炊者竹荪，衣者竹皮，书者竹纸，履者竹鞋，真可谓不可一日无此君也！"可见竹作出过多么重要的物质贡献，尽管其中有的早已成为历史。然而"可使食无肉，不可使居无竹，无竹令人瘦，无竹令人俗"，竹的精神影响却贯穿古今。

我爱竹，联想起郑板桥。"咬定青山不放松，立根原在破崖中。千磨万难还坚劲，任尔东西南北风。"这不但是诗人的精神写照，也使我懂得了什么叫执着。

我爱竹，联想起杜甫的"有竹一顷余，乔木上参天"，王维的"独坐幽篁里，弹琴复长啸"，白居易的"十亩之宅，五亩之园，有水一池，有竹千竿"。这些诗人都爱竹嗜竹，如醉如痴，以竹作为精神寄托，从竹得到心灵慰藉。从他们身上使我领略到竹中的乐趣。

我爱竹，联想起"竹溪六逸"。其中最值得提及的是李白。"我本谪仙人，凤歌笑孔丘。"李白一生怀才不遇，穷困潦倒，但始终傲岸不羁，藐视权贵，人品、文品有口皆碑。我从李白那里认识了似竹的风流。

  我爱竹，联想起"竹林七贤"。其中最值得称道的是嵇康。刘伶恣意醉酒，阮籍故作猖狂，山涛投靠权贵……只有嵇康深谙竹之精髓，坚守竹林，信奉老庄，洁身自好，终为司马氏所不容而被杀害。他在临刑前面不改色，泰然自若，还索琴演奏了《广陵散》，并为《广陵散》从此将失传而惋惜。我从嵇康那里看到了似竹的洒脱……

  竹的魅力，让我陶醉；竹的风采，让我痴迷。我将带着对竹的印象，对竹的眷恋，对竹的向往，完成人生的跋涉……

| 风花雪月 |

读风

　　读风？也许有人会不以为然，谁不熟悉风？春天的风像一支彩笔，将树木画满绿叶，将大地涂抹出绿草茵茵，将那个季节描绘成万紫千红。夏天的风就像一个顽皮的孩子，老搞恶作剧：要么闭门不出，让人大汗淋漓；一旦出门就要泼撒野，令人措手不及。秋风如同一位清道夫，摧枯拉朽，清扫残败，当然未免有点肃杀，容易引发愁思，但也容易迸发灵感，对那些"为赋新诗强说愁"的人来说未尝不是好事。至于冬天的风，那是一匹脱缰的野马，总是毫无章法地狂奔乱突。然而又有谁真正很熟悉风！谁见过它的身影？"既非风动，亦非幡动，仁者心动耳。"六祖慧能的这句话已令人扑朔迷离。而所谓"蝴蝶效应"的诠释——一个蝴蝶在巴西轻拍翅膀，可以导致一个月后得克萨斯州的一场龙卷风——更是使人云里雾里……

　　我对风有较深的印象始于童年。记得一个夏日，我单独在一条巷子里玩。说是巷子，其实也不是真正意义上的巷子，因为那只是农村两栋房屋之间的一点间隔，其中有一条排水沟。排水沟的上面有一段铺着石板，因太阳光只是在中午一段时间直射，所以是孩子们常去的地方。那天我躺在石板上享受着凉风，竟然睡着了。恍惚之中，感到风越来越大。睁眼一看，已是乌云密布，慌忙站起来，但是根本立不住，风把我吹到紧贴墙面。好在那时的房屋都是土砖垒砌的墙，许多地方已被孩子们弄得坑坑洼洼。我用双手紧紧抓住那些坑坑洼洼的地方，才没有被风吹起来刮走……如今回忆起来，我那次大概是遭遇了龙卷风。

　　这种令人惊心动魄的狂风，我还领略过一次。那时我初到广东，热带风暴便给了我一个下马威。我们处室的办公室南北两间，我在北面那间，目睹着热带风暴的来袭。倾盆暴雨，狂风怒号，偌大的树木应声倒下。对面一栋楼屋顶固定好的一层白铁皮渐渐被风掀起，在空中不断翻滚，竟然像一片片鸡毛那样纷纷扬扬。正在我为此感到惊讶的时候，我们办公室的窗户有一块玻璃响了起来。开始响声只是断断续续，声音也很小，但不一会就变成了"乒乒乓乓"的声音，而且节奏越来越快。当我们意识到危险要来临时，已经晚了，玻璃被击得粉碎，我们急忙把办公桌搬到南面一间去。由于撤离仓促，办公室里被风雨搞得一片狼藉……

南方的风有时竟会如此狂野，那想象中北方的风一定更厉害吧？哈尔滨我只去过一次，正值隆冬季节，零下25℃。那是二十世纪八十年代的事。记得那时有人坐着用几个轴承做轮子的自制小车，从岸上顺着陡峭的冰道滑下去，一直可以冲到松花江江心，不知现在还有没有这种惊险的玩意儿？当然江面已是很厚的冰层。我们去太阳岛，乘坐的汽车就是从江面上开过去的。出乎意料的是，我在哈尔滨住了三天，虽然冰天雪地，但却风和日丽。风虽小，但不可小视。记得有一次外出未戴帽子，不一会儿就感到有无数银针往头上扎似得难受，急忙解下围巾将头包裹起来。

"山雨欲来风满楼。"读风的最佳处当然是山里。那年我陪一位客人上庐山，在半山腰遭遇狂风大作，紧接着大雨如注倾泻下来。我们乘坐的吉普车内也飘着毛毛雨。但此时正处在"葱茏四百旋"的中段，进退维谷。没有别的办法，司机只好硬着头皮在豪雨侠风中慢慢爬行，磨磨蹭蹭地赶到牯岭，已是灯火齐明了，众人的衣衫基本湿透了。次日仍然斜风斜雨，因客人已经订好了九江的船票，只好载着他到仙人洞和含鄱口转悠了一圈，并没有下车，游览便结束了。真不知是风雨阻止了客人观赏庐山的风景，还是风雨让客人领略了庐山的另一种风情？

其实城里的风也毫不逊色。记得二十世纪六十年代有一次去上海，在西藏路的一家小旅社下榻，离热闹繁华的南京路很近，常上街去吃八分钱一碗的阳春面。办事之余想去外滩看看，当时正值隆冬，马路上有冰冻。当路过和平饭店时，风大得惊人，不但使人寸步难行，而且刮到身上刺骨的冷，顿时游兴减少了一半。草草地在外滩转了一圈，返回南京路。脑海里突然冒出"锦城虽云乐，不如早还乡"的诗句，游兴全消了。

写到这里，我又回想起了童年时代，乡亲们冒着炎热酷暑在农田里劳作，常常是一丝风也没有，个个汗如雨下，实在太难受，有时会突然有一个人吆喝起来，紧接着大家也跟着吆喝。真是奇怪，过了一会儿，往往真会有阵阵清风吹来。即使没有明显的风，但感觉也似乎凉爽一些……想到这些，隐约之中对六祖慧能扑朔迷离的话似乎有了一点新的领悟，对那个云里雾里的"蝴蝶效应"也似乎有了一点理解。读风，仍然只是捕风捉影，对风的感觉和认识多了一些。真正把这位"隐形人"弄明白了吗？未必！

啊，秋风

　　酷暑镣铐稍微松弛，炎热皮鞭略有疲软。你乘虚而入，悄然而至，忽紧忽慢，忽高忽低，忽远忽近；如诉如泣，似歌似吟；像四面楚歌，若仰天长啸，摇旗呐喊，造势鼓吹。你并未大动干戈，看似固若金汤的盛夏便阵脚大乱，节节败退，天气一天天凉起来。你只花了些"吹灰"之力，便了无痕迹地完成了一个季节的更替：酷暑落荒而逃了，炎热销声匿迹了，而你簇拥着秋天粉墨登场亮相了。啊，秋风！原以为你是秋天的派生物，未曾料到却是秋天驾到的引路人！

　　当大地百花争艳、容光焕发的时候，你就在暗中酝酿未来世界的色彩吗？当原野芳菲殆尽、狼藉残红的时候，你就在背地里思考秋天的姿容吗？如今正中下怀的秋天来了，果然见你大展拳脚：循序渐进地将树叶染黄，小心翼翼地让蔬果变黄，大刀阔斧地喝令野草枯黄，聚精费神地呵护菊花的金黄……黄色被你选定作为秋天的主色调，但也不搞"清一色"。你吹净了松柏的灰尘，使它独立风标更显青翠。你带来了佳酿的芳香，使枫叶陶醉变得满脸通红。当秋天身着凝重而肃穆的黄色盛装亮相时，既佩戴着生意盎然的绿色项链，又有如火如荼的红色胸花作点缀，那是多么庄重得体而又美丽大方的打扮啊！啊，秋风！原以为你只会摧枯拉朽，殊不知你又是秋天形象的美容师！

　　"秋风萧瑟，洪波涌起。"当你横扫枯枝败叶的时候，难免会有萧瑟之感；当你凄凄戚戚呼号的时候，常常会引发苍凉的心绪。然而，当你迂回穿梭，使果园橙黄橘绿、硕果累累时，有谁会怀疑这是"一年好景"呢？当你纵横驰骋，让田野稻浪滚滚、洋溢着丰收喜悦之际，又有谁不会发出"秋日胜春潮"的感叹吗？当你流连忘返，令花圃菊花竞相开放、黄金铺地之时，真会有满目芳菲、春意盎然之感啊！即使说"秋风秋雨愁煞人"，这个"愁"也是因人、因时而异，能说乡愁不美丽吗？能说闲愁不缠绵吗？啊，秋风，原来你不只装点秋天的外表，又是秋天气质的塑造者啊……

秋阳

你——秋阳，没有春天艳阳的绚丽，没有夏日骄阳的火热。没有冬季的太阳（有着"暖阳"之称）徒有其名而力不从心的尴尬，却独树一帜：既显得霸气，又具有风度。秋阳一露脸，没有动干戈，盘踞早晚的秋凉便望风而逃了；秋阳一露脸，无需做手脚，白昼便成为温暖的一统天下了。在我看来，秋阳是响当当的。

在秋阳的映照下，近水澄澈而似练，远山明净而如妆。深邃而高远的蓝天，成为了秋阳的背景；稀疏而淡薄的白云，成为了秋阳的点缀。秋阳既是天上的主角，又是大地的主宰，高屋建瓴而又平易近人，高贵典雅而又亲切大方，端庄朴实的外表，放射出橘黄色的耀眼光辉。所以自然而然地感到，秋阳是金灿灿的。

记得童年时代，村子的边缘常有许多稻草堆。深秋时节，孩子们像老鼠打洞一样，在稻草堆向阳的一面掏一个坑，斜倚在里面，眼睛眯成一条缝，沐浴着暖暖的阳光，吮吸着新鲜稻草的香气，甭说有多惬意。因而在我的记忆中，秋阳是暖洋洋的。

想起了在五七干校劳动的日子，经历了春耕到秋收农事活动的一个周期。刚去的时候，心想不知怎么度过这漫长的一年，觉得时间过得很慢。可秋收的时候，想到秋收完毕就将离去，一年竟是如此短暂，又感到时间过得太快。田野、庄稼甚至野草似乎都含情脉脉，露出依依不舍的神态，沉甸甸的稻穗更是低头不语……而此时的阳光，没有早春那样吝啬，也没有盛夏那样狠毒，而是洋溢着柔情，于是我的心底也泛起了蜜意。联想到收获季节人人都是喜气洋洋的景象，从此认为秋阳也是甜滋滋的。

我出生在秋天，打呱呱坠地那天起就沐浴着秋天的阳光。转眼之间，我和秋阳已有过六七十次的重逢。回想起来，人生之旅是缤纷复杂的：既有一帆风顺，又有坎坷不平；既有高潮，又有低谷；既有得意，又有失落……但不管我处于何种状态，秋阳不但总是与我不离不弃，而且以她的灿烂阳光，驱散我心中的阴霾，驱使我扬起生命的风帆。因此在我心目中，秋阳始终是亮堂堂的……

秋雨

立秋不久，就迎来了一场秋雨：先是霏微细雨，像在试探；接着淅淅沥沥，偶尔敲打一下窗户，传达问候致意……好一场似曾相识的秋雨啊！

数个回合之后，秋雨便与秋风会师，大展拳脚，兴风作浪了。其气如纵贯天宇的长虹，其势若百万雄师渡江，其姿似天兵天将斜射的冷箭，其态间或像倾盆瓢泼……好一场淋漓尽致的秋雨啊！

雨点着地，哗啦哗啦，如丝竹奏鸣；建筑物附近，滴答滴答，似吉他弹唱；秋风忽快忽慢、忽高忽低的呼啸，像小提琴声那样婉转悠扬；又因为此地为海滨，涛声组成的"铜管乐队"也加入到这场大合唱……好一场悦耳动听的秋雨啊！

在秋雨的震慑下，逞凶的热浪慌忙撤退了，肆虐的炎热落荒而逃了，咄咄逼人的酷暑销声匿迹了。让之向隅而泣去吧！

秋雨过后，风和日丽，澄明重返，紫气又来，赏心悦目，爽身怡情，人间又是清凉世界！

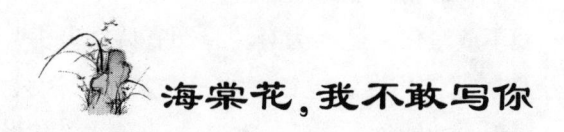

海棠花，我不敢写你

春夏之交，你又恣意怒放了，我一如既往如期赴约前来一睹你的芳容……

我们的结识已有几十年了，往事至今历历在目。那时我和一个女孩相识，因单位在城郊，所以经常在一棵树下约会。有一天，发现这棵树竟然开出了花朵，方知这是一棵海棠树，那是我第一次见到你——海棠花。这一年的你开得好美啊！红艳艳的花蕾，恰似胭脂点点，绽开的花朵则略呈粉红，犹如晓天明霞。花形本来较大，而又以四至七朵成簇，朵朵向上，指向蓝天，如火如荼，催人振奋。有你靓丽的情影相伴，我们的初恋颇具浪漫色彩。后来才知道，这株海棠树还是所谓的西府海棠呢！往事似乎又有些漫漶。只记得你怒放之后凋谢时，我的初恋也随着你的零落成泥而画上了句号。我与女孩的情断了，但却与你结下了缘分。我承诺，每年当你怒放的时候，一定前来与你聚首。几十年来，我的居住地变动了好几个地方，当然不可能重返那株树下，只能去公园寻找你的身影，但基本上没有爽约。只是不敢写你，因为我不愿触动那段尘封了的往事。

我不敢写你，也因为你有着太多光环，令人眼花缭乱，难找视角。人们赐予你太多的桂冠，诸如"花中神仙""花尊贵""花贵妃"，等等。其中的"花贵妃"还颇有些来历：据宋释惠洪《冷斋夜话》记载："唐明皇登香亭，召太真妃，于时卯醉未醒，命高力士使人扶掖而至。妃子醉颜残妆，鬓乱钗横，不能再拜。明皇笑曰：'岂妃子醉，直海棠睡未足耳！'"这也是"海棠春睡"典故的由来。其实任何比喻都不可能完全准确。不是还有所谓"环肥燕瘦"的说法吗？即使杨贵妃真是美人也只是唐时的美人，汉代人恐怕不会认同，我想现代人也会持异议。正如太平洋岛国——汤加的美女在东南亚恐怕也不会吃香是一个道理。否则如今人们为什么会对减肥趋之若鹜呢？何况你已经声名在外，勉强在"名片"上挂许多不相干的头衔，反倒显得俗气了。至于在颐和园将海棠与玉兰、牡丹、桂花相配植，说什么形成"玉棠富贵"的意境，更是牵强附会的文字游戏。如果是御用文人的点子，只不过为向主子谄媚；如果是王公贵族的主意，那不过是他们粉饰门庭。想当年倘若他们在如何对付坚船利炮上多花一些心思，清朝的下场或许会好一点。

我不敢写你，还因为有"崔颢有诗在上头"的心境。曹雪芹曾用浓墨重彩描绘你，他借探春、宝钗、宝玉、黛玉、湘云之口，恣意纵情讴歌你（白海棠）。诗中将你比作玉石、冰雪、梨蕊白、梅花魂、太真……总之，你是一切美好事物的化身，有着美丽的形象，高雅的气质，清高的秉性。与曹雪芹不同，李清照却只是画龙点睛式地勾勒你。她在《如梦令》一词中，有"知否？知否？应是绿肥红瘦"的句子，仅用"绿肥红瘦"四个字，就将你写得如此传神。这与平日对你细致入微的观察是分不开的，足以证明易安居士对你倾注了感情。一个近乎连篇累牍，一个言简意赅，使我领略了异工同曲之妙。

你知道苏轼爱你之深吗？苏轼爱花，尤其钟情于你，据说是受他母亲的影响。他母亲一生最喜欢你，并且以海棠作为自己的小名。苏轼1083年被贬到宜兴，好友邵民瞻特地用赏花的方式接待他，苏轼非常高兴，忧郁的情绪减少了许多，看到邵民瞻家的花园缺少海棠花，次年特地从老家带来了一盆植于朋友园中。18年后，苏轼还时常提起和关心那株西府海棠。苏轼贬至黄州，在居所定惠院发现一株海棠，兴奋异常，于是欣然提笔写下了咏叹你的名篇："东风袅袅泛崇光，香雾空蒙月转廊。只恐夜深花睡去，故烧高烛照红妆。"老实说，诗虽然生动浪漫，但仍然没有脱离将你比作美人的俗套。倒是那句"嫣然一笑竹篱间，桃李满山总粗俗"的大白话，不但写出了你傲立于粗俗的"桃李"之间的气质，同时也是诗人的绝妙写照。你知道张爱玲"恨"你之切吗？张爱玲在近十年时间（1968年春到1977年）创作完成的《红楼梦魇》中曾提到"海棠无香"。她说，有人说过"三大恨事"：一恨鲥鱼多刺，二恨海棠无香，三恨红楼梦未完。张爱玲乃才女，著作丰硕，志得意满，但一生也无不遗憾，她以海棠、鲥鱼、红楼等极品自况，顾影自怜，可见她是多么清高！将海棠堪比鱼中鲥鱼，书中红楼。这到底是扬是抑，还是欲扬先抑？一个爱，一个"恨"，原来是殊途同归啊！

有人说你是断肠花，倒蛮符合实际。季羡林先生有一篇题为《海棠花》的散文，似乎也对此作出了诠释。季先生的老家有海棠树，工作单位也有你艳丽的倩影，后来到了德国，又常常散步赏花，但一切都在不经意间。直到在异国他乡居住了六年之后，意外地见到你，于是思念亲人和思念祖国的感情如同火山爆发，直冲云霄：若似决堤洪水，势不可挡；好像超级飓风，摧枯拉朽。"有这么一团十分浓烈的乡思压在心头，令人感到痛苦。同时我却又爱惜这一点儿乡思，欣赏这一点儿乡思。它使我想到：我是一个有故乡和祖国的人。故乡和祖国虽然远在天边，但是现在他们却近在眼前。我离开他们的时间愈远，他们却离我愈近。我的祖国正在苦难中，我是多么想看到他呀！把祖国召唤到我眼前来的，似乎就是海棠花。"读着这些饱含深情的话语，能不感到你就是名副其实的思乡草吗？

春夏之交，你正怒放的时候，我如约前来瞻仰你的芳容，忽然掠过一丝要试着写一写你的冲动……

井冈杜鹃

　　井冈山的天气真是有趣：我们清晨乘车从泰和出发，来到山麓——拿山，看到的都是满天朝霞；赶到茨坪，却下起了霏微细雨；等到午后登上黄洋界，呈现在眼前的却是一片氤氲。我们乘坐的汽车打开防雾灯，在能见度很低的傍山公路上慢慢爬行。幸亏离目的地——黄洋界保卫战纪念碑只有几百米了，于是我们索性下车步行。环顾四周，云遮雾裹，目力所及大约只有一二十米。乳白色的云雾在我们身边翻滚，人们个个风环雾鬓。我倏地有一种飘飘欲仙之感。

　　大约二十多分钟之后，太阳终于冒了出来，逐渐烟消云散。突然有人惊叫起来，顺其手势将目光投向一面山坡，那里不见沿途所见的郁郁葱葱，而是清一色地绽开着杜鹃花。漫山遍野的杜鹃花，像一片无边无际燃烧的火焰，显示出旺盛的生命力，催人振奋。方才那怪异的云雾，难道是黄洋界的精心安排——欲给远方客人一个意外的惊喜？

　　杜鹃花并不鲜见，但我却是第一次看到这样壮观的场面，简直可称为杜鹃花海。何况山下的杜鹃花已经凋谢，目睹眼前的花海使人有一种赶上春天脚步的愉悦。为先睹为快，我没有随大伙涌向纪念碑，而是独自向长满杜鹃花的山坡攀登。虽说黄洋界最高处的海拔高度为1558米，但从我所处的地方算起至杜鹃花怒放的山坡却是近在咫尺，所以我很快攀上了半山坡，置身于杜鹃花的海洋之中。

　　举目远眺，成片的杜鹃花在阳光的拨撩下，如红色海浪般涌来，仿佛要淹没眼前的一切，初时我还真有点手足无措。从近处看，方可细微观察组成"海洋"的"水滴"——花朵和花蕾。此时的花朵和花蕾大致参半。含苞待放的花蕾，红得凝重；呈喇叭状的花朵，略显粉红。花瓣薄若绢纱，有的上面还有少许不规则的黑色斑点。纯净明亮的花蕊，鲜灵而似有流香。凝集于花朵上的雾珠，像镶嵌在皇冠上的明珠，将阳光最聚散成五彩缤纷。随着微风吹拂，花枝轻轻摇曳，袅娜娉婷，绰约多姿，呈现出迷人的风采……

也许和海拔有关，也许是土壤过于贫瘠，这里的杜鹃苗木普遍长得矮小，有点不尽如人意。但这些其貌不扬的苗木，却最大限度发挥了生命的潜能，棵棵都是花朵缀满枝头。连那些高不盈尺的苗木，看上去也是花团锦簇。有的小苗甚至还紧贴地面，却冷不丁地冒出一团灿烂，顽强的显示生命的辉煌，骄傲地诠释执着的内涵。法国诗人维尼说过：因胜过命运显得伟大，或因反抗命运而显得崇高。这话用于评价井冈杜鹃，应是恰如其分的吧？

这不禁使我想起那个逝去了的年代。一批"命中注定"挨饿受冻的农民，还有一批"老来背竹筒（讨饭）""死了不如狗"的煤矿工人，为了反抗命运，拿起大刀、梭镖，毅然参加秋收起义，跟随毛泽东来到井冈山，成为工农红军。在"长夜难眠赤县天"的岁月里，在敌我力量对比悬殊的情况下，他们牢记毛泽东"星星之火，可以燎原"的教诲，前仆后继，流血牺牲，艰苦卓绝，终于谱写出井冈山斗争的光辉篇章，同时也使自己的生命迸发出"伟大""崇高"的光芒……

此时此刻，我凝视着如火如荼的杜鹃花，竟一时无法理清自己的思绪：究竟是如今的井冈杜鹃继承了红军的精神呢，还是红军从当年的井冈杜鹃那里得到某种启示？

我在杜鹃花海中流连很久，但最终还是不得不离它而去。在向纪念碑走去时，发现山坡又有轻烟缭绕，朦朦胧胧，影影绰绰，花容又不甚真切了。然而井冈杜鹃的形象已经融入我的脑海中，镶嵌在我的心坎里……

春兰自语

"室有兰花不炷香。"一般通称我为兰花，其实叫春兰更恰当，或称山兰、草兰、朵朵兰也未尝不可。但为了便于区别，还是叫我春兰好！因为我的兄弟姐妹实在太多：如叶似兰草而稍瘦长的蕙兰；叶呈线状披针形的剑兰，或称秋兰，其中有称作"素心兰"的上品。此外还有墨兰、寒兰……我们在一起组成了一个大家庭，名曰"中国兰"。其实从植物学的角度讲，"中国兰"隶属于兰属。兰属总共有50个种，中国有其中21个种和一些变种。说起来兰属仍微不足道，因为它从属于兰科，只是兰科的一部分。而兰科总共有700个属，25000多个种。在被子植物中，只有菊科可与我们兰科相媲美。

当您一面品味我的高雅气质，一面欣赏"不要问我从那里来"的流行音乐时，是否反而想了解一下我的身世呢？那么我今天就如实告诉你，我的远祖在热带雨林，至今那里还居住着兰科的大多数成员，统称作"热带兰"。它们大多数或攀缘于高枝之上，或依附于大树之身，缺乏"中国兰"那种独立的气质。虽然"热带兰"一般比"中国兰"艳丽，但香味却要稍逊一筹。

无可讳言，我们有着清纯的颜色和沁人的芳香，能给人带来一定的精神享受，因而受到人们的青睐。特别是文人的捧场，大大地提高了我们的知名度和身价，从而得到更多的人的关注和喜爱。我们乐于与人们的这种良性互动和循环，陶醉于受宠的氛围之中。我喜欢真诚的赞美，因为所赞美的是真的美；我不喜欢庸俗的吹捧，倘若是扶不起的阿斗，吹捧又有什么用呢？我欣赏欣赏者，因为他们使我认识到生存的价值；我感谢种植者，是他们使我得以广泛传播。"士为知己者死，女为悦己者容"是你们人类的准则。老实说，我们兰花没有这样的境界，"芝兰生幽谷，不以无人而不芳。"说穿了，我们的色和香，与其说是为了满足人们的需要，还不如说是为了迎合昆虫更为贴切。我们就是以色和香为手段，吸引昆虫，实现花粉传播，达到繁殖的目的。说来有趣，为了传播花粉，我们的兄弟姐妹使出了浑身解数。如蜂兰和蝇兰竟将其唇瓣长成雌蜂和雌蝇的模样，以欺骗和引诱雄蜂和雄蝇。那些急不可耐的蠢家伙，不分青红皂白，竟毫无察觉地与唇瓣竞相追逐……

如果把我们的繁殖比作万里长征，那么从传播花粉到孕育成果实，只是走完了其中的一步。因为我们所结的蒴果，尽管有的拥有数百万粒种子，但由于种子退化，在自然条件下萌芽率极低。即使在实验室繁殖也非易事，因为要接种真菌，条件要求甚为严格。直至后来在含糖培养基上使种子萌发和用茎端分生组织营养繁殖获得成功，才把我们的繁殖推到了一个新阶段，也使兰花的种植容易了许多。

中国改革开放以来，"宠兰热"也悄然兴起，令我十分欣慰。我还是更加钟情于中国，不仅是因为属于"中国兰"这个大家族，而且我的含蓄、内敛和不事张扬似乎也符合中国人的气质，尤其我认为只有在这个诗的国度里，我们这些被誉为"王者香"的"空谷佳人"，才能充分显示出迷人的风韵。虽然我们的色和香是为了繁衍的需要，但若又能兼顾同时取悦于人，何乐而不为呢？

我要用娇美的体态和素雅的清香去陶冶中国人，使他们个个都具有超凡脱俗的气质。

我性本清高，生于幽谷而孤芳自赏。如今情况发生了变化，我已走进了许许多多的家庭。最近见网络上有许多描写兰花的诗文，近日又有一篇介绍菊花的文章，芳心有所触动，也想推介推介自己。但我不想劳人的驾，就自言自语地抖落一番吧！

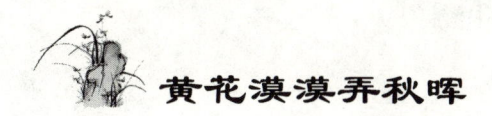

黄花漠漠弄秋晖

"黄花漠漠弄秋晖，无数蜜蜂花上飞。"时令进入秋季，绰约多姿的菊花便陆续开放了。在我国古代，每逢农历九月九日重阳节，人们便登高赏菊，吟诗作赋，抒发秋思，所以九月又称菊月。如今还是农历八月下旬，但在中秋、国庆期间，谢先生发表了《美妙的菊花艺术展（多图）》的博文，让我们先睹了菊花的风采，也为两节增添了喜庆的气氛。

菊花又称黄花，为多年生草本植物，久经栽培，品种繁多。花序的大小、颜色和形状随品种而异。菊花不但是著名的观赏植物，而且有着实用价值。黄、白菊花均可入药，黄菊散热清风，白菊用于平肝明目。古代还用菊花酿酒的习惯。

菊花原产我国，我国人民历来善于培育菊花，据《清稗类抄》记载："吴兴钱乐善植花……每岁莳菊数本，尤得异法。有一本，根株较常菊大数倍，榜枝丛茂，大可数倍，高可一丈许，广可围六人。置于室中，一室为满。其花类世所称全宝相者，六至七百朵。远观之，仅见花，不见叶，俨若一大华盖然。诚稀观也，民喜而谓之曰'菊树'。"当然在科学技术高度发达的今天看来，这并不是什么难事，甚至是有过之而无不及。如今采用插条和辐射诱变的方法，培育出花期可从四月下旬延至元旦的菊花，甚至有直径达四五十厘米的菊花"巨人"，还有别具一格的蓝色菊花。现代科学技术，的确使花卉培育出现了奇迹。

"明日黄花蝶也愁。"我国古代的咏菊诗特多，但往往都将愁绪与菊花联系在一起。如"黄花风雨打园林,残菊飘落满地金。折得一枝还好在,可怜公子惜花心。"(王安石)"满地黄花堆积,憔悴损,如今有谁堪摘?"(李清照)而郑思肖的一首诗却写出了菊花的精神:"花开不并百花丛,独立疏篱趣未穷。宁可枝头抱香死,何曾吹落北风中。"田园诗人陶渊明的咏菊诗也写得不落俗套。"采菊东篱下,悠然见南山""秋菊有佳期,不同桃李枝""芳菊开林耀,因风传冷香"……在这些咏菊佳句中,哪能找到一丁点儿愁思呢?所以陶渊明被文坛誉为"爱菊诗人",民间也奉之为"九月花神"。

感谢谢先生提供了美轮美奂的菊花画卷,使我们足不出户也可以在菊花世界中漫游!

梅花自言

自从兰、竹、菊相继亮相之后,我确实有点按捺不住了。如果我再无动于衷的话,能和它们一起并称"四君子"吗?不用说,紧接着我该闪亮登场了。

"疏影横斜水清浅,暗香浮动月黄昏。"这是写我的名句。"暗香""疏影"就是我的名片,不用再介绍也知道我叫梅花或寒梅了吧?当然也有人称腊梅。其实腊梅另有所属,它属于腊梅科腊梅属。而我则属于蔷薇科李属梅亚属,两者不可混为一谈。

人们通常将梅分为食用梅和观赏梅两大类。食用梅有青梅、白梅和花梅等。《三国演义》就有青梅煮酒论英雄的故事。食用梅可食用和酿酒,同时还可制酱和入药。

如果说果实是实用梅的骄子,那么我——梅花则是观赏梅的宠儿。与其将我当作一朵花,还不如说是一个精灵更好。因为我像孙猴子有七十二变那样变化莫测,实在令人眼花缭乱……整个观赏梅家族大约有200多个成员,按照花型、花瓣、萼片、小枝的颜色和形态,人们将之分为宫粉型、朱砂型、绿萼型、酒金型……当我的颜色呈粉红且香味浓郁,人们称我为宫粉型梅花。这是我的常态,大多数情况下我以这一面目出现。当我具有紫红色花朵和暗紫色小枝时,人们称我为朱砂型梅花,处于这种状态之下,我的颜色最为艳丽。当人们称我为绿萼型梅花时，此时我的小枝与一般为绛绿不同，而变为纯绿了，配以白色的花朵，显得格外素净淡雅，香味也极为浓郁，其中的"金钱绿萼"很是珍贵。当红、白（或水红）两色花朵同株开放，人们便称我为洒金型梅花，此时我显得别具一格，呈现出更加迷人风采。按照枝条的姿态，我又可呈现为直脚梅、杏梅、照水梅、龙游梅等形态。直脚梅中枝条向上称直枝梅，枝条向下称垂枝梅；杏梅为杏和梅的天然杂交品种，花色淡红，时有斑点，其香如杏；照水梅花开朝下，香味浓郁，为梅中奇品；龙游梅枝态奇特，自然扭曲，既可赏花，又可赏型，为盆栽精品。但仔细推敲，后一分类方法似乎更侧重于树而并非花。

我饱经沧桑，贯穿古今。历史的各个朝代都有我的足迹，广袤的华夏大地处处有我的倩影。中国人很早以前就开始种植梅花。湖北沙市章法寺的一株梅花树，就是我在春秋时期的母体，相传为那个"好细腰"的楚灵王所种，真难以想象这个沉溺于女色和征战的国王会有这种雅兴。支遁和尚将我带到与今天相距1600多年的东晋，为了感恩，我破例地每年两度开放，我的母体至今仍留在湖北黄梅江心寺内。在浙江天台山圆清寺内，仍有一株隋梅，是灌顶法师将我带到了那个距今1300多年的年代。唐代开元年所种的一株梅树，至今生长在浙江超山大明堂院内；无独有偶，在云南昆明黑水祠内也有一株唐梅，据说为道安和尚在公元713年所种；人们在这两个地方都可一睹我唐时的芳容。在浙江超山报慈寺内有一株梅树，是我宋时的母体；在这里，我玩了一个小小的花样，将花瓣长成六瓣，比通常多出一瓣，意想不到由于稀罕而格外引人注目。"年年岁岁花相似，岁岁年年人不同。"我看到了一个又一个朝代更替，我目睹了一茬又一茬人事生灭，可以理解人们发出这样的慨叹！

我有着自身的优势，因而能广结善缘。不但与兰、竹、菊有着"君子"之交，而且和松、竹结为"岁寒三友"。"水边篱落忽横枝""又到寒岩放早梅""冰雪林中着此身""一枝清冷月明中"……从这些诗句中可见，无论是石玉山水，还是风花雪月，凡能体现真善美的，我都愿意与之交往。至于我和人的和谐相处更是有目共睹，人们对宋代诗人林逋梅妻鹤子的故事耳熟能详，我和人们的亲密关系就可见一斑。林逋的痴迷令我感动，但客观地讲，我有何德何能，能够取代妻子的地位呢？我只不过是能提供某种令人愉悦的精神享受而已！

和人们赐予我的相比，我回报给人们的简直微不足道。且不说人们的种植栽培，使我繁衍生息，兴旺发达，只是文人们的热情捧场，就使我增姿添彩。

我本有傲霜凌雪的习性，但一句"冰姿不怕霜雪侵"，令我的形象更加丰满；而一句"铁干铜皮碧玉枝"，则使我的外表更加生动了。江姐的一曲《红梅赞》，使我红遍了整个中国；而毛泽东的《卜算子·咏梅》更使我家喻户晓，老幼皆知……感动之余，我只有毕恭毕敬，竭尽所能，调整自己的容颜，改善自己的芳香，给人们更多的愉悦，给人们更多的精神享受。

嗨，三角梅

　　立冬过后，院子里的花草纷纷枯萎，几棵大树更是一片狼藉，树下布满了败叶，枝条则"犹抱琵琶半遮面"，大半个身子裸露着，仅存的一些黄叶在枝头随风飘摇，发出绝望的悲鸣，唱着哀怨的挽歌。当然事情总不是绝对的，几株龙柏依然傲立于院中，相对于那些蔫头蔫脑的草木，枝叶绿得有些刺眼；几簇菊花开得很欢，似乎很中意这种清凉的环境，黄花显得非常明艳；特别意想不到的是，一圈小灌木中间竟有一株脱颖而出，绛紫色的花朵迎寒怒放，鲜艳夺目。每次从院子里走过，都不由自主地迂回几步，在她面前驻足，欣赏她靓丽的姿容。开始我并不晓得她姓甚名谁，经打听才知此乃三角梅。

　　这株三角梅是一棵矮墩墩的小灌木，高为1.5米左右，树干直径也就三四厘米，密密麻麻地生长出许多枝条，其中大多数估计超过了树的高度。枝条纤细柔弱，似藤，有的已经攀援于其他灌木之上；又似垂柳，刚刚向上却又无可奈何地耷拉下来。望着其貌不扬的三角梅，不禁顿生恻隐之心；但见她在凛冽寒风中生机勃勃的神态，心里又萌生出由衷的敬佩。

　　三角梅的枝条上花团锦簇，在绿叶的映衬下，在院子里一片萧瑟的烘托下，十分鲜艳夺目。每朵花由三片薄若绢纱的花瓣组成，花瓣呈三角形排列。花蕊也由三个小柱构成，也呈三角形排列，其中一根小柱戴着小黄"帽"。我的生物知识有限，不知它是不是所谓的雌蕊？更有意思的是，这株三角梅竟然与那几簇菊花和几株龙柏构成一个近似的三角形。难道它们想在这个冬天里三分天下？我不禁对这株雄心勃勃的三角梅有点刮目相看了。

　　物以稀为贵。客观地说，论艳丽，三角梅不如牡丹；论娇美，三角梅不如海棠；论芳香，三角梅不如丹桂。然而无论牡丹、海棠，还是丹桂，你们能在凛冽之中迎风怒放吗？你们能在萧瑟之中独显魅力吗？你们能在恶劣环境下潇洒自如吗？单调的冬天奉献出美丽的色彩，寒冷的环境给人以温暖的感觉，恶劣的环境诱发人们美好的容颜。这就是三角梅的可爱之处，这就是三角梅魅力之所在。

嗨，三角梅！

雪

你似花！你有花的形，你有花的影，你有花的娇，你有花的美。你像茉莉那样洁白，你如稻花那样朴实，你宛若玉兰那样纯洁无瑕，你也仿佛海棠那样淡雅无香。

你非花！不见你的含苞待放，不见你的姹紫嫣红，不见你由绿叶相扶，不见你有美人佩戴，不见你被蜂蝶追逐，不见你任人种盆栽。

你胜于花！鲜花只是点缀山河，你却铺天盖地；鲜花匍匐在地扎根，而你高高在上昂首；鲜花虽流芳吐艳，但你会长袖善舞；鲜花虽能化作春泥更护花，而你也总是溶为春水浇新芽……

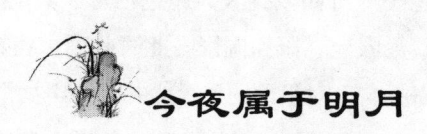

今夜属于明月

今夜是属于我的。不是说以往的夜不属于我，但因为总有一些家务事要处理，时不时又有小孙子来纠缠，夜往往被撕得支离破碎。今夜决定排除一切干扰，恢复其本来的完整面目。做什么？中秋赏月！一切准备停当，关掉电灯，步入阳台，在举头仰望的一刹那，猛然感到今天的夜不归我所有，而是属于月……

今夜的月身着盛装。请看她那形态，是圆满？一副踌躇满志的样子。是团圆？这对于极为重视家庭观念的中华民族也讨人喜欢。是圆浑？也没有什么不好，在唐朝，那个珠圆玉润的杨玉环不是不久就被捧上了天吗？次看她那容光，地道的容光焕发，月华似江流般地倾泻，渗透到每个角落，整个大地被水一般的柔光铺就；夜晚宛若白昼一样明亮，但没有太阳光下的炙热，反倒使人感到有些清凉。再看她的神情，素净和淡雅原本是她的本色，盛装之下，本色未变，只是神态更为华贵，气质更显高雅，令凡夫俗子不敢正眼久久凝视……

　　今夜的月洋溢着古典的韵味。仰望着太空的玉轮，不禁想起了王昌龄"秦时明月汉时关"的诗句。可如今"汉时关"何在？又有几人能知？但"明月"风姿依然地展现在我们面前。她也不是没有变化，而是变化的周期大得多。自秦至今，人事和山河的变化天翻地覆，而月亮的变化可以说是微乎其微。读古人的诗文往往有距离感，唯有吟诵月亮的诗文使人感到亲近和亲切。此时我感到自己如同在秦时的月光中沐浴，在浩瀚宛若海洋的古诗词中徜徉，轻轻地背诵着屈原、李白等人的咏月诗句，一下子拉近了与这些文坛泰斗的距离。

　　今夜的月充满着桑梓的气息。凝视着高悬的玉镜，不禁想起了故乡，想起了童年的时光。那时的夏夜，皓月当空，在老家门口的晒谷坪，坐在竹椅或躺在竹床上，望如黛的山丘，听小溪的潺潺流水声，任如水的月华抚摸。祖母的一把大蒲扇不时为我驱赶蚊子，断断续续地教唱"月光光，上学堂，骑竹马，到九江"的儿歌。那时我感到月亮神秘极了，迷茫地望着那个嫦娥和吴刚的住所，产生过无穷的遐想……可如今我大大超过祖母当时的那个岁数了，而祖母早已进了另一个世界，不禁无限地感慨和惆怅。此时此刻，我想向明月寄托自己对故乡的思念，我想对明月寄托自己对祖母的思念，并问一声：祖母，您在那边过得好吗？

　　我需要明月转达的问候和思念还很多。也许有人认为这是矫情：如今通信这么发达，交通这么方便，打个电话或去一趟不就得了，何必这样婆婆妈妈？其实这不是矫情。像我们这样年纪的人，思念的是童年时的故乡，当然知道已是面目全非了，但明月见过，明月记得。这种思念只能由她转达。其次，不用说长辈，就是同辈亲友，有的也阴阳两隔了，对他们的思念除了明月又有谁能代劳呢？而对有的友人，并不想去打扰他们的生活，但心里却永存着当初的美好记忆，请明月转达一下默默的问候和祝福也是可以的吧？

我想像我这种情况的人很多，明月当然会帮忙。今夜属于明月……

那年的雪

凝望着窗外的雪花纷纷扬扬，我的心海渐渐开始翻腾，涌现出了那年的雪……

那年冬天来得特别早，雪也下得特别大，天气特别冷，很快所有的街道都冰冻了。那时我正值青春年华，骑着一辆28的破旧自行车上班，车在冰面上扭秧歌，车闸也不灵便，与前面一辆自行车追尾了。那间，两个人同时摔倒在地。我连忙爬起来，去扶前面摔倒的人，连连说"对不起"，发现对方竟是一位年轻漂亮的女孩，满脸尴尬。女孩爬起来，拍拍身上的雪花，莞尔一笑，就与我分道扬镳了。

几天后，在单位出现了一张熟悉的面孔，竟然是她……

后来，知道她有一个像雪一样的名字……

再后来，我们常在一起交谈，并常一起走在上下班的雪路上，甚至星期天相约去郊外玩雪。那年的雪好纯净洁白啊，那年的雪真晶莹剔透啊。我的心里也像雪花那样闪光发亮……

漫长的冬天对我来说似乎很短暂，很快就要冰化雪消了。我发现她脸上时有阴霾，神色似乎有些忧郁。几经追问，方知她即将离开这里，随父母到另一座城市去。我一听急得傻了眼，甚至神情有点恍惚。直到她替我擦拭，说"你流泪了"，我才缓过神来，慌忙解释那是雪融化后的水。她安慰我，并说会给我写信。

冰雪消融，春天到了，终于等到了她的信，但信里只是说："忘掉那雪吧……"我发呆，我伤感。良久之后，才开始沉思："凡草木花多五出，独雪花六出"。难道真是因为雪花和一般花草有别吗？难道是因为将雪花捧在手里很快融化，只有远观才能领略她的纯美吗？我的心情长久都难以平复。

凝望着窗外的雪花纷纷扬扬，我的心海渐渐开始翻腾。其实打那以后，每年冬天大雪纷飞的时候，我都要将那些翩翩起舞的舞者在心里做比较，而且硬是觉得那年的雪花更加纯净洁白，晶莹剔透……

昨天的雪

想起了昨天的雪……

早晨起来，就见窗外雪花漫天飞舞，地面和低层屋顶铺就了薄薄的一层纱幔。昨天是什么日子？2014年的最后一天。难道是它即将卸任如释重负，可以恣意发泄了，能够纵情起舞了？昨天的雪看来是一场辞旧的雪。昨天的雪似乎也是一场迎新的雪。这是在一个异乎寻常的超大舞台，举行的一个空前绝后的仪式，欢迎2015的履新；这是用一种极其浪漫的方式，编织着一条无边无际的哈达，庆贺2015的到来……

昨天的雪，也仅过了二十多个小时，自然是眼前的事，所以此时仍感历历在目。昨天的雪，飘落在2014年。而今日已是2015年了，相距已有一年之遥。这样一想，昨天的雪，似乎又真的有些漫漶了……

对于下雪，司空见惯，所以在我看来昨天的雪是平常不过的事。但我一直生活在南方，昨天是我首次认真观察北方的下雪，却也有点新鲜之感。最初的时候，并不觉得异样，雪花翩翩起舞，温文尔雅。不一会儿，就开始乱套了，雪花横冲直闯，有些做着上升的特技表演。正当我有些惊讶的时候，随着风力的加大，竟然像雨丝一样形成一条条直线。不同的是，雨丝是一条条的垂直斜线，而此时所见的是一条条的平行斜线。我不禁有点目瞪口呆。因为我当时处于十几层楼处观察，地面的情况是怎样的呢？急忙下楼去，发现那里更是群魔乱舞，大风甚至将路面的积雪一丝不漏卷向空中，使局面更加混乱不堪。雪花借着风势没头没脑地打来，脸上隐隐作痛。两三个回合，我就败下阵来……

既辞旧又迎新，既在眼前又似遥远，既平常又新奇，昨天的雪就这样收藏在我的记忆里……

| 温情脉脉 |

家是什么

家是什么？

通常说家庭是社会的细胞，就是将家比作生物组织中的细胞。也就是说，家是最基本的社会设置和最基本而重要的群体形式。以此类推，可以说家是物质结构中的原子，或者说是森林中的树木、江河里的水滴……当然这是从社会设置角度来说的。

形象地说，家是曹雪芹笔下的大观园，家是巴金描绘的高家公馆，家是李準的同名电影小康人家，家是黎民百姓的遮风挡雨的栖息之处。家是李白举头望明月，低头"思念"的那地方，家是给杜甫托来"抵万金"的家书那个地方，家是春运期间浩荡大军赶回的那个地方……

家是婚姻关系的产物。男女一旦结合，便形成了家。有了男人这根顶梁柱，家才可以抵御风雨霜雪的侵袭；有了女人这尊旺财神，家才会卓然而立、兴旺发达。失去了顶梁柱，屋宇将倾；离开了旺财神，家将破败。

家是血缘关系的纽带。除了男女之外，一个家尚须有老小。家是哺育儿童成长的摇篮，家也是赡养和孝敬老人的殿堂。虽然儿童需要精心抚育，老人需要尽心孝敬，但如果没有"小"，家便缺少欢乐，而如果没有"老"，家将少些睿智。

萧伯纳说，家"蕴藏着甜蜜的爱"。由于血缘关系，这里充满亲情，所以家是温柔之乡，是消倦、疗伤、养精蓄锐、东山再起的最佳场所。然而萧伯纳又说，"家是世界上唯一隐藏人类缺点与失败的地方"，所以在家这个温馨港湾里是就地抛锚还是重整风帆，就取决于亲情的导向和个人的取舍了。

真是奇怪，我虽然漂泊在外，但组建了自己的家庭，记得早些年一到年底，便思家心切。自己明明不是在家里吗？我当然不是戴着帽子寻找帽子，而是思念相隔久远而又相距遥远的老家——那个童年生活过的地方。顾不得一票难求，也不管旅途劳顿，硬是要行色匆匆地赶回老家。那时毫无疑义地认为，母亲（父亲早逝）所在的地方就是家。一旦离开，就成了游子；一旦失去，就会变成一只孤雁。

母亲早已离开了人间，老家实际上也不存在了，当然返乡次数锐减，但思念之情却总难断根。原来家和家乡的概念密不可分，而因所处的地方不同，对家乡的称呼似乎有些微妙的变化。如今有人问我家在哪里，我的回答是"在江西"；记得在南昌时，有人问我家在哪里，我的回答是"在萍乡"；而在萍乡，有人问同一个问题时，我就告知老家的那个村庄。也许正是因为受到了赣文化的熏陶，至今还存留着萍乡的乡音。童年生活过的那个村庄的山水、草木深深扎根于我的脑海里，所以才会作出以上的回答。我对老家和家乡有着不了的情缘……

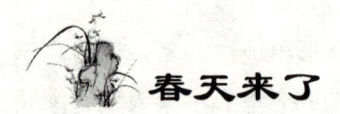

春天来了

春天来了，她被春雷催来。春雷是她的发言人。冬天孕育了她。整个冬季，她深藏在冰盖下面的闺房里，闭门不出，修身养性，梳妆打扮，孤芳自赏。不知是雪床的柔软舒适令她欢悦，还是白雪的纯洁无瑕令她动情，总之在季节变换的时刻，她却有些犹豫迟疑，有些依依不舍，表情有些失落，举止有些懒惰……直到急性子的春雷沉不住气咆哮起来，急不可耐地发表了春天的宣言，把她逼到了没有退路的境地。这时她才冒着料峭寒意姗姗而出了。

春天来了，她被春风送来。春风是她的化妆师。没有哪位绘画大师能有春风那样的大手笔，如此果敢大胆地泼墨。只是不知为什么，所泼出的似乎全是绿色的液体？浸绿了野草，染绿了江南岸边，把原野涂抹成大块大块的绿色。而后淡淡写意出竹外两三枝桃花，轻轻地描绘出墙的那一朵红杏。似乎觉得还不过瘾，于是那支如椽大笔又恣意挥舞，画出了千树万树梨花，写出了漫山遍野的杜鹃花，描出了与湖水相映衬的茸茸樱花……霎时间，春城无处不飞花，乡村山水皆凝碧，整个大地变得姹紫嫣红，绚丽多姿。在这种氛围中，她身着雍容华贵的盛装闪亮登场了。

春天来了，她被春雨迎来，春雨是来迎接她的使者。那湿漉漉的空气，似雨非雨的状态，宛若她含情脉脉的泪花。这是感激的泪水，她感谢那些对春天翘首以盼的人们。这又是感恩的泪水，按照新陈代谢的规律，她亮相江湖意味着上一个冬天的死亡，而那个冬天就是孕育她的母体，如此残酷的现实不免令她感到戚戚然。霏微细雨，润物无声，那是欢迎她的接风酒。正如酒浆能使人精神焕发、神采奕奕一样，细雨滋润促使万物的蓬勃生长。她的羽翼逐渐丰满，呈现出成熟的韵味和魅力。而那些淅淅沥沥的春雨，则为她举行了洗礼。荡涤了灰尘，洗尽了铅华之后，她愈发秀丽清明，呈现出更加迷人的风采。

她披着春光而来。明媚的春光令她容光焕发，艳丽的春色赋予她高雅的气质，而慈祥的春晖使她具有了温柔亲切的秉性。她踏着春潮而来，仿佛在召唤弄潮儿，昭示长江后浪推前浪，诠释着青出于蓝而胜于蓝的理念。

她怀着春心而来。充满着相思的情调，这种情调既包括男女之间的相亲相爱之情，也包含着对亲人、对朋友、对故乡、对祖国乃至对一切美好事物的思念之意。同时又洋溢着浪漫色彩，容易让人想到童心复萌、青春焕发、老当益壮这些词语，使人意识到春天是筑梦、织梦、追梦的大好时光……

春天是一个特定的时间段，属于时间的范畴。时间的本质是无情的。"青山遮不住，毕竟东流去。"这描绘流水的诗句，何尝不是对时间的写照！时间也像流水一样，从不回头地向前，义无反顾地流逝。2013年过去了，谁有本事将它拉回来吗？然而时间的形式又是花哨的，时间的现象又是浪漫的。它把一年分为春夏秋冬四季，年年有春夏秋冬，给人以时间轮回的印象：失去了一个春天，不是还有下一个春天吗？使人有一种温情脉脉充满希望之感。

一个温情脉脉而又充满希望的春天来了……

冬

寒冷，单调，无情，一个事物有其中的一项评价都已够呛，而你却集三者于一身。你是谁？

当天高云淡、大雁南飞的时候，我就预感到你的来临；当寒风飕飕、横扫败叶的时候，我似乎感觉到了你的逼近；当原野萧瑟、行人渐少的时候，我恍惚瞅见你若隐若现的身影。然而尽管天气一天比天冷，但我还是拿捏不准你到底来了没有？只是当第一片雪花飘落下来的时候，我才毫不怀疑你的到来，原来我早已躺在你的怀抱之中了……

雪花是你在视觉上的标志。眼见为实——还真颠扑不破，纷纷扬扬的雪花，是你呈现在人们面前的实实在在的容颜。猛烈的西北风是你急促的呼吸，听似咆哮的声响，就可知你是一条粗犷的汉子。冰凌是你的骨骼，见到它们就使人联想起铮铮铁骨的硬汉。白色成为主色调，是因为你皮肤白皙，还是你确实是一位名副其实的白衣秀士？冷静沉着是你的性格，玉洁冰清是你的气质，纯洁无瑕是你的理想和追求。而你似乎也粗中有细：当白雪皑皑之中呈现梅花点点的时候，我才知道你也有高雅的情调——原来也喜欢梅的暗香疏影。

梅花的出现似乎驳斥了那种认为你色彩单调的说法。而傲然屹立的松柏和无边无际的竹海提供了强有力的旁证，还有北国美轮美奂的冰雕和晶莹剔透的雾凇，其实雾凇不仅限于北国，很多地方都有，庐山的雾凇也颇为壮观。加上你在南疆的表现是那么生意盎然，处处青枝绿叶和花团锦簇，简直可以与春季相媲美。综观这一切，不能不说你也丰富多彩。

寒冷无疑是你的特征。我虽然生长在江南，但也是一个并不鲜见冰雪的地方，领略过它的威力。记得有一年为冰雪所阻，就曾滞留于赣州数日。我虽然没有去过祖国最冷的地方——漠河，但体验过哈尔滨零下25℃的寒冷，若在户外活动，身上的装备少一样也不行。在那里还有一件事给我留下了深刻的印象：一天上午去一个室内滑冰场，偌大的滑冰场仅一个六七岁的孩子在场地纵横驰骋，身着单薄的运动衣与我裹着的军大衣两相对照，异常感动，一股暖流涌上心头，顿时感到了你的温暖。后来当了解到广阔无垠的原野之上，那一片茫茫白雪的覆盖之下，竟是幼小嫩绿的麦苗时，更是想象到你那精心呵护麦苗的温暖胸膛。而我在南国的时候，发现你似乎与春天并无二致，不见冰雪，反倒感到若有所失。但也就在此间，我确信你不仅与寒冷相伴，而且和温暖相随！

无情是你的秉性吗？固然自然界有一些东西难以适应你的寒冷。然而新陈代谢和吐故纳新是普遍规律，你对落后的、陈旧的和腐朽的事物冷峻、严苛和无情，乃是对先进的、新生的和鲜活的事物热心、宽容和有情。尤其是你在华夏大地衍生出一个特殊的日子——春节，在这个日子里，没有山高，没有路远，没有隔膜，没有寒冷。只有犹如春潮涌动的爱情，只有升华到巅峰极致的亲情，只有迸发出灿烂火花的友情，能不说你情深义重吗？

既寒冷又温暖，看似单调却也多彩，道是无情却有情。这就是我心目中的你——冬！

春节，你好

春节，你好！

在地球上十几亿人的翘首以盼中，当中华大地处处摆好了隆重欢迎的阵势，家家户户准备好了丰盛的迎宾宴席，你的心里乐开了花吧？是的，世界上有哪一个贵宾能享有这种礼遇！怪不得你派头十足，开场锣鼓响了很久才姗姗而来。你还是一如既往的模样吗？

从小时候起，我就欣赏你的红红火火。那时我们在农村老家住的是土砖屋，尚不能完全抵御寒风。寒冬腊月，屋里屋外的温度差不多，冷得够呛。但到你来临前夕就不一样了。为了迎接你的到来，烤火房常常是暖洋洋的。"三十晚上的火，十五晚上的灯。"除夕晚上，烤火更是家家户户必备节目。往往是烧一个早已晾晒干了的大树蔸，整个晚上都不用添加柴火。全家人围绕树蔸坐成半圆形，谈笑风生，暖意洋洋，不时又有些果点端上，即使困倦得不行也不愿离开，守岁甚至守一个通宵，等待着你的到来。望着标志着充满希望的红彤彤的火苗，想着门窗外预兆着祥瑞的皑皑白雪，憧憬着一元复始的你将带来新气象，一家人似乎满怀喜悦。

从小时候起，我就喜欢你的热热闹闹。"伢妹仔（家乡对小孩的俗称）盼过年"是家乡广为流传的一句俗话。说过年实际是和你联系在一起的：你和鞭炮齐鸣联系在一起，你和烟花绽放联系在一起，你和锣鼓喧天联系在一起，你和粉墨登场演大戏联系在一起，你和贴门神、写对联联系在一起，你和耍龙灯、猜灯谜联系在一起……对于孩子们来说，你还和新衣裳、压岁钱联系在一起。当然压岁钱是随着时代变化而水涨船高的，我们小时候的压岁钱仅有几元几角而已。由于经济条件和物质条件的制约，我们小时候往往只有过年才可能穿上一件新衣服，难免会有点嘚瑟。吃也是一样，如今只要想吃，天天可以吃肉，我们小时候过年过节才是改善伙食的大好机会。最热闹的恐怕是大伙登门串户拜年，像滚雪球一样，人数越来越多，把欢度新春的活动推向高潮……

长大以后，我则更注重你亲情的内涵。由于长期漂泊在外，亲人和故土常萦绕在心头。这种情绪在你来临之际会达到顶峰。记得早些年除夕那天的某个时刻，街上几乎没有行人，仅我在踽踽独行，听着此起彼伏的鞭炮声，望着张灯结彩的景象，心里却萌生出失落和凄凉的滋味，泪水也情不自禁地夺眶而出。在这种氛围中过春节，索然无趣，食不甘味。此时我才意识到：你并不只是一个硬邦邦的日子，你只有和故乡联系在一起才有生气，你只有在亲人中间才显示出活力。后来在外建立了自己的小家，这种情绪有所缓解，但并未得到根本的改观。我还只是在国内漂泊，如果以年为单位，隔三差五还可以踏上故土与亲人团聚，心情尚且出现异样，难怪一些海外游子心灵会有扭曲。曾经由于某些原因，他们对于故土和亲人的团聚已经绝望，因而发出撕心裂肺的悲鸣："葬我于高山之上兮，望我大陆；大陆不可见兮，只有痛哭……"就更可以理解了。

　　如今我则更关注你的文化意义。只要看看你来临之前的春运，车站码头人流如潮，火车飞机往来如梭，往往还是一票难求；只要看看一条游龙似的摩托车队，顶着飞雪寒风，跋涉几千公里，奔向故土亲人……就可知你不只是一个单纯的日子。你是中华文化的一个独有的现象，你是凝聚中华民族的一条无形的纽带，你是亲情集中到极致的标志。何朝何代、何党何派，谁不对你毕恭毕敬、顶礼膜拜？至于有的人，一方面陶醉于你所提供的物质享受和精神享受，另一方面又妄图脱离中华民族，简直是虚伪之极、可笑之极。

　　时间无限，你也无限。但是上苍赋予每个人与你相见的次数却是有限的。盘点一下，我所库存的次数应比已经过去的次数少得多了。所以你再次光临，难免会有一点点惆怅和一丝丝伤感掠过。但与老朋友重逢，我还是要亲切而又深情地说一声：

　　春节，你好！

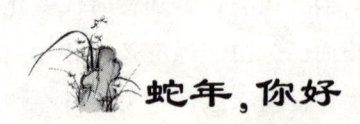

蛇年，你好

　　当龙年在灰霾中消失，蛇年伴着春曲来到了！顾名思义，蛇年是以蛇为象征的。记得进入龙年的时候，的确热闹非凡。一句"龙凤呈祥"，引来登记结婚的人扎堆；一句"望子成龙"，使得一些女士千方百计要怀上龙宝宝。颂扬龙的好词连篇累牍，但称赞蛇的词语却寥寥无几，只有一句"金蛇狂舞"——恐怕也只能算中性的吧？其实何必望文生义呢？所以我要大声说：蛇年，你好！

虽然龙的名气很大，但它是虚幻的，是水中月，是镜中花。试问有谁见过龙？但一辈子都见不到蛇的人恐怕少之又少，因为蛇是真实存在的。在以蛇为象征的年份，希望真能少说空话，多干实事，所以我要说：蛇年，你好！

虽然龙很有威严，但它是高高在上，遨游云端，眼睛上仰，不食人间烟火。而蛇生活在地上，活跃于草丛，饱尝人间冷暖，体会世态炎凉。在以蛇为象征的年份，希望真能关心最底层、最弱势的人们，所以我要说：蛇年，你好！

虽然龙很有气派，但它是单调的，如天马行空，独往独来，不与异类为伍。而蛇的种类有数千种，形形色色，丰富多彩。在以为象征的年份，希望我们的生活能蒸蒸日上，多彩多姿，所以我要说：蛇年，你好！

此时我又找到一个词语——飞鸟惊蛇，完全是褒义，虽然指的是炉火纯青的草书，但我希望新的一年更上一层楼，交出一份炉火纯青的答卷。所以我还是要大声说：蛇年，你好！

落日赞

对司空见惯的现象就一定熟悉吗？未必！比如一年365天，除了天阴和下雨，哪一天不见日出日落？对于日出，有过两次特意观察的经历：一次在普陀山观海上日出，另一次在庐山含鄱口观鄱阳湖日出。但始终未对落日特意观察过，当然就讲不出一个所以然来。直到有一天——

那是一个秋日的傍晚，我登上天台去收晾晒的被褥。此时正逢夕阳西下，落日悬挂在远山与天际相连的地方，像一轮金镜，先为白色，次为黄色，再是橙色，继而定格为红色，各种颜色变幻和运动，是什么时候转换的都难以界定。她最初像万"箭"齐发，仿佛在警告人们不得久久凝视其熠熠生辉的形象；又像抛撒出无数支彩笔，把周围的天空和浮云涂抹得色彩缤纷。云彩受光的一面闪闪发亮，背光的一面则显得有些黯淡。再把目光收回来，整个天台仿佛变成了一个彩光的泳池。我在其中沐浴，全身被彩光浇得"湿漉漉"的。身着的粗布衣衫变得闪亮，那条丝绸被面更是流光溢彩。而天台上那些绚丽的花草，此时也显得更加明艳……我不禁被落日的景色迷住了……

请看西部的半边天吧，落日当然是主角。彩云簇拥着她，晚霞烘托着她，背景是一张硕大无比的彩色天幕，似正在准备徐徐降落，等待我们的主角隆重谢幕。朝西俯瞰大地，好像涂抹了一层厚厚的油彩，远山、房屋和草地都闪闪发亮。河水泛着粼光，仿佛在向落日递送秋波；摇曳的树木飒飒作响，是在朝落日欢呼鼓掌？这是一场多么深情的告别啊！此时见天空有孤鹜翱翔，在我视野中有几个来回，大概也是向落日道别致意吧？按理说人类受其恩惠最多，但他们对落日似乎无动于衷，仍然忙乎着各自的活计。好在落日也不理会和计较，意欲毅然地离去，其洒脱真令人肃然起敬。此时此刻，我凝望着圆圆的落日，不禁感叹：这是一个多么圆满的结局啊！

圆满是一个多么诱人的字眼啊！希望理想、事业、爱情、生命能像落日那样，都有圆满的结局，不也是每个人的追求吗？我想作为一个普通人，也许难以做到十全十美，理想、事业、爱情都有可能留下遗憾。但无论如何，总要让自己的生命有一个圆满的结局吧？

对于落日，以往从未认真观察过，当然就讲不出一个所以然来。初识落日，我就忍不住要赞美她……

落霞颂

当夕阳沉下山去，举目遥望，才理清楚落日磨磨蹭蹭、拖泥带水、依依不舍，久久不肯离去的原因。

原来方才举行过一次告别盛典。你看，原本湛蓝的天空着上了艳丽的裙裾，红色地毯直铺到天际与大地相连处，舞台上彩色的幕布也还来不及卸下……柔曼缠绵的云彩，那是落日的深情回眸；色彩绚丽的云霞，那是落日泪珠的闪光。当晚霞似乎终于被黑夜吞噬后，它们便化作满天星星眨着眼睛遥报平安……

这场盛典，与其说是与落日的隆重告别，还不如说是落霞的亮相和表演。落霞送别落日，意味深长而又回味无穷……

赞美一滴水

一滴水是渺小的，渺小得容易被人忽略；一滴水是平凡的，平凡得容易被人无视。然而我却想赞美它……

记得童年时老家门前有一条蜿蜒的小溪，算起来应该是长江的第五代支流。它是由许多沟壑的潺潺流水汇流而成。我曾探求过其中一条沟壑的源头。它傍依着山麓而行，沿途随处可见有细微的水流渗入沟壑。沟壑的尽头，竟然是一块并不很大的峭壁，布满了青苔，布满了纵横交织的藤蔓。有些藤蔓上挂着晶莹剔透的水珠，颇有节奏地纷纷坠下，原来的地方过不了多久又变得充盈起来。而那些留在枝头的水滴好像泪珠，正含情脉脉地闪耀着泪光，仿佛正面临一场生离死别……我忘不了那些水滴，似乎一辈子都在滋润着我的心田。它们如今何在呢？当然大多是被人当作农业、工业和生活用水消费掉了，但总有一些排除千难万险，进入层层的支流，注入波涛滚滚的长江，最终汇入海洋，成为组成海洋的一分子。一滴水获得了永生，成为永恒，包含着浩瀚，能不值得赞美吗？

我赞美一滴水，也因为它体现着壮观。在庐山游览，当然要去观赏三叠泉。"一练三帘万玉珠，奋迅奔腾数十里"，三叠泉水石兼美，气势磅礴，瑰丽壮美，为庐山第一奇观。望着瀑布倾泻而下，坠落深潭，飞琼泻玉，溅银跳珠，既感到赏心悦目，又有一些惊心动魄。深潭周围，水雾弥漫。站在那里一时竟分不清自己是在水中呢，还是在岸上？此时一颗水珠溅到脸上，想到它们创造了这一壮观的场面，我就不忍心擦拭，任其流入口中，心里不禁发出由衷的赞美。

我赞美一滴水，也因为它呈现出美丽。曲院风荷是西湖十景之一。在那里，夏日可欣赏到"接天莲叶无穷碧，映日荷花别样红"的美丽画面。在欣赏荷花之余，我总喜欢将目光停留在荷叶上的水珠上。它们珠圆玉润，活跃宛如水银，在阳光的照射下，散发出五彩缤纷的光芒，璀璨夺目。倘有微风吹拂，荷叶轻轻摇曳，一旦失去平衡，水珠便会迅速坠入湖中。我嘴里不由自主地会"哎呀"一声，惊叹之中夹杂着赞美，惋惜美丽的陨落！

我赞美一滴水，也因为它还显示出力量。记得我以前参加防洪抢险，在大堤上巡视，最忌讳就是遇到管涌，也就是大堤有水渗出。所谓"千里之堤毁于蚁穴"，首先渗出的也不过是一滴水，不知它是危险的制造者呢，还是前来通报危险的使者？总之它关系到全局，吸引了许多人的注意。一滴水竟有如此巨大的威力，能不值得钦佩和赞美吗？

我赞美一滴水，因为它甚至还反映一个人的情绪。紧张的时候，沁出的汗珠是一滴水；惊恐的时候，冒出的冷汗是一滴水；悲伤的时候，流出的眼泪是一滴水；兴奋的时候，热泪盈眶还是一滴水……

当然一滴水只有置身于海洋，才与浩瀚相关；一滴水只有奋不顾身，才与壮观相连；一滴水拥有太阳的照射，才与美丽相融；一滴水只有连续不断，才与力量相通；一滴水只有与人相随，才能与人的情绪相伴……然而我还是要赞美一滴水！我赞美一滴水，同时也是赞美社会上那些普普通通的人们……

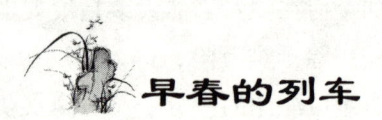

早春的列车

时值正月，序属早春，我赶到贵阳去过元宵。广州的天气已很暖和，在乘车前往火车站的时候，看见沿途的街树几乎全披新绿，间或还有鲜艳的花朵招展，仿佛在向人们传递浓浓的春意。等上了火车，车厢里更是暖意融融，虽然也有穿棉袄、穿皮衣的，但年轻人已着短袖T恤。看来春天确实来了。

在对号入座和安置行李忙乱了一阵之后，车厢里渐渐安静下来了。多数旅客在摆弄手机，也有人利用笔记本电脑玩游戏。我则打开带来的《广州日报》浏览起来。由于眼睛老花，即使戴上眼镜，看得时间稍长也感吃力，如今读报多数情况下只是读标题了。所以尽管《广州日报》是厚厚的一沓，还是没有花多少时间就读完了。

此时才注意到对面的女子正在打电话。女子打扮入时，属于打工一族。女子由于在外时间太长，婚姻出现了危机，赶回家去处理。不是我有意关注别人的隐私，而是她讲话毫无顾忌。家家有本难念的经，人人有出错综的戏。从家乡外出务工，各有想法，各怀目的，当然会有所得，但也会有所失，到底得多还是失多？只有自己心里知道啊！

一位年轻的妈妈背着一个孩子，手上还牵着一个孩子，紧跟在列车员身后。原来她一人带着两个孩子，却只买到一张上铺车票，希望列车员帮她换到下铺来。正在列车员感到为难之际，一位穿短袖的小伙子主动表示愿意交换位置，难题迎刃而解了。列车员连忙道谢，年轻妈妈更是谢声不止，大家也投以赞许的目光……

一波方平，一波又起。突然听到"哎呀"一声。原来是隔壁的一位老太太不小心打翻了茶几上的杯子，杯子里装的是黏稠稠的营养品，全都洒在放在茶几下边一只崭新的拉杆箱上，而箱子的主人就是坐在老太太对面的一位年轻姑娘。正当老太太连声说"对不起"，且有些手足无措的时候，正当我以为姑娘要发作的时候，没有料到姑娘却淡淡一笑，轻描淡写地说了一声"没关系"，便埋头用纸去擦拭箱子了。老实说，我有一点想责备老太太的不小心，但没有说出来；我也想赞许那位年轻姑娘的涵养，也没有说出来。夜来临了，我通常在火车上都是要失眠的，但这一夜却睡得很好。

其实列车也是一个小社会，随时都在演绎着各式各样的故事。早晨起来，由列车上的厕所又引发出一段小插曲。一个孩子要上厕所，年轻的母亲抱着去如厕，可是厕所有人，而且总不出来。小孩子哪里等得，稀里哗啦全拉到了厕所前面的过道上，年轻母亲的脸涨得通红，很是尴尬。这时正好有列车员出现，满以为会迎来一阵呵斥声。不料列车员却幽默得很，大声说："金蛋，金蛋，恭喜发财！"周围的人紧跟着笑起来，紧张的气氛顿时缓和下来了。

朝阳照射进来，车厢里很温暖，很融洽，很和谐。我有一种舒适、轻松的感觉，我喜欢这种氛围，我赞美这种氛围。不知是春天带来了这种气氛，还是这种气氛促生了春天？就在一种绵绵的思绪交织之中，列车驶入了贵阳车站。贵阳仍然春寒料峭，但今天见到了久违的阳光，使人感到了些许温暖。看来春天真像进站的列车一样，虽然脚步徐徐却势不可挡地来临了……

去"偷"点时光吧

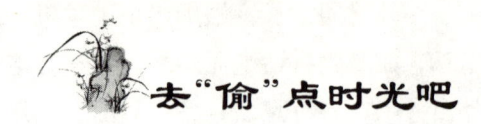

因曾有博文被剽窃，联想到日常生活中，谁不对小偷咬牙切齿？又联想到杜甫在《茅屋为秋风所破歌》中，把那些"公然抱茅入竹去"的顽童也斥之为"盗贼"，不免有些耿耿于怀。其实仔细想来，对于"偷盗"行为，也并非全是值得非议的。

记得曾经喜欢《十五贯》，那是一个传统昆曲曲目，由"偷盗"而演绎的一个故事。很多的巧合，很浓的戏剧性，故事跌宕起伏，情节引人入胜。剧中人物尤葫芦为生计借来十五贯铜钱，因一句戏言将其继女苏戌娟气得离家出走。输得精光的赌徒娄阿鼠路过尤家，偷走了十五贯钱并杀死了尤葫芦。外城伙计熊友兰为主人收账得十五贯钱，巧遇苏戌娟问路，两人被众人误认为凶手扭送官府。知县不问青红皂白将两人判成死罪。苏州太守况钟是此案的监斩官，在复查此案中察觉罪证不实，以官职担保，求得重审。为寻求真相，况钟亲临案发现场，并假扮算命人引娄阿鼠上钩，探得案情真相……虽然也痛恨娄阿鼠的狡猾和凶残，但这里"偷盗"成为故事中不可或缺的部分，也许是爱屋及乌，对于艺术化了的偷盗憎恨似乎有些淡化了。

读《三国演义》，也被蒋干盗书的故事所吸引。曹操亲率百万大军，驻扎在长江北岸，意欲横渡长江，直下东吴。东吴都督周瑜也带兵与曹军隔江对峙，双方剑拔弩张。曹操手下的谋士蒋干，因自幼和周瑜同窗读书，便向曹操毛遂自荐，要过江到东吴去作说客，劝降周瑜。结果周瑜设下计策，曹令蒋干盗得假的曹操水军都督蔡瑁、张允给周瑜的降书。蒋干献书曹操，令斩了蔡瑁、张允。读后为将计就计的周瑜拍案叫好，为聪明反被聪明误的曹操而遗憾，为无辜的蔡瑁、张允被杀而惋惜，为这个误事的蒋干而慨叹。蒋干盗书也成为茶余饭后有滋有味的谈资。

《盗仙草》讲的是金山寺僧法海拆散许仙与白素贞美满姻缘的故事。为达此目的，法海告诉许仙白素贞为蛇妖所变。许仙听从法海之言，在端午节劝白素贞饮雄黄酒。白素贞现出原形，许仙惊吓而死。为了救活许仙，白素贞潜入昆仑山，去盗取灵芝仙草，遭鹤鹿二仙阻止，白素贞被打败。恰在此时，南极仙翁出于同情而赠以灵芝，救活许仙。这里"偷盗"完全是正义之举了。至于孙悟空偷王母娘娘寿宴上的蟠桃，那是弱小对强权的挑战，更值得赞许，一想起来就不禁会发出会心的微笑。

唐代诗人李涉的《题鹤林寺壁》诗："终日错错碎梦间，忽闻春尽强登山。因过竹院逢僧话，偷得浮生半日闲。"在诗人的笔下，"偷"变得雅致起来。

有一种"偷盗"却免遭非议，那就是偷盗时光。西汉匡衡少年时勤奋好学，因家贫困，夜读无烛。邻居每晚点烛，匡衡便凿穿墙壁，使邻居的烛光照入而夜读。由于刻苦攻读，后来他终于成为西汉有名的经学家，以解说《诗经》著称于世。汉元帝时官至丞相，封乐安侯。这就是凿壁偷光的故事。东晋大画家顾恺之，亦工诗文，对艺术的追求往往超出常情，时人称其为"三绝"（才绝、画绝、痴绝）。顾恺之常在月下反复吟咏自己的诗作，邻居谢瞻常隔墙称赞叫好。见有人赞赏，顾恺之愈是兴奋，吟咏更加卖力，至深夜也不知疲倦，而谢瞻早已昏昏欲睡，不得已只好请一个人代之捧场，顾恺之竟毫不知情。这就是夜咏达旦的故事。还有一位晚唐的皇帝唐文宗李昂，面对风雨飘摇的唐王朝，励精图治，企图振兴。他说："若不甲夜（初更时分）亲事，乙夜（二更时分）览书，何以为人君耶？"不管结果如何，有这种想法就很不错。所有"偷盗"时光（"偷光"实质也是"偷"时光）的行为都是值得人们称道的。

看来偷盗亦有文野之分，亦有高下之别。娄阿鼠式的偷鸡摸狗属于下三滥，而"偷盗"时光则是高尚的行为。为什么呢？因为时光就是一个最大的"小偷"，它"偷"走了我们的容颜，它"偷"走了我们的青春，甚至要"偷"走我们的生命。我们去它那里"偷"，实际上只是索回原本属于自己的东西，完全是正义之举！曾经被小偷光顾的人往往长久都会耿耿于怀，而对时光这个最大的"小偷"往往熟视无睹。让我们正视和不要放过这个最大的"小偷"，去"偷"点时光吧！

岁月留痕

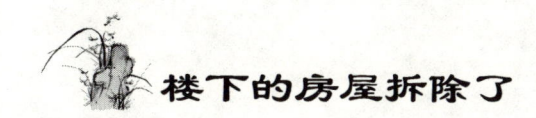

楼下的房屋拆除了

楼下的房屋拆除了。

昨天上午,突然听到轰鸣声。循声望去,只见两台挖掘机正在对北面楼下的房屋"动武",一旁的一辆消防车也在不停地喷射出强大的水柱降尘。仅一个上午的时间,靠得最近的一排房屋便被拆得七零八落,夷为平地了。

楼下的房屋拆除了,这是意料之中的事。拆除的房屋是几排厂房,在新建的时候,所在地十分荒凉,尽管是厂房也还是有些气魄。后来这里划为新区,临近建起了几幢高楼,厂房似乎为有这样华丽的建筑作为衬托感到高兴,有些容光焕发。后来高楼越建越多,甚至将厂房团团围住,大有鸠占鹊巢之势,厂房似乎有些迷惑。它确实显得猥琐了,也许自惭形秽,于是萌生退意。就连我这个冷眼旁观的人也看得出来。

楼下的房屋拆除了,我的心情有一些矛盾。既为厂房,难免有机器的轰鸣,谁不希望排除噪声的干扰?何况高楼连成一体也显得整齐漂亮。但是因为厂房低矮,视野比较开阔,所以我常朝北面凝望。我与厂房为邻有些年份了,一旦诀别,还真感到若有所失。

当第一排厂房拆除后,只剩下一些树木,零零落落立在空地上。我不知这些树的名字,看起来很普通,树干也不粗壮,树枝却尽量伸展,靠近我居所的甚至超过了七八层楼高。这些树至今还是枯黄的,枝条上许多的疙瘩像是蓇葖。院子里的树木花草早已绿意盎然,它们怎么还在沉睡呢?但仔细观察,也发现枯黄之中有少许新绿。这里肯定要建高楼大厦,我很担心这些树的命运,当然还有树上的鸟。这个城市的可爱之处,在于名副其实的鸟语花香。最近一两年,一只红嘴蓝鹊便是居所北面阳台对面树上的常客。初来时,它有些胆怯,总是警惕望着我;很快就对我的凝望毫不介意,甚至飞到我的阳台上摇头摆尾,我们之间仅隔着一层玻璃……今天早晨,它又来到了树上,立在那里一动也不动,表情木然,神色落寞。我想它是来告别的,不禁从心底里吐出"珍重"二字为它祝福。虽然城里不乏树木,但羁鸟恋旧林啊!

楼下的房屋拆除了，视野显得更加开阔，地上堆满了断砖瓦砾，显得空空荡荡。然而我的心里似乎也是空空荡荡的……

朝拜大佛寺

今年在广州过春节。正月初一，老伴说到北京路转转。谁知来到熙熙攘攘的北京路之后，她又把我带进了大佛寺。我有些纳闷。

"南朝四百八十寺，多少楼台烟雨中。"由于历史的原因，在人们的一般印象中，那些寺庙应该藏身于幽静的山林才是。所谓"丛林"成为佛寺的代称，恐怕也与此无不关系。但号称广州五大丛林之一的大佛寺，不但已和山林毫无瓜葛，而且巍然屹立于广州最繁华的商业区——惠福东路与北京路交会处，不能不令人感到惊奇。也许置身滚滚红尘，更能看透红尘；也许直面芸芸众生，方可普度众生！如此闪亮登场，卓尔不群，不禁使我想起了出淤泥而不染的莲花："其姿展挺，日艳且鲜；其貌熙怡，傲然独立；其根如玉，不着诸色；其茎虚空，不见五蕴；其叶如碧，清自中生；其丝如缕，绵延不断；其花庄重，香馥长远；不枝不蔓，无挂无碍；更喜莲子，苦心如佛；谆谆教人，往生净土。"这不就是对大佛寺的绝妙写照吗？

其实大佛寺也像一株古藤。沿着那饱经沧桑的藤蔓，可以窥视大佛寺的兴衰。藤蔓勃发的一段，那是一千一百多年以前留下的印记。当时南汉政权的统治者刘岩(后改名为䶮)尊崇佛教，为与天上二十八星宿相对应，他在羊城的东南西北四方，各兴建了七间佛寺，统称"南汉二十八寺"。而大佛寺的前身叫做"新藏寺"。时光荏苒，朝代更替，"南汉二十八寺"基本上都已偃旗息鼓，只有新藏寺成为唯一的幸运儿得以保留下来。藤蔓中那近乎枯槁的部分反映了宋代的情景，当时新藏寺已基本荒废。至元代，新藏寺又易名为"福田庵"，并且进行过一次重建。古藤又萌发了新枝，并且逐渐粗壮起来。因为明代对新藏寺又进行了一次较大规模的扩建，再度易名为"龙藏寺"，始与光孝寺、六榕寺、华林寺和海幢寺号称广州"五大丛林"。然而好景不长，古藤又开始萎缩，似经过硝烟的洗礼而变得伤痕累累。公元1649年，清兵征讨广州，遭遇南明军民的顽强抵抗，围城达十个月而不得入。于是清兵统帅尚可喜下令纵火焚城，龙藏寺也未能幸免而化为灰烬。到了1663年，也许是民意难违，也许真有"放下屠刀，立地成佛"一说，总之尚可喜又主持重建了佛寺……

"大佛寺"的名称便始于此时。由于当时重建参照了京城官庙格局，因此颇具规模。其中大雄宝殿更是气势雄伟，殿中供奉的三尊大佛像，均以青铜精铸，各高六米，重十吨，堪称岭南之冠。由于有了这三尊大佛像，大佛寺之名便不胫而走。其实我以为，大佛寺的"大"，与其规模也是相称的。当年我曾在大德路住过，与惠福路毗邻，实际离大佛寺很近。逛北京路时，也多次从外面打量过，那时寺内很逼仄，所以从没有进去过。此次重来，才发现里面其实很宽敞，原来是近年又花费五亿余元进行了修建的结果。不但扩大了规模，而且除观音殿和地藏殿将于今年竣工外，其他殿宇都整修一新。特别是新建了一幢面积达18838平方米的佛教文化中心大楼，这对于佛教文化的传播和普及将发挥重要作用。

前来朝拜的人非常多，有的捐钱献物，有的顶礼膜拜，有的默默期许……人人态度虔诚，个个表情肃穆，气氛凝重安静，不由得使我联想起初入小学时的情景。其实按照佛家的说法，通俗地说，佛好比一位校长，菩萨就是老师，学生对老师恭敬是顺理成章的事。人的一生，不如意事十之八九，也就是说，苦难和烦恼伴随着人生。作为老师的菩萨就要是用他们觉悟到的道理来教化众生、觉悟众生，并以大慈大悲之心，帮助佛来度脱众生，使之摆脱烦恼，脱离苦海。从这个意义来说，大佛寺又宛如一所学校。我看到寺内走廊上摆放的各种典籍，还有许多光盘，可以任意让人索取；寺内还办有一份叫《如是雨林》的佛刊，印刷精美，索要者遍及全国，更加感到大佛寺是一所开放的学校。

几个大殿挤得水泄不通，寺方派出许多人员进行疏导才得以缓慢蠕动。在这种氛围中，使我在感受到佛庄严雄伟的同时，也感受到了佛的亲切慈爱。不仅如此，短短的时间内，还使我对于佛教的一些错误概念和片面认识得到纠正和澄清。比如"南无阿弥陀佛"中的"阿弥陀佛"，我一直以为就是佛祖，此时才知他是另一尊称作"无量的光明"的佛。当念佛的人临终时，阿弥陀佛和观音菩萨、大势至菩萨就充当使者，将其接往极乐世界。再如人们常说的"孙悟空一个筋斗十万八千里，却翻不过如来佛的手心"，我也以为"如来佛"就指佛祖。现在才知道，"如来"是一个通用名词，意即"如实而来"，如释迦牟尼佛可称释迦牟尼如来，阿弥陀佛可称阿弥陀如来。另外，我也曾把佛教"五戒"中的"不杀生"绝对化。现在才知,所谓"五戒"是对个人而言的,而依法对罪大恶极的人进行惩处并不与佛教的戒律相悖。推而及之,对诸如制造南京大屠杀那样的恶魔予以歼灭,我认为与佛教也不矛盾。

这时我也弄清了老伴带我来大佛寺的原因。原来在我去贵阳以后,她皈依了佛门,当然不出家。她怕我持异议,所以以这种方式予以告之。其实我能说什么呢?宗教信仰是个人的自由,何况年纪那么大了,只要做自己顺心的事就行。再说佛教对我国思想、文化、文学、艺术等诸多方面多都产生过深刻影响,佛教文化实际上已经融入了中华文化,并成为中华文化的一个有机组成部分,比如汉语中的"大千世界""真谛"等许多词语都源于佛教。这不禁使我忽然想起已故的中国佛教学会会长赵朴初讲的一个故事。他在陪同毛主席接见外宾时,在外宾到来之前,毛主席问他:"佛教有这么一个公式——赵朴初,即非赵朴初,是名赵朴初,有没有这个公式呀?"他说:"有。"毛主席又问:"为什么?先肯定,后否定?"他回答:"不是先肯定,后否定,而是同时肯定,同时否定。"此时外宾来了,谈话中断……毛主席与赵朴初先生探讨的是佛教里的哲学问题,可见佛教文化的博大精深。老伴成为佛教信众,能够接触如此博大精深的佛教文化有什么不好呢?而正是因为感到佛教文化的博大精深,我还不敢贸然前往探幽,也许就是所谓缘分未到吧?相信会得到大慈大悲的佛和菩萨的理解和宽容。南无阿弥陀佛!

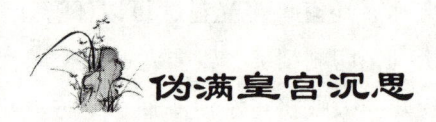

伪满皇宫沉思

当滂沱大雨倾泻而下的时候,我仍打着雨伞,按图索骥,七拐八拐,终于来到一群灰褐色建筑物面前。这就是我要寻访的地方——伪满洲国皇宫旧址。

举目打量这些有别于现代新潮建筑的楼房,简直不敢相信这里会是"皇宫"。因为在我的印象中,皇宫应当气势恢弘,金碧辉煌。而眼前这些灰房子,不但极为普通,甚至有些令人感到压抑。我不由得顿生迷惘。然而仔细想来也没有什么奇怪:"满洲国"是什么东西?它只不过是日本侵略者扶植的一个傀儡政权。主子一声吆喝,奴才就俯首帖耳。日本鬼子把一个盐仓改建充作

"皇宫",傀儡皇帝除了将就岂敢说个"不"字!

跨过伪满皇宫的大门,进入称作"长春门"的正门,便置身于这个主体分为东西两重大院的"皇宫",一种冷清寂寥的气氛顿时笼罩过来。室外风雨交加,但"皇宫"内还是显得寂静,只是偶尔听到风吹门窗的"乓乓"响声。游客寥寥可数,且都像我一样行色匆匆。我倏地感到自己仿佛进入了那一段历史之中……

孙中山领导的辛亥革命推翻了清政权后,溥仪于1912年退位,但仍然住在紫禁城,每年有400万元的生活费。1924年,冯玉祥攻占北京,将溥仪驱逐出宫,溥仪先栖身于其父载沣寓所,继而逃入德国人所开的医院,后又藏匿于日本公使馆。1925年,溥仪被日本使馆送往天津,与其妻婉容在天津静园生活。"九一八"事变后,日寇占领了我国东北,对华北虎视眈眈,并觊觎全中国。但为了遮人耳目,便诱使溥仪去东北充当傀儡。而溥仪当时梦想复辟,也不惜卖国求荣。各怀鬼胎,一拍即合。在日本军方的策划下,溥仪从天津逃到旅顺,继而来到长春。强盗和娼妇式的结合,于是历史便生出了一个毒瘤——"满洲国"。1932年3月9日,演出了一场溥仪就任"执政"的丑剧。具有讽刺意味的是,参加所谓"典礼"竟有七成为日本人。"政府"的重要职位也由日本人充任,如驹井德三便为总揽军事、民政、文教事务的总务厅长官……

我在东、西廊房缓缓穿行,醒目的牌匾将我拉回到现实中来。原来东、西廊房现已辟为展览室,分别是"伪满皇宫遗物展览室"和"从皇帝到公民"展览室,以翔实的文献资料,详尽地介绍了溥仪由清朝末代皇帝——逊清王朝皇帝—伪满执政—伪满皇帝—抚顺战犯管理所战犯到普通中国公民极其复杂的一生。在参观的过程中,我的感情也经历了由唾弃—蔑视—愤怒—兴奋到感慨的变化。

溥仪的"寝宫"缉熙楼,坐落于内廷西院。这里最引人注目的是,书斋里立着溥仪和吉冈的蜡像。溥仪在任"执政"的次年,终于如愿以偿地当上了"皇帝"。但可悲的是,"皇帝"仍需仰日本人的鼻息。吉冈就是安插在他身边的日本人。他的一举一动、一颦一笑,都要受到吉冈的监视。做汉奸,本国人民唾弃,外国主子也不会给好果子吃。得意时尚且如此,失意时就更为悲惨。溥仪就是一面镜子。

就是在日本人的利诱和胁迫下,溥仪干了不少卖国勾当。臭名昭著的《日满协定书》就是在勤民楼签订的。勤民楼是溥仪处理政务和从事礼仪活动的场所。这座圆顶的两层楼房，如今看起来是如此不起眼，可它却是东北遭受苦难的渊源！一纸协定书，使日寇侵占东北"合法"化，我国大片国土沦为殖民地，东北人民处于水深火热之中……如今的勤民楼已辟为《勿忘九一八》史实展览区，再现了悲惨而屈辱的历史，不但是对日本侵略者和伪满洲国的控诉，更是为了警示后人。

从伪满皇宫出来，发现风雨已停。太阳一扫天空的阴霾，终于显露出来。在柔和的阳光照耀下，大地、楼宇乃至树木都因积水或挂满水珠而熠熠生辉，令人炫目。阳光似乎也驱散了心头的阴影，我回味着在这里的所见所闻，为我们已经越过了那个苦难的年代而深感庆幸。同时又深切地认识到：自占领东北始到1945年，日本侵略者在华夏大地犯下的罪行，罄竹难书；日本侵略者给中国人民带来的苦难，无法计量。但抗日战争胜利以后，日本置中国人民的宽大为怀于不顾，不但从未作过像样的反省，从未向蒙受极大苦难的中国人民有过谢罪的举动，反而妄图窃据我国的海疆和岛屿，真令十三亿中国人民义愤填膺。在这一背景下，参观伪满皇宫，重温那段屈辱的历史，能使我们进一步认识日本侵略者的本性，看清伪满洲国奴才们的嘴脸，进而伸张民族大义，坚定捍卫国家主权和领土完整的信心和决心。

啊，甲午

老实说，对于干支纪年已不太在意，那些干支纪年的年号脱口就能说出的没有几个。但你——甲午却是个例外，不但能脱口说出，对你似乎还有一种特别的情结。这缘于一百二十年前的那场梦魇，一提起你就感到隐隐约约而又很难说清的痛……

这种痛是不同寻常的痛：既不同于普通伤口的痛，又不同于一般疾病的痛；它缠绕于敏感神经，它植根于记忆之中，它深入到心灵深处；既像自发的朴素感情，更似升华为自觉的理智思维。

这种痛流传广泛：它在城市乡村中渗透，它在男女老少中感染，它在神州大地中传播，它在华夏民族中流行，它在炎黄子孙中蔓延；似乎是一种流行传染,又似乎是遗传基因。

这种痛历时已久:它熬过了干支纪年的整整两个轮回,依然根深蒂固;它经历了时光流转的一百二十个春秋,仍旧我行我素;它目睹了九州的改朝换代、共和国的建立,直至今天,还是挥之不去……

啊,甲午!你会感到不堪重负吗?每当探索这种痛的源头,人们往往怀着复杂的感情,把目光转向你。殊不知这只是时间上的巧合,是表象,或者说,你只是一个载体。

穷本溯源,这种痛始于国难。那个积贫积弱的晚清,犹如风雨飘摇的破船,洋务运动提出的"自强""求富",也曾令清王朝有过回光返照,出现了所谓的"同治中兴"。然而到了干支纪年两轮前的你,风云突变,甲午战争爆发。神州大地,狼烟滚滚;华夏海疆,浊浪滔天。战事涉及广泛区域,战火蔓延到次年,将士阵亡众多,平民死伤惨重。仅黄海海战清军就死伤千余人。而在金旅之战中,日军攻陷旅顺后,即制造了旅顺大屠杀惨案,4天之内连续屠杀中国居民,死难者估计2万余人……面对如此惨状,你怎能不与天地同悲?从此落下了疼痛的病根……

追根问底,这种痛也起于受辱。那个内忧外患的晚清,似乎完全失去了尊严。甲午战争失败,清政府十分恐慌,急于求和。为了打探虚实和摸清底细,李鸿章竟找来一个叫德璀琳的德国人作为自己的代表与日接触。显得何等虚弱,何等不可思议。结果日本以谈判要"具有正式资格的全权委员"为由断然拒绝。接着慈禧正式派户部侍郎张荫桓、湖南巡抚邵友濂为全权大臣,并聘美国国务卿科士达为顾问,赴日求和,但日本以"全权不足"为借口,将清政府的这两位求和代表侮辱一番,驱逐回国,并指定要李鸿章充当全权代表和割地、赔款为"议和"条件。一个主权的谈判代表竟然要由对方指定,而且设置了强迫接受的谈判前提,是可忍,孰不可忍!经受了胯下之辱,你无法忍气吞声,能不疼痛难熬吗?

究其原委,这种痛还源于国耻。那个风雨飘摇的晚清,被迫与日本签订了《马关条约》,割让台湾、澎湖列岛和辽东半岛给日本。只是后来俄国因利益受损,联合法、德两国进行干涉,才迫使日本宣布放弃辽东半岛,却要以白银3000万两将其"赎回"。甲午战争的结果,北洋水师全军覆没,中国万里海疆的制海权为日本掌握。日本随时可以长驱直入,杀向中国。甲午战争的结果,日本获得战争赔款二亿三千万两库平银,舰艇等战利品的价值也有一亿多日元。而当时日本的年度财政收入只有八千万日元，难怪他们弹冠相庆。遭受如此奇耻大辱，你怎能不痛不欲生呢？

啊，甲午！说起来是有点委屈了你。因为中日之间的那场战争虽然自你始，却在次年才结束，那个该死的《马关条约》也是之后签订的，将屎盆子全部扣在你头上。你忍辱负重承担了一切，而那个狡黠的乙未年却溜之大吉，显然很不公平。好在事物总是有利有弊。虽然把苦难和奇耻大辱和你捆绑在一起，但你能给人警示，像警示标牌那样常驻人们的视野，像警钟长鸣那样时时萦绕在人们耳际。你又能给人思考，痛定思痛，所以常常会在人们的脑海里浮现。或许正因为如此，那个推脱责任的乙未年平常谁会记得起？而你的名字却为人们所熟悉……

啊，甲午！

双面网络

对于网络，应该说是熟悉的，近两年几乎天天都要上网。试问，与哪门亲戚会这样亲密相处？跟哪位朋友能如此套近乎？用一句有点肉麻的话来形容，和网络的关系已是如胶似漆。对于网络，我又是陌生的。最近的日子在海滨小住，有机会从容面对大海，听它倾诉，容我思考，忽然有了一点感触。原本以为对大海比较了解了，其实这种想法是可笑的。因为过去接触大海的次数虽然不少，但大多是来去匆匆，只算得是浮光掠影。所以说我对大海的了解，只是九牛一毛耳。正如我与生活打了一辈子交道，能说对生活理解透了吗？未必！因为生活如同海洋一样深邃。与网络打交道久了，发觉它也像海洋那样浩瀚无垠，它也如生活那样深不可测，所以反而感到越来越陌生了。

在我看来，网络是方便的。以写稿为例，以往一篇稿子变成铅字，往往要等上一两个月的时间，漫长的等待常会让人身心不安。在翘首以盼中，幸运儿或许会看到自己的稿子变成了报刊上的铅字；再等几个月，会得到几元到几十元不等的稿费补偿。但更多的人等来等去，仍然是"泥牛入海无消息"，心情也会因此跌入谷底。如今有了网络，如果只是为了抒发心情，而不是以赢利为目的，写好了稿子，上传到网上，顷刻就可以供网友们浏览了，当然没有稿费，但也无须悬着一颗心等待。是得是失？自己揣度。与此同时，网络也很麻烦。对我来说，网络一旦出故障，就无辙。记得去年某个时期，我的几个网站的账户同时受到攻击，很难进去，即使进去也很难发帖。一次在一个网站发帖，每次都提示没有发成功，气得我连续发了十多次，依然显示没有发成功。可是第二天一看，居然出现了十多个相同的帖子。而且由于自己在乱中出错，有一两个帖子居然将词牌"声声慢"点成了"佘诗曼"，真令人哭笑不得。你说网络麻烦不麻烦？

两年以前，我基本不上网，只是由于偶然，在网上注册了博客。出于防止博文丢失和被剽窃的考虑，后来又陆续开通了几个博客。在后几个博客只是发帖，基本不参与其他活动，发帖也是"炒现饭"。两年来，慢慢悠悠，磨磨蹭蹭，只发博文约200篇。至于受访人数，有的博客有"访问统计"比较直观，共22万多人次；而有的网显示的访问人次不足3000。两者大概不是一个概念。我只好这样表述，将我的几个博客加起来，浏览博文约有100万人次。这在两年以前是不可想象的。不言而喻，它给我带来些许成就感。这种感觉令我骑虎难下，欲罢不能。但另一方面，由于上网似乎开始了一种新的生活，打乱了家里原来的生活秩序，有时的确会与家里的安排产生矛盾，甚至会受到家里人"群起而攻之"，所以不免又有些失落感。

因此我总在琢磨：网络到底是什么？我以为网络像春秋、战国时期的某些历史人物，个个身手不凡，本领高强，但同时又心狠手辣，诡计多端，令人爱恨交加。网络就是这么一个既可爱又可恨的家伙。另外，因为网络既可能给你带来成就感和快意，又可能给你带来失落感和沮丧，所以它又像是那个集成与败、是与非、褒与贬于一身的萧何。

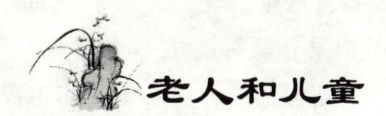

老人和儿童

如今我是一名老人，但曾经也是儿童……

想当年我是儿童的时候，总以为今后的日子还很长，我想那时要是有《明天你好》和《小松树，快长大》这样的歌会多好啊！不记得当时哼唱一些什么歌表达自己的心声，总之巴不得快快长大，抱怨时间过得太慢。而如今不禁感叹一生只是一瞬！对《我的青春小鸟不回来》深以为然，明明知道时光不饶人，听着《马儿啊，你慢些走慢些走》，移花接木，心里闪过一丝幻想，希望光阴的脚步能够放慢有一点，也希望衰老的速度能够放缓一点。

想当年我是儿童的时候，对远方无限向往，对明天充满希望，满脑子装满对未来的憧憬。但未来到底是什么？思来想去的答案——未来是谜！而如今不禁感叹浮生若梦，不禁感叹流年似水，不禁感叹经历如一团乱麻，剪不断，理还乱。一言以蔽之：往事如烟！

想当年我是儿童的时候，站立于蜿蜒的小溪旁，凝望着潺潺流水，偶尔也能见到大雁掠过的影子，就想和它们一样远走高飞。而如今身在远离家乡的一个驿站，只要看到铁路，就会将思念托付给列车，思绪也会倏忽沿着铁轨无限延伸，很快到了那个梦魂牵绕的地方：何时我能落叶归根呢？

想当年我是儿童的时候，在炎热的夏夜，沐浴着如水的月光，听祖母讲关于月亮的故事。那时我觉得月亮里的确像有阴影，所以对嫦娥奔月、吴刚伐桂深信不疑。而如今当然知道这些都是子虚乌有，但又知道它们是神话故事，所以还是继续向小孙子传授这些美丽的谎言。

想当年我是儿童的时候，最烦别人唠叨，而如今自己却爱唠叨……

我曾经是一名儿童，但如今已成为老人……

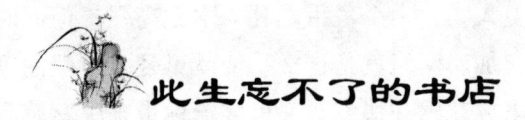

此生忘不了的书店

我曾经很沮丧，那是刚参加工作的时候。当年我被分配到一个新单位，连房子都没有盖好。虽然也称为城郊，其实是一块尚未开发的处女地，荒无人烟，不要说书店，连一家商店也没有。更糟糕的是，当时也不通公共汽车，离城里近二十里地，往返一趟一天就报销了。当时国家正处在困难时期，物资匮乏，买辆自行车也凭票；就是有票，以我当时的经济条件也买不起。物质条件的艰苦自不用说，长期处在一个文化"沙漠"里，怎能不令人十分苦恼呢？

然而我又非常幸运！大概在"沙漠"里熬了一年以后，单位为了创收，在城里开了一家仪器仪表修理店，我被派到那里工作。修理店设在南昌最繁华的胜利路，越过街道的正对面就是当时南昌最大的书店——南昌新华书店综合门市部，而与之相隔几家店面的就是南昌新华书店科技门市部。不仅如此，我们的修理店竟然与一家书店——科学出版社南昌门市部共处一室。修理店占据了店面的前半部分，而书店则处于店面的后半部分。从文化"沙漠"一下子掉进文化"染缸"，使人不得不打心眼里感谢老天开恩，我仿佛觉得自己突然由一个穷光蛋变成了富翁，很长一段时间都处于兴奋之中。

书店不大，也为我们的主管单位代管。仅一名店员，和我们也是一个系统的，原来就有些认识。我也不光看书，有时也帮助整理图书，所以他对我的经常光顾、只看书而不买书并不反感。当然我并不能整天泡在书架前，因为要上班，只能利用上班前后和中午的时间翻一翻书。另一方面，科学社的图书大多很专业、很深奥，我哪里看得懂？所以只能挑一些能够看懂的图书看，或只读一本书的部分章节。即令如此，我也受益匪浅。

就是在这间书店里，我曾神奇地到地表和地层中漫游。首次接触到了德国科学家阿尔弗雷德·魏格纳的大陆漂移说，看到了远古时代那块称作"泛陆地"的庞大陆地，被"泛海洋"的水域包围的情形。这就是地球的原始风貌。大约两亿年前，"泛陆地"开始破裂；在距今二至三百万年前，漂移的陆地形成现在七大洲和四大洋的地貌。与此同时，我也了解到了在大陆漂移说的基础上形成的地球板块理论。

就是在这间书店里，我曾到物质的微观世界中探秘，接触到原子物理和核物理的基本理论，了解了已知的物质结构层次，弄清了诸如核裂变、核聚变和受控核聚变这样一些基本概念。

就是在这间书店里，我也曾到太空中遨游，知道了宇宙的无穷无尽，理解了恩格斯所预言的"我们的宇宙"以外还有"无限多的宇宙"的含义。特别是对于地球所处的太阳系及其星球更有了基本的了解。甚至我有一段时期对飞碟和外星文明产生了兴趣。

这些知识给了我科学上的启蒙，培养了我对科学的兴趣，使我没有沦落到"科盲"这样的尴尬境地。

这些知识帮助了我的业余写作。有一段时期，我从事科学普及写作，读者主要是年轻人。说实话，要把科学知识通俗而又有点趣味地讲出来，真是不太容易，正是在书店里的积淀帮了大忙。以我的体会，即使从事文艺创作，多掌握一些科学知识也不无好处。

这些知识也使我的工作大为受益。我较长时间从事计量管理工作。现代计量包括长度、力学、热学、电学、无线电、时间频率、化学、光学、声学和放射性等十大类，可见它是一门综合性学科。正是由于在书店有较为广泛的涉猎，我基本上能适应工作的要求。否则，连米、千克、秒、安培、开尔文、摩尔和坎德拉七个基本单位都讲不清楚，还谈什么计量管理呢？

可惜的是，我在修理店只待了约一年的时间，便离开了。如果不是时间这样短，如果不是自己懒散，有许多时间没有利用，否则可以学到更多的知识。更为遗憾的是，在我离开后不久，书店也关门了。后来我曾多次在这家改作他用的店面前驻足，表示缅怀。虽然斯店不存，然而此生忘不了那间为我打开智慧大门的书店——科学出版社南昌门市部！

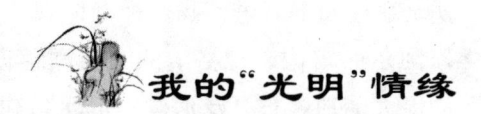

我的"光明"情缘

知道《光明日报》，还是在读初中的时候。那时我们学校图书馆虽小，但报刊种类还是比较齐全，各省的文艺刊物基本都有，报纸除了本省党报外，还订有北京出版的几种大报，其中也包括《光明日报》。说实话，当时我只知其名，还真没有认真看过这份报纸。我比较喜欢看《文艺报》，是一种厚厚的周报，好像是由中国作协主办的。上面刊登的大多是文艺专论，我哪里看得懂？但因此记住了许多作家的名字。我那时大概相当于现今的追星族，把那些作家当作自己的偶像。

初识《光明日报》，是在参加工作以后。我的工作单位是一家科研机构，所长原为省教育厅副厅长，有着较高的文化素养，由于先后担任过教育、科技两方面的领导工作，因而对《光明日报》颇有好感，不但自己订了一份《光明日报》，也让所里订了一份。所有的报纸都摆放在所办公室内，离我工作的地方很近。我们单位离城里较远，那时也不时兴打麻将打扑克一类消遣，所以一有余暇，我便去办公室读报纸。日子稍长，我渐渐喜欢上了《光明日报》，比较爱看科技、历史、考古等方面的文章。对那个名为《东风》的文艺副刊更是情有独钟。不过由于报少人多，读报也只能走马观花。

后来我所在的单位撤销,我来到一个新单位。新单位不订《光明日报》,但离省、市图书馆都很近,基本上星期天都到图书馆转一趟,第一件事就是浏览一周的《光明日报》。这时才有可能比较详细读一些文章,比较全面了解这张报纸。

读报的时间长了,便手痒痒,跃跃欲试,也想投稿。我的家乡有一句俗话:猴子拣到一块姜,吃起来辣,丢掉又舍不得。投稿之于我,犹如猴子的那块姜。我从读初中开始就给报社投稿,但基本颗粒无收。那时投稿的好处是,报社邮资总付,这对于一个穷中学生来说很重要。稿子不用一律退还,件件有回复,最早还是手写的退稿信,虽寥寥数语,但令人感到亲切。稍后退稿信格式化了,但稿子还是要退还的。但那时投稿压力挺大。在学校的时候,要顶着质疑声:一个正确的人生观和世界观还没有完全树立起来的人,投稿能有什么结果?参加工作后写作,则名利思想的帽子如影相随。即使完全利用业余时间写作,也好像在干一件不正当的事情似的。在那个政治挂帅的年代,名利思想可是一个可大可小的问题。在这种背景下,我只给《光明日报》文艺副刊寄出过一两篇稿件。

稿件寄出以后如石沉大海。我当时只认为《光明日报》门槛高,不是我辈所能高攀的。

遭受挫折以后,我很长时间没有写东西。《光明日报》倒还常常看,但再没有给她投寄过稿件了。几十年后的今天,我忽然心血来潮,想给《光明日报》寄一篇稿子,以续前缘。我平时很少上网,只是偶尔关心一下电子邮箱里的邮件,顺便看看新闻。为了寻找《光明日报》的投稿邮箱,首次在光明网转悠。投稿邮箱没找着,一不小心溜进了光明社区,发现这里原来也很热闹,也很精彩。于是驻足想凑凑热闹,分享一份精彩。这也许是命中注定的缘分吧?

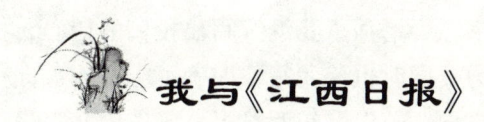

我与《江西日报》

最近整理书籍,抖落出几封书信来:一封《工人日报》的,一封《解放军报》,一封江西人民广播电台的,两封《江西青年报》的,还有三四封是《江西日报》的。打开一看，其中除了《江西日报》编辑部的一份请柬为打印的外，其余都是编辑先生写给我的信。据我的记忆，那时报刊编辑与作者的联系早用格式化的信笺，编辑亲手书写已属少见。而如今是电话和电子邮件已经取代书信的年代，所以这几封亲手书写的信件更是弥足珍贵。不仅如此，由这些信件还引发出我的一些回忆来……

有一段时期，我的写稿处境比较困难。当时业余写作仍然感到有一种无形的压力。加上我曾一度搁笔，决心不再写东西了，无奈如同烟瘾难戒，屡戒屡败。但一旦拾起笔来，我又不知道写什么好，也不知道往哪里投稿好，于是就胡乱写，胡乱投。正在彷徨之际，收到了《江西日报》寄来的一份请柬：

请　柬

刘天仁同志：

本报《理想　知识　事业》专版，自1983年5月7日创刊到今年6月16日恰逢百期。我们定于6月8日上午七时半，在本报二楼会议室召开创刊百期座谈会，届时请您拨冗出席。

理想是事业成功的先导，知识是通向理想的阶梯，事业是知识结出的果实。《理想　知识　事业》专版主要面向社会各阶层青年，其宗旨是帮助青年树立正确的人生观，培养青年高尚的情操和志趣，传播青年关心的、新的知识。座谈会上，请您围绕这一宗旨，提出要求、希望、批评和建议，使它真正成为广大青年读者"输诚竭智"的知己和益友。

此致

敬礼

江西日报编辑部
一九八五年六月一日

我参加了座谈会，只讲了几句不着边际的话，但次日见报也都刊登出来。此举无疑增强了我继续写稿投稿的信心，提高了抗击"冷言、冷语、冷眼"的能力。同时也使我很快明确了：写作方向——以通俗地介绍科学知识为主，投稿方向——以《江西日报》等省内几家报纸和所在系统内的刊物为主。当然参加座谈会最主要的还是使我认识了《江西日报》文艺处的编辑们，其中特别是毛士博先生。从报纸上久闻毛先生大名，知道他书、画、诗、文样样精通，十分仰慕。见面后方知他也和我一样操一口萍乡普通话，但我们始终未挑明老乡这一层关系。虽然我们只见过一次面，但他曾两次给我写信，关心和鼓励之情溢于言表。

其 一

刘天仁同志：

您好！

关于"灯"的修改稿收到了，勿念。陆续寄来若干文稿，今天理稿时通读了一下，将几篇因故未用出去的或不准备用的寄还给您。其他还有"早中更有早中人""慈母之招子""温度点滴"和前几天寄来"灯"稿，留下待编用。

来稿多，处理太慢，请您多加谅解，仍希望多来稿，谢谢您的支持。

"用尺子量时间"压了很久，24日已见报，随信寄去样报一份。

"知识小品"栏，仍望多写点。

匆此　　　　即颂

撰安！

毛士博 11月2日

其 二

刘天仁同志：

您好！

陆续收到您不少稿件，我们因限于人力没有一一及时答复，十分抱歉。尽管如此，您仍是源源不断地来稿，这使我们非常感动。我们希望您一如既往，经常为我们写稿。

"样式雷"我们早些时候发表过文章，不再发了。其他两篇也不准备用了。其余的数篇暂留在我处。

谨此 致

敬礼！

江西日报社文艺处
3月16日

落款为文艺处，但看得出是毛先生的字迹。后来我才知道毛先生是文艺处副处长。此外政治理论处的编辑储先生也有过一信："刘天仁同志：此寄来小样一份，请审定，有关史料也请查实，后将原小样寄回，我们拟近安排见报。"如今我已经想不起来这是一篇什么文章了。在编辑先生的鼓励和帮助下，我在《江西日报》"理想 知识 事业"专版的小栏目"知识小品"和"江西籍科学家"发表的文章，以及其他报纸发表的文章也有数十篇，本来都剪下粘贴成厚厚的一本，十分珍惜。可是在调动工作的时候，老婆将之呈与调入单位，以为对我的安排会有好处。谁知竟被弄丢了——大概是当垃圾处理掉了，真令我十分痛惜！再去收集已经不可能了。如今手头仅存一篇短文——《"无限"的风采》（科学小品），现收录书中，作为那一段时期写稿生涯的见证和纪念。调离江西以后，我忙于为自己的生计奔波，也就没有和《江西日报》联系了。为写此文，我上互联网，才知道毛士博先生早已逝世，十分悲痛。我想通过此文表达我对毛先生的哀悼和缅怀之情。

如今我老之将至，有时仍然想提笔抒发一下情怀。我之所以没有将自己的这一爱好丢掉，要感谢毛世博先生！要感谢《江西日报》文艺处其他编辑！要感谢《江西日报》！

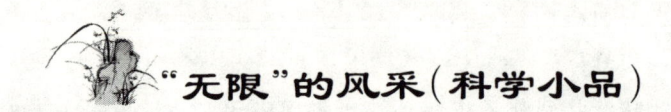

"无限"的风采（科学小品）

在华盛顿美国国家历史与科技博物馆前，有一具构思新奇的雕塑，名叫"无限"。它不但以流畅线条和明快色彩给人以美感，而且往往引起游人们的猜想和遐思。竟然给一个抽象的概念树碑，美国人真是别出心裁！

然而，对"无限"感兴趣的并不限于美国人。"无限"能引人注目绝非偶然。人们从接受启蒙知识开始，便不断受到"无限"的熏陶。无论谁一上学就要接触自然数，而自然数列就是无限的；一条直线，可以向两端无限延长；圆周率为无限小数；而将一市尺换算成以米为单位时，得到的也是一个无限循环小数……

人们对"无限"的认识，可以说是源远流长。"一尺之棰，日取其半，万世不竭。"这说明我国古代就已和"无限"结缘。在古埃及的神话中，传说有一种自生蛇，能不断吞噬自己的尾巴，而又不断自体再生，形成一个无限循环。

人们总是以"无限"来概括宇宙的情形。人类赖以生存的地球，虽然说起来也不小，但它只不过是太阳系的一个成员。而整个太阳系又仅仅是银河系的一部分。银河系固然可以以"巨大"来形容，但它在宇宙中仍然是沧海之一粟。今天人们采用先进的观测手段所及的范围已达100亿光年，但也并未发现宇宙的"边缘"。山外有山，天外有天。恩格斯早已预言过，"我们的宇宙"以外还有"无限多的宇宙"。

"无限"也反映了微观世界的面貌。五彩缤纷的物质世界，其构筑"材料"是若干种原子。然而原子本身又是由原子核和电子构成。随着中子的发现，揭示了原子核是由中子和质子构成的这一奥秘；另外，光的粒子性质被证实后，又有了光子这一概念；与此同时，在宇宙中又发现了正电子，于是人们将电子、正电子、中子质子、光子统称为基本粒子。基本粒子已被公认为物质结构的一个层次。随着实验手段的改进，如今发现的基本粒子已达300余种。当原子学说问世之初，列宁就曾预言：连最小的原子也是不可度量的，不可彻底认识的，不可穷尽的。同样，基本粒子也是不可穷尽的，理论预言，物质还存在着夸克、亚夸克等层次。

"无限"促进了许多学科的发展。我们知道，分子具有许多的运动方式，如前后、上下、左右的平动，各种转动和振动，以及种种"内在"的运动。如果把每一种方式叫做一种"自由度"，那么大量分子存在的系统中的"自由度"简直可以说是多得无限。统计物理学就是以此为研究对象而出现的一门学科。

"没有任何问题像无限那样，从来就深深触动人们的感情；没有任何观念能像无限那样，曾如此卓有成效地激动人们的理智；也没有任何概念像无限那样，是如此迫切地需要予以澄清。"读着德国数学家希尔伯特这段话，使人感到这似乎是给雕塑"无限"的注脚。所以谁能不称赞独具匠心的美国雕塑家呢？

（原载1988年5月22日《江西日报》）

你将是一个传奇

这些天，我也和成千上万的网友一样，把关注给予了你——一只"兔子"。准确地说，是一只"玉兔"。说得更准确一点，是一辆滞留于月宫叫做"玉兔号"的月球车。

  月亮对中华民族来说非同寻常。人们不但赋予她形形色色的桂冠，而且为她抒写了难以胜数的诗篇。在我心目中，月亮是光明的使者，那如水的月华别具一格；月亮是亲密的朋友，即使私密的话语也愿意向她倾诉；月亮是美丽的女神，她是一切美好事物的化身。从小时候起，我就被关于月亮的美丽传说所吸引。嫦娥奔月、吴刚伐桂等故事充满着浪漫色彩，给了我童年无限遐想。而玉兔捣药故事中那只浑身洁白如玉的兔子，拿着玉杵跪地捣药的形象更是令我久久难以忘怀……忽然有一天，神州有一只"玉兔"飘忽而至。通过网友征名确定了我国登月飞船取名"嫦娥"，而你——月球车定名"玉兔"。打那以后，此"嫦娥"和彼嫦娥、彼玉兔和此"玉兔"走马灯似地常在脑海里涌现，不时令我有一点手足无措，甚至有点眼花缭乱。恍惚之中，我感到你是一个梦幻……

  直到你和"嫦娥"扶摇直上，进入太空，直奔月球，护送你们的火箭轰鸣，才让我彻底摆脱这种似真似幻的状态，终于认识到你是一个现实。去年12月15日，当你与"嫦娥"分离并成功登上月球的瞬间，当你在月地首次滚动的刹那，我曾欢呼雀跃。当知道你携带的探测仪器包括测月雷达、全景相机、粒子激发X射线谱仪、红外成像光谱仪，在月面上滚过100多米，采集到了很多有用的数据时，我感到欢欣鼓舞。然而当我得知你出现故障时，感到非常难过。特别是当读到转发你的微博："有些结构不太听话了，本来应该今早开始睡觉，但现在……师父们都在使劲想办法，不过，我还是有可能熬不过这个月夜了。"这些带着人一样感情的话，令人很是伤感。可是你却相当乐观，表示"师父们"仍在在努力，自己也"不会放弃治疗"。你反而安慰大家，并点了一首名为"42"的歌曲相送。这可正好是你登上月球的第42天啊！对于这样一个"乖孩子"，感动之余，怎能不令人有一些伤心呢？

  正当大家对你无比惋惜的时候，2月13日却传来了令人振奋的好消息：你又全面苏醒了，真是喜出望外，甚至使人破涕为笑。当然现在仅仅苏醒，故障原因尚未查明，帆板、桅杆和机械臂三套机构到底那一套出了问题尚不清楚。我祝福你早日康复。当然即使修复，因为你的设计寿命只三个月，"玉兔本来就属于月球"，美国宇航局这句话无疑是对的。我想，我们这些能活几十岁乃至百儿八十岁的人身后很快就会灰飞烟灭，无声无息，而生命相对短暂的你，却会在月球得到永生。和嫦娥、吴刚及捣药的那只可爱的玉兔一样，你和你的故事将是一个传奇……

游泳小结

经不住水的诱惑，昨天我下了海。很久很久没有游泳了，但我的灵魂仿佛一直在水中漂流……

我的灵魂在老家门前的涓涓细流中漂流。那条蜿蜒小溪是我童年嬉戏首选的地方。灵动的溪水奔流，使我单调的童年生活有了生机勃勃的色彩；澄澈的溪水洗濯，让我的童心天真无邪；而溪水源源不断地流淌，给我的童年带来了许许多多的欢乐，也带走了无止无休的寄托和希望。

我的灵魂在故乡的萍水河里漂流。它是我的母亲河，也是我学游泳的起点。我的少年时期在河里沉浮，呛过水，挣扎过。萍水河不但使我从"秤砣"学会了"狗爬"式游泳，而且浇灌了我的金色年华。

我的灵魂在赣江漂流。它是一条滋润我三十余年的河流，早年我曾无数次在它的露天泳场畅游。赣水滋润我的心田，启迪了我的心智，使我从幼稚逐渐成熟。但又悄悄地带走了我的青春，将我的黑发洗成白发。

其实不只是我的灵魂、而是整个身心都在生活中漂流，而且从小漂到古稀之年，一刻也没有停留过，因为生活如同海洋。在生活中漂流尝到的酸甜苦辣比在水中游泳有过之而无不及。

听从了大海的召唤，昨天我下了水，接受海水的洗礼，对此生游泳做一个小结，因为今后再不会轻易下水了。我自认为这是一个完美的结局……

浅唱低吟

古风·故乡(三首)

乡思

涓涓溪水往前流,
一步三折几回头。
蜿蜒迂回乡思意,
泉源永远心上留。

乡情

无情落叶纷坠地,
有心随风独轻扬。
过眼烟云一路是,
唯记起点是故乡。

乡音

人生之旅似团云,
偶掠桑梓闻乡音。
顿作泪水簌簌下,
故园可知游子心?

钗头凤·忆童年

睡前雨,梦中水,闲愁袭到思桑梓。
碧河岸,清池荡,少时身影,可曾存档?
怅!怅!怅!

乡音保,容颜老,童年苦乐忘不了。
农田上,溪流畔,间苗收果,采莲张网。
爽!爽!爽!

童年的记忆

记忆中的小桥,
宛若倒扣弯月。
没有皎洁月华,
蕴涵睿智品格。
久与小桥交往,
我懂得了连接,
我领会了沟通,
我渐理解跨越。

记忆中的小溪,
蜿蜒灵动澄澈。
区区涓涓细流,
一往无前气魄。
面对源源流水,
怦然涌动热血,
憧憬油然而生,
向往远方炽烈。

记忆中的小山,
青翠碧绿亲切。
柴草取之不尽,
野果垂涎若滴。
一生都在琢磨,
它所给的启迪:
生活难离攀登,
也需披荆斩棘。

家门口，小池塘（儿歌）

——题记：此为童年的记忆，如今恐怕难觅了

家门口，小池塘，
风儿吹，泛绿浪。

家门口，小池塘，
白鹅游，麻鸭唱。

家门口，小池塘，
红鲤鱼，深处藏。

家门口，小池塘，
水明亮，大相框。

青玉案·南昌情思

曾经踯躅阳明路，
瞬间事，韶光去。
美好年华谁与度？
百花洲畔，滕王阁序，
赣水滔滔处。

抚河桥上观日暮，
才子遗留"落霞"句。
忆及人生情几许？
漫江沉寂，浪花飞舞，
和泪飘作雨。

沁园春·忆南昌百花洲兼自嘲

忆百花洲,省会明珠,闹市画图。
蒋逆潮反共,刀光剑影;安营扎寨,怨气愁湖。
物换星移,改图书馆,翰墨飘香"玉"色稠①。
公园里②,是群芳吐艳,小径通幽。

曾常在那遨游,典籍似清泉汩汩流。
始痴迷《三国》,情钟《水浒》。尊崇鲁迅,思考阿Q。
不测风云,弄人天意?理想终成破气球。
惊回首,吾垂垂老矣,迟暮横秋。

① 取自"书中自有颜如玉"句。
② 东湖中的半岛和若干小岛为八一公园。

六州歌头·咏江西

吴头楚尾,称闽粤门庭①。
牛斗射②,江南岸,翼轸荫③,
位华东。
形胜九州羡④,匡庐秀⑤,鄱湖碧⑥,
赣水壮⑦,滕阁特⑧,井冈雄⑨。
九派苍茫⑩,五朵"金花"俏⑪,"四特"香醇⑫。
稻麦平原种,果树植丘陵。
中外传扬,景瓷名。

物华天宝,地灵气,人杰涌⑬,似繁星:
渊明后,欧阳子,领荆公,
又南丰。
穷且益坚志⑭,才横溢,意凌云。

革命史，风流韵：瑞金红，
　　谱共和摇篮曲⑮；八一号，军旗初升⑯。
　　赞颂家乡美，怀念故园情，
　　心总殷殷。

　　①今江西北部，春秋时是吴、楚两国交界的地方，它处于吴地长江的中下游，楚地长江的中上游，好像首尾互相衔接。"粤户闽庭"是指古称江西是指广东和福建两省的门户和门庭。

　　②《滕王阁序》中有"龙光射牛斗之墟"句。

　　③《滕王阁序》中有"星分翼轸，地接衡庐"句。

　　④古称江西为形胜之区。

　　⑤白居易《庐山草堂记》中有"匡庐奇秀，甲天下山"句。

　　⑥鄱阳湖水，经调蓄后由湖口注入长江，奔涌而出。江、湖水的汇合处，水线分明，一边混浊，一边碧清。"鄱湖接近长江处，二水相交奇景生；激液浑流互排斥，浊清界线见分明"。在江湖之水相交处，可见一条明显的清浊分界线，延绵20多公里，堪称一大奇观，令人叹为观止。

　　⑦读毛泽东诗词中的"赣水苍茫闽山碧""赣江风雪迷漫处""赣水那边红一角"等，可领略赣江的苍茫壮美。

　　⑧韩愈："愈少时，则闻江南多观临之美，而滕王阁独为第一，有瑰丽绝特之称……"

　　⑨井冈山最高峰海拔2120米，风景秀丽，林木繁茂，有高山幽壑、飞瀑深涧、岩洞云海之景，是著名的旅游胜地。同时，1927年10月，毛泽东、朱德、陈毅、彭德怀、滕代远等老一辈无产阶级革命家率领中国工农红军来到宁冈井冈山，创建以宁冈县为中心的中国第一个农村革命根据地，开辟了"农村包围城市、武装夺取政权"的具有中国特色的革命道路。从此鲜为人知的井冈山被载入中国革命历史的光荣史册，被誉为"中国革命的摇篮"和"中华人民共和国的奠基石"。

　　⑩毛泽东："茫茫九派流中国。"长江到湖北、江西九江一带有九条支流，因以九派称这一带的长江。

　　⑪五朵"金花"为铜、钨、铀钍、钽铌和稀土。

　　⑫周总理曾称"四特"酒具有清、香、醇、纯的特点，其名源于此。

　　⑬《滕王阁序》中有"物华天宝，人杰地灵"句。

⑭《滕王阁序》中有"穷且益坚，不坠青云之志"句。

⑮瑞金为中华苏维埃共和国临时中央政府诞生地、举世闻名的云石山二万五千里长征出发地，有"共和国摇篮""红色故都"之称。

⑯八一南昌起义，又称南昌起义、八一起义、南昌起事，是指1927年8月1日于中国江西省南昌，由中国共产党针对国民党的反共政策而发起的武装反抗事件，由周恩来、谭平山、叶挺、朱德、刘伯承等中共人士和贺龙领导。贺龙在事件后加入中国共产党。南昌起义是中国共产党独立建设武装力量的开始，也是中国共产党开始以武装斗争的形式反对国民政府的标志。8月1日后来成为中国工农红军和中国人民解放军的建军纪念日。

怀陶渊明

距今已超越，一千五百年；
陶令依鲜明，栩栩而如生。
东晋一文人，时穷困潦倒，
世代都缅怀，九州同悼念。

喜欢你醉酒，似梦似醒间；
情不自禁时，酒后吐真言。
责黑白颠倒，斥是非不分；
批世俗陈腐，揭仕途艰险。

喜欢你率真，耕种匍匐态；
仿佛趴纸上，抒写美诗篇。
草盛豆苗稀，也会呈笑脸；
收获颇丰硕，自由和悠闲。

喜欢你摘取，爱菊诗人衔；
菊美化形象，气质亦展现。
芳菊开林耀，因风冷香传；
伴随你大名，天地间回旋。

喜欢你不为，五斗米折腰，

腐败官场态，愤怒以抗争。
倘忍气吞声，事乡里小人，
是沆瀣一气，或狼狈为奸？

喜欢你构思，世外有桃源，
"武陵人"幸运，经历若梦幻。
眼前的一切，既然已厌倦，
理想蓝图出，实理所当然。

喜欢你思路，恣意任驰骋，
《五柳先生传》，真是奇妙文。
喜欢你风格，恬淡又宁静；
跃然纸上声，田园风情篇。

感你形象深，依栩栩如生；
叹你生命长，仍活人心间。
只因光阴速，如白驹过隙；
世俗改变难，总是慢吞吞。

满江红·怀欧阳修

相貌平凡，却是颗魁星坠地。
少贫苦，画荻教子，母慈儿慧。
伯乐提携方吐艳，天璞磨砺终成器。
想当年，公引领文坛，堪奇异。

撰史著，谈何易？
诗词赋，超清丽。
生波澜壮阔，盎然春意。
甘为人梯孚众望，愿传薪火积人气。
《醉翁亭》[①]令后进痴迷，长相忆。

①指《醉翁亭记》。

次韵《多景楼》诗兼赞南丰怀曾巩

军峰山麓盱江畔，祥瑞今昔相与通。
傩舞渊渊民众乐①，贡橘累累果园红。
古出多穗一茎稻，史现"七曾"八面风②。
惟"楚"有才生子固，南丰小县掠飞鸿。

附：《多景楼》（曾巩）

欲收嘉景此楼中，徒倚阑干四望通。
云乱水光浮紫翠，天含山气入青红。
一川钟呗淮南月，万里帆樯海外风。
老去衣襟尘土在，只将心目羡冥鸿！

①宋末元初，南丰人刘镗写《观傩》诗曰："鼓声渊渊管声脆，鬼神变化供剧戏。"

②历史上，人们把生于南丰的曾巩、曾肇、曾布、曾纡、曾纮、曾协、曾敦七人合称"南丰七曾"。

桂枝香·怀王安石

时光荏苒，又习习春风，神州渲染。
千里长江潋滟，众芳争艳。
踌躇满志王安石，在当年，壮心浮现：
大刀阔斧，推行新法，意谋图变。

霎时间，浪花飞溅。
叹覆雨翻云，官场真面：
未艾方兴——顷刻改革旗偃。
个中的是非曲直，只能凭历史勘验。
"绿江南岸"——向来明月，驻足称羡。

次韵《寄黄几复》诗兼怀黄庭坚

君生古代余当代,相会参商断不能。
北宋书风翘楚者,江西诗派领航灯。
论禅依佛行忠孝,出仕为民甘曲肱。
山谷神奇同仰止,涪翁世代胜春藤。

附:黄庭坚《寄黄几复》诗

我居北海君南海,寄雁传书谢不能。
桃李春风一杯酒,江湖夜雨十年灯。
持家但有四立壁,治国不蕲三折肱。
想得读书头已白,隔溪猿哭瘴烟滕。

声声慢·怀李清照

真真幻幻,影影绰绰,飘飘渺渺晃晃。
梦你姗姗而至,婉约倜傥。
梧桐又遇细雨,似念叨,海棠模样?
理古籍,拥书屋,笑语绕梁回响。

命妒人间圆满? 德父逝,偏逢九州纷乱。
不测风云,晚岁如同流浪。
双溪水多少泪,洗忧愁,滴落纸上——
《漱玉集》,令后辈心浪荡漾。

沁园春·怀辛弃疾

怀念稼轩,历久弥新,意绪万千。
有英雄气概,超常肝胆;文魁风貌,出众诗篇。
满腹经纶,一腔夙愿:破碎神州何日圆?

朝廷里，却偷安苟且，怎可回天?!

横流造就先贤，乱世更成全词圣缘。
唱铜琶铁板，大江东去；美芹悲黍，鸿雁南旋。
傲世雄踞，扫空万古，恰似金戈铁马前。
铿锵句，令诚心读后，热泪涟涟。

钗头凤·怀陆游

人清苦，生酸楚，"此身行作稽山土"①。
《钗头凤》②，心间痛。爱情凄美，至今传颂。
梦！梦！梦！

胡尘患，神州乱，盼王师盛成虚幻。
中原定，山河净。那天劫馨，祭翁同庆。
幸！幸！幸！

① 陆游：《沈园二首》。
② 陆游词。

声声慢·圆明园153年祭

零零碎碎，冷冷清清，空空荡荡凄凄。
欲读还休历史，令人悲戚。
三言两语短句，怎诉说，愤然心绪。
事过了，再重提，后辈谨需牢记。

四处残垣砖石，容貌毁，当年绝伦何觅？
倘在巴黎，可索御园芳迹，
流连至博物馆，览全图，睹景追忆。
看仔细，上面又书抢掠罪。

甲午感怀

干支转换又一圈,痛忆当初甲午年。
岌岌可危清没落,洋洋得意日狂癫。
弱贫国度飘摇雨,腐败朝廷破漏船。
割让台澎赔巨款,兆民悲恸圣游园。

一剪梅·忆九一八

血染神州此开端。
忆"九一八",民族心伤:
奉军软弱寇猖狂,
放弃抵抗,东北遭殃。

盼望黎明见太阳,
物换星移,民富国强。
同仇敌忾固"长城",
兴我中华,国耻毋忘!

七七事变77周年

卢沟晓月美名扬,倭寇刁蛮变战场。
血洗九州斯起始,力拼八载此开张。
敌人杀戮凶而毒,民众搏击苦且长。
七十七年烟散尽?妖魔才隐又新装。

五绝·无题

永定河清亮,卢沟月透明。
乾坤双镜子,照下鬼杀人。

踏莎行·郁孤台感怀

　　郁孤台位于江西赣州市区北部的贺兰山顶,为全市制高点,可俯瞰全市市容。郁孤台始建于唐代,李渤、苏东坡、岳飞、文天祥、王阳明、郭沫若等历代名人都曾在这里留下过诗词。特别是南宋著名词人辛弃疾在赣州任职时,写下《菩萨蛮书江西造口壁》一词,"郁孤台下清江水……"脍炙人口的词句,使郁孤台更加声名远播。

东去清流,
北来倦客,
道不完世间艰涩。
和泪江水润辛词,
鹧鸪声咽犹滴血。

穿越关山,
连接赣粤,
几时"京九"成高铁?
郁孤台下尽欢颜,
稼轩快返吟春色……

一萼红·景德镇瓷器

赛奇珍,
景瓷传千载,
四海内驰名。
皇室青睐,
藏家渴望,
魂梦牵系平民。
过日子,
三餐荤素;

对杯盘,
祝老友重逢。
雅素咸宜,
平凡淡定,
风度尊荣。

润滑白皙如玉,
厚薄如张纸,
若镜光明,
蕴磬清音。
赴汤蹈火,
修炼圆满真身。
历岁月,
长期考验。
终赢得,
大众的欢心。
完美气质品格,
应与谁同?

虞美人·庐山

轻烟淡雾相缠绕,
真面难分晓。
三帘万玉缀罗裙①,
即使偶然一瞥也惊魂。

风流秀美恒常态,
岂与时间改!
问伊倾倒几多人?
且看诗仙词圣吐深情。

① 魏源有"一练三帘万玉珠"一句描写三叠泉。

七绝 韶山

平凡一个小山村,
缘何斑竹系万民?
万马齐喑年代里,
有声婴啼赛雷鸣。

天净沙·海

辽阔浩瀚无垠,
蔚蓝深邃空濛,
动荡翻滚浪涌。
夜阑人静,
听涛声咽销魂。

踏莎行·海滨抒情

深海含情,
碧波表意,
编织银练传心迹。
最恼陆地伴不知,
循环往复终无悔。

浪花犹人,
浮生若寄,
如烟往事俱忘记?
涛声似奏旧时琴,
余音袅袅催清泪。

七绝 秋之海

碧波使性欠协同，
白浪随心少簇丛。
情义涛声知我意，
深秋大海敛愁容。

七绝 海之秋

浪如天女散花丛，
波似龙飞凤舞容。
涛奏悠扬思恋曲，
海之秋色不言中。

浪淘沙·钓鱼岛风云

钓岛锁迷烟，
浊浪滔天。
曾经敌手复狂癫，
畴昔盟国亦阴险，
狼狈为奸。

东海似尊羹，
恶犬垂涎，
高举手里打狗鞭。
华夏岂容遭践踏，
逐出国门。

海风——大海的精灵

分明体验温柔的抚摸，
却不能见到你的容颜；
明显感到亲切的簇拥，
却不能见到你的身影；
明明领略热烈的亲吻，
当我想拥抱你的时候，
却着实地扑了一个空，
难道你确是一只精灵？

啊，海风——
大海的精灵！
是你的推波助澜，
赋予了大海的气神：
时而排山倒海，
时而浊浪滔天；
才见摧枯拉朽，
转眼帆樯如林。

啊，海风——
大海的精灵！
是你的低吟浅唱，
抒发了大海的心声：
时而呼啸怒号，
时而呜咽悲鸣；
才听悠扬婉转，
顷刻袅袅余音。

啊，海风——
大海的精灵！
是你的柔情浪漫，
装点了大海的娇容：
时而碧波荡漾，
时而烟波浩渺；
宛若满身翡翠，
抑或琉璃万顷？

不再苛求见你的容颜，
只需要你温柔的抚摸；
不再奢望见你的身影，
只希望你亲切的簇拥；
不再妄想和你的拥抱，
将之当作美丽的梦幻；
只期待你热烈的亲吻，
你这令人倾倒的精灵！

七绝　秋

秋之武器佩霜刀，风剑推涛作浪嚎。
盖地铺天杀将去，枫林血染更妖娆。

三台令·秋雨

秋雨，秋雨，
谁与殷殷私语？
泪流大地情浓，
洗净枫林叶红。
红叶，红叶，
装点神州山色。

七绝 立秋观石榴

秋风乍到也轻狂,
绿叶一天似泛黄。
收敛红花修正果,
横眉冷眼候飞霜。

水调歌头·癸巳中秋

明月纵常有,但特恋中秋。
看来天宫诸仙,独厚爱神州。
城市张灯结彩,乡镇橙黄橘绿,老少乐悠悠。
此刻合斟酒,不醉岂能休?
光如水,夜若昼,美犹图。
敞开胸襟,任凭思绪似泉流。
鸟恋山林旧地,人爱乡音故土,思念总长留。
问候亲朋好,为父母祝福!

重阳节观晚霞

君不见五彩丝线星际来,
织就霓裳金羽衣。
天堂亦重重阳节?
红毯铺向瑶池地。
川流不息宫若市,
琼楼玉宇神仙会。
宝马雕车仪仗队,
威风凛凛御侍卫,
富丽堂皇显高贵。
呜呼!

人生中有许多不经意，
晚霞其实很壮美。
抖擞精神惜夕阳，
裁红点翠写心扉……

清平乐（二首）

潮生潮落

浅池留恨，
摇柳涟漪现。
大海心藏多少怨？
风止依然浪卷。

季节轮转雷同，
江河湖海翻腾。
纵览世间万象，
潮生潮落频仍。

花开花谢

群芳吐艳，
笑老夫晨练。
佳丽面前频舞剑，
往昔英姿浮现？

风急落瓣飘弋，
华发与汝争辉。
忽感人生苦短，
花开花谢轮回？

忆江南（三首）

落日

天渐暗，别了地球村！
碧水青山悦眼目，
诗情画意冶身心。
还想再光临……

落霞

沉与浮，圆缺乃常情。
高耸天空蓝靛紫，
低垂地角赤黄橙。
何必脸通红？

落红

风带雨，岁月岂留情？
昨日未能结果实，
今天甘愿化泥尘，
全意去培新……

七绝 观荷

翩翩起舞俏蜻蜓，
娇美芙蕖笑脸迎。
花败叶残凋谢后，
丝连如藕也痴情？

丑奴儿·无题

少年不知坤元厚，沟里之虾，
井底之蛙，
信口开河做某"家"。

老年方知坤元厚，环境萌芽，
汗水浇花，
田野才能长果瓜。

你说……

你是一缕清风，
风动，幡动，心动？
还是都在动，
我总是纠缠不清。

你留下的文字，
横看，竖看，顺看，
甚至倒着看，
我仍然弄不分明。

你送来的鲜花，
玫瑰，蔷薇，杜鹃？
抑或郁金香，
怎似雪花一样消融……

七绝 赠友人

岁月悠悠伴魂随,
红尘滚滚任梦追,
不用语言传意绪,
灵犀一点径朝谁?

友谊

友谊是航船灯塔,彼此注视着对方;
友谊是流水河床,彼此依赖着对方;
友谊是红叶秋霜,彼此表现着对方;
友谊是麦苗春雨,彼此吸引着对方。

友谊是笔墨纸张,凑齐描绘出异彩;
友谊是灯泡电流,结合释放出光芒;
友谊是太阳月亮,追逐中相互依从;
友谊是波涛海岸,等待中浪花绽放。

友谊的存在基础,在于彼此间信任;
友谊的诱人魅力,在于彼此间欣赏;
友谊的长久不衰,在于彼此间促进;
友谊的牢不可破,在于彼此间体谅。

友谊理排斥孤独,才能享愉悦欢乐;
友谊需预防阴霾,才不至消耗损伤;
友谊应拒绝猜忌,才会有甜蜜芬芳;
友谊当没有背叛,才避免流泪悲呛。

友谊是辽阔海洋，蕴涵不尽的活力；
友谊是蔚蓝夜空，充满无限的遐想；
友谊是唐宋诗词，经久不衰的传唱；
友谊是陈年酒浆，散发醉人的芳香。

黄昏

黄昏——
一天中一个平凡时段。
它是喧闹白昼的尾声，
它是寂静夜晚的开场；
它是昼夜的渗透缓冲，
它是昼夜的结合铆焊；
它是白天黑夜转换的媒介，
它是白天黑夜融洽的红娘。

黄昏——
一生中一段特殊时光。
它是灿烂辉煌的总结，
它是未知神秘的开端；
它是花谢花开的酝酿，
它是夕阳晚霞的相伴；
它是连接尘世天堂的纽带，
它是通往另一世界的桥梁。

光明颂

在呱呱坠地的刹那，我惊异人间的光明；
在偎依母亲的童年，我憧憬星星的光明。
在江南的梅雨季节，我盼望太阳的光明；
在八月十五的子夜，我赞美月亮的光明。

在大雾茫茫的海洋，我瞭望灯塔的光明；
在广阔无垠的草原，我欣赏篝火的光明。
在逼仄漫长的隧道，我指望前面的光明；
在昏暗幽深的矿井，我依赖矿灯的光明。

在轻歌曼舞的夜市，我陶醉霓虹的光明；
在偏僻遥远的乡村，我怀念油灯的光明。
在点生日蜡烛之时，我留恋温馨的光明；
在佳节喜庆的日子，我欢呼焰火的光明。

关乎国家民族命运，我祝福她一片光明；
保护着人民的政府，我祝愿她正大光明。
至于自己人生道路，我期许能前途光明；
在生命终结的时候，也像彗星一样光明。

水调歌头·赞《光明日报》

媒体似林立，何处觅奇葩？
有巨树参天，硕果缀枝桠。
纵览《光明日报》，回顾峥嵘岁月，乃壮丽生涯。
传递正能量，盛誉满中华。

决大川，奔骐骥，意风发。
身兼使命，和黄钟大吕节拍。
知性①精神品味，独特风格魅力，系百姓国家。
致力复兴梦，不懈润春花。

---

① 取汉班固《游居赋》"美周武之知性，谋人神以动作"中的"知性"之意。

和山佳《七绝 承德游》并请先生教正

闻承德忆御山庄,
翰墨书楼落水旁。
《四库》安然心浪涌,
代人受过屈宫墙。

附

七绝 承德游
山佳先生原玉

传承德道步山庄,
一座皇城落水旁。
只见游人如浪涌,
焉知耻辱记宫墙?!

赏《节日赏石,大饱眼福》文中的"青龙偃月刀"随想

若非青龙偃月名,
缘何寒光耀眼神?
倘说它是冷艳锯,
为啥利器成石精?
潘璋夺宝喜生悲,
关兴斩之祭父灵。
寿亭侯逝尊圣帝,
刀化灵璧祈和平。

中华文化遐想

一

你是巍然屹立的高山，
我屏住呼吸朝你仰望；
你是庄严神圣的神祇，
我匍匐在地把头叩响。

你是辽阔无垠的海洋，
我似鱼在你怀里游弋；
你是高远无际的天空，
我似鸟在你眼前翱翔。

你是清香甘甜的乳汁，
哺育柔弱的生命成长；
你是稀罕的陈年佳酿，
散发浓郁的醉人芳香。

你是淅沥缠绵的春雨，
滋润田野幼小的禾苗；
你是水草丰茂的绿洲，
唤起沙漠旅人的希望。

你是莫逆交往的益友，
为我疏通灵感的源泉；
你是谆谆教诲的良师，
为我打开智慧的殿堂。

你是大众崇拜的女神，
让我的灵魂变得安详；
你是温柔慈祥的母亲，
让我的生命感到温暖……

二

你出生在远古的年代,
当时应该是天地洪荒。
你的影子就开始飘忽,
身世可谓是源远流长。
五千年前的华夏大地,
国家形态已初露端倪;
一万年前的九州地域,
文明的春风轻轻荡漾;
三十万年前的先民啊,
就栖息在这荒野穷乡。

你的生命需雨露滋润,
活力如同流动的乐章;
你的气质似水般澄澈,
故紧紧依恋黄河长江。
彭家山粗糙的陶器啊,
泥胎中还夹杂着谷壳;
龙山陶器却十分精美,
进入了制陶鼎盛阶段。
大汶口告别母系社会,
良渚的玉器溢彩流光。

你来到世间靠"巫"催生,
他是尊贵的部落酋长。
人们生病都前来求助,
野草成为治疗的药方;
转眼之间多少年逝去,
《神农本草经》悄然出场。
人们有事都前来求教,
结绳总结六十四个案;

周文王狱中重新演绎，
于是有《周易》竞相争看。

三

你好比一株参天大树，
枝叶繁茂偌大的树冠。
数千年来的风雨洗礼，
远古的根须深扎土壤；
亿万双手的持续抚摸，
古代的树干变得溜光；
兼容西方文化的成果，
近代的枝桠恣意生长；
并蓄他山石和玉碰撞，
现代的花朵纵情怒放。

你犹如一幢摩天大楼，
屋顶的旗杆直入云端。
华夏不同地域的文化，
夯实了摩天楼的基础；
中国的五十六个民族，
垒砌了摩天楼的砖墙；
儒释道以及诸子百家，
点亮了摩天楼的灯光；
黄河文化和长江文化，
成为摩天楼砥柱脊梁。

四

《山海经》那些怪异传说，
凝集着先民丰富想象。
生机勃勃的蛟龙图腾，
华夏民族当威武雄壮。

儒家思想和释道文化,
群星闪耀智慧的光芒。
北京的紫禁城的故宫,
凝固了封建统治形象。
小山似的秦始皇陵下,
是否埋葬了"一统"思想?

须臾难离的方块汉字,
维系民族的重要手段;
由它派生的书法艺术,
飞鸟惊蛇而一花独香。
中华语言也绚丽多彩,
南腔北调难一一欣赏。
诗经唐宋诗词和元曲,
那是经久不衰的绝唱。
春秋时期的诸子百家,
令人羡慕的百花齐放。

国粹之称的京剧艺术,
生旦净末丑眼花缭乱。
敦煌莫高窟东方明珠,
雕刻之精美享誉四方。
苏绣湘绣广绣和蜀绣,
巧夺天工而美艳无方。
与文字同源的中国画,
花鸟人物山水竞短长。
洋洋洒洒的八大菜系,
舌尖上的中国美名扬。

万里长城中国的象征,
别在地球的一枚徽章。
古老久远的京杭运河,
沟通南北从这里起航。

兵马俑誉为八大奇迹，
沉睡两千年战鼓犹响。
圆明园是英法的耻辱，
也是华夏民族的心伤。
还有那七部《四库全书》，
既是骄傲又使人悲凉。

五

中华文化啊源远流长，
中华文化啊灿烂辉煌，
中华文化啊博大精深。
中华文化也不尽圆满。

你还残留着封建糟粕，
扬弃的过程也许漫长；
你还跟不上时代要求，
渴望补充现代的思想。

今天我们要圆中国梦，
让民族复兴走向富强。
爱国主义是复兴之魂，
改革创新是复兴翅膀。

疆土只是国家的身躯，
灵魂是中华文化思想。
爱国既要建设和保卫，
更视文化同生命一样。

为什么关注中华文化？
因你有烙印留我心房；
为什么对你如此动情？
因你的基因在我身上。

后　记

　　这是一条涓涓细流，蜿蜒曲折，跌宕起伏，终于水到渠成。

　　这是一个漫长的生长周期，经历风吹雨打、霜冻冰封，终于瓜熟蒂落。

　　这是一次特殊的追梦，从少年起开始编织，遭遇了坎坷磨难、惊涛骇浪，直到迟暮年华才得以圆梦。

　　面对《赣水在我心中流淌（刘天仁散文诗词集）》一书，我难以用言辞表达心中的感慨……

　　感谢光明网提供了一个平台，因为本书大多数文章都是近两年在光明社区完成的。

　　感谢知识产权出版社的编辑。在当今出书难的世风下，是他们给予了一个无名之辈出书的机会。

　　还有跋、新、智等友人的热情鼓励和支持，使我才有信心和勇气将零散的文章结集出版，在此也向他们深表谢意。但仅一个谢字承载得了友谊之重吗？

作者
2014年11月3日